Kirstin Warschau
Fördewasser

Zu diesem Buch

Am Gitter des Kraftwerks lag zwischen Ästen, Blättern und Fetzen von Plastikfolie ein längliches Bündel. Olga Island erkannte einen Kopf, der in der Strömung hin und her schlug. Der Körper war nackt und zusammengeschnürt ... Die Kommissarin beginnt zu ermitteln und findet jede Menge Mordmotive: Der Tote hatte hohe Schulden, war Frauen und Männern gleichermaßen zugetan und betrieb einen regen Handel mit Schiffsschrott. Als eine weitere Wasserleiche an einem Schiffsanleger in der Kieler Förde entdeckt wird, verbreitet sich das Gerücht von einem Serienkiller. Olga Island, frisch nach Schleswig-Holstein versetzt, hat es mit einem Mörder zu tun, der vor weiteren Taten nicht zurückschreckt. Bis ihre eigene Vergangenheit sie einholt ... In ihrem ersten Roman erzählt Kirstin Warschau von gefährlicher Wut und tödlicher Rache – vor dem Hintergrund der Landeshauptstadt Kiel und ihrer Umgebung.

Kirstin Warschau, geboren 1965 in Kiel, studierte Archivwissenschaften und arbeitete lange Jahre als Diplomarchivarin in verschiedenen norddeutschen Archiven, ehe sie Pädagogik und Psychologie studierte und nach Berlin ging. Sie schrieb zahlreiche Kurzgeschichten, die in Anthologien und Zeitschriften veröffentlicht wurden.  Heute lebt sie mit ihrem kleinen Sohn in Kiel. »Fördewasser« ist ihr erster Krimi mit der Ermittlerin Olga Island.

Kirstin Warschau

Fördewasser

Ein Kiel-Krimi

Piper München Zürich

Mehr über unsere Autoren und Bücher:
www.piper.de

Für Tim, den alten Seebären

Originalausgabe
1. Auflage November 2008
3. Auflage August 2009
© 2008 Piper Verlag GmbH, München
Umschlag: semper smile, München
Umschlagfoto: mauritius images / imagebroker.net
Autorenfoto: Beate Jänicke
Satz: Filmsatz Schröter, München
Papier: Munken Print von Arctic Paper Munkedals AB, Schweden
Druck und Bindung: CPI – Clausen & Bosse, Leck
Printed in Germany   ISBN 978-3-492-25229-4

*Lieber kleiner Steuermann, nimm mich in dein Boot,
deine Lichter brennen schon, grün und weiß und rot,
fahr mit mir aufs Meer hinaus, lass mich nicht allein,
ich möcht mit dir vor Anker gehen und glücklich mit
   dir sein,
wenn wir die Kieler Förde sehn, bei Nacht im
   Mondenschein.*

*Kieler Förde, blaue Perle, du bist schön,
wo Möwen schreien und die alten Häuser stehn,
liegst romantisch an der Bucht in Luv und Lee,
was kann so schön sein wie das Land rund um Laboe?*

   Das Kieler-Förde-Lied von Wahl/Malkowsky

1

Die Dämmerung rückte näher und roch nach Wasser. Nicht nach Regen. Nicht so, wie es riecht, kurz bevor Regen fällt. Es roch brackig, faulig, nach feuchten Entenfedern, die auf der Wasseroberfläche liegen und sich langsam, nach Tagen erst, mit Wasser vollsaugen, bevor sie untergehen. Es roch süßlich und schwer, nach vermodernden Blättern, Ästen und Baumstämmen, die auf dem Grund des Sees lagen und seit Jahrzehnten vor sich hin rotteten. Vor nicht allzu langer Zeit hatte man das Wasser abgelassen, um das Kraftwerk zu sanieren, ein kleines, altes Wasserkraftwerk zur Stromerzeugung. Dafür hatte man die Schwentine ablaufen lassen und den Rosensee vollständig entleert. Im Schlamm hatte man Reste der Vergangenheit gefunden, Fundamente von Fischerhütten, Kaninchenkäfige, Fahrradgerippe, Vogelleichen.

Warum dachte er daran, während er dalag und verzweifelt nach Luft rang? Den Schlamm und einen Teil des Unrats hatte man im See gelassen. Als der Fluss wieder aufgestaut wurde, hatte sich der Geruch des Wassers für kurze Zeit verändert, war noch modriger geworden, fischiger. Etwas Schmieriges, Glasiges war nach oben gekommen. Als es für die Schaulustigen aus dem Ort nichts mehr zu sehen gab, weil das Wasser wieder im alten Bett des Sees stand und alles wie vorher zu sein schien, hatte niemand mehr über den Geruch nachgedacht. Es roch wie immer, nach stehendem Gewässer und nach dem heraufziehenden Herbst.

Er verstand nicht, warum ihm jetzt, in seinen letzten Minuten, gerade das in den Sinn kam. Hatte es mit der Verhexung zu tun, die ihn hierher und in diese Lage gebracht hatte? Er versuchte, seinen Armmuskeln den Befehl zu erteilen, sich zu strecken. Er erwartete, dass sich die Schnur, mit der er gefesselt war, tiefer in die Haut seiner Handgelenke schnitt, aber es geschah nichts – außer dass er tiefer sackte, mit den Nasenlöchern dem brackigen Wasser noch näher kam. Am liebsten hätte er geschrien oder laut geflucht, aber er brachte kaum ein Stöhnen zustande. Vom schlammigen Grund stiegen kleine Luftblasen auf und gerieten in seinen schwachen Atemstrom. Panik durchflutete ihn in heißen Wellen.

Plötzlich war da ein Geräusch, das langsam näher kam, ein leises Schmatzen. Jemand ging mit weiten Schritten durch sumpfiges Gelände. Mit aller Kraft versuchte er, seine bleischweren Lider zu öffnen. Ein feiner, aromatischer Geruch raubte ihm fast den Verstand. Da war ein Lichtkegel, der langsam auf ihn zukam. Durch seine Wimpern erkannte er im schwachen Licht ein Paar olivgrüne Gummistiefel.

Er kannte diese Stiefel, schon viele Jahre standen sie in der Laube. Er hatte sie oft getragen, wenn er zum Angeln hierhergekommen war, sonntags vor Sonnenaufgang oder wenn es regnete, dann bissen die Bachforellen am besten. Viel zu oft war er allein gekommen, obwohl man ihm nachsagte, dass er ansonsten nichts anbrennen ließ. Aber in die Laube hatte er selten jemanden mitgenommen. Dabei war es ein guter Ort für Ausschweifungen jedweder Art, man war dort völlig ungestört, niemand konnte etwas hören. Und niemand hatte etwas gehört an diesem Abend im Spätsommer.

Der Lichtkegel wanderte über das Wasser und fand die Stelle, an der er lag. Noch einmal befahl er seinen Muskeln, sich zu rühren, mühte sich verzweifelt, durch die Kraft der Gedanken seine Nervenfasern dazu zu bringen, diesen panischen, mit dem Tod ringenden Körper zu retten. Er versuchte ein Wort zu formen, einen Schrei auszustoßen. Der Lichtstrahl der Lampe brannte in seinen Augen. Es war das Letzte, was er sah, dann entfernten sich langsam die Schritte.

2

Da ist ein Schatten, auf den sollte sie achten, aber sie steigt das enge, nach Kartoffelschalen riechende Treppenhaus nach oben und spürt keine Gefahr, nicht hier, nicht in diesem Treppenhaus, in dem schon seit Jahren keine Mieter mehr rauf- und runtergehen. Und doch hat sie das Gefühl, dass alles zu glatt läuft. Das Halfter mit der Pistole liegt schwer auf ihrer Hüfte, sie spürt den leichten Rückenschmerz, wie immer, wenn sie die Waffe trägt. Trotz der Schmerzen dort, wo sie ihre Bandscheibe vermutet, kommt sie bei ihrem Aufstieg in den vierten Stock schnell voran. Mischa ist direkt hinter ihr. Sie hört ihn atmen. Er ist erst seit Kurzem im Team, aber sie weiß, dass er schnell ist und gewandt. Nach Feierabend spielt er Fußball im Volkspark Friedrichshain, mit Kumpeln, die er noch aus seiner Schulzeit kennt. Er war Rapper, bevor er zur Polizei kam, das Polizeimusikkorps sei nichts für ihn, hatte er stolz erklärt, als er sich bei ihr vorstellte. Er arbeitet gern bei der Mordkommission. Ihm macht Schichtdienst nichts aus. Manchmal wirkt er geradezu aufgekratzt, je weiter eine Nacht, die sie sich im Dienst um die Ohren schlagen, voranschreitet.

Die Treppenstufen knarren. Dieser Einsatz ist nicht besonders spektakulär. Sie haben einen Hinweis erhalten und müssen eine Wohnung durchsuchen, die schon lange leersteht. Das ganze Hinterhaus ist seit Jahren unbewohnt. Bald wird es abgerissen, wie der ganze Wohnblock. Das Übliche, ein neues Einkaufszentrum ist geplant, ein Shoppingcenter für Pankow. Im vierten Stock blickt man aus dem verrotteten Holzfenster auf die S-Bahn-Gleise, zwei zerschrammte Wohnungstüren, eine schmale Treppe zum Boden.

Sie zögert. Mischa macht eine Kopfbewegung in Richtung der einen Tür, die einen Spalt offen steht, und nickt. Sie ziehen beide ihre Pistolen und betreten die Wohnung. Im schmalen, dunklen Flur stinkt es. Im ersten Raum sind die Wände bemalt, Sonnenuntergänge, Phantasietiere, nackte Frauenkörper. Auf einem fleckigen Teppichboden liegen aufgeschlitzte Matratzen. Der nächste Raum ist eine Küche, die Resopalschränke bis ins letzte Fach mit prall gefüllten Plastiksäckchen vollgestopft.

In diesem Moment hätte sie es wissen müssen. Aber sie spürt keine Angst. Ein weiterer Raum hinter der Küche, eine Pritsche, verschlungene Bettlaken, hellrote Spritzer, dunkelrotes Gelee in Quallenform, Handschellen, Klebeband, Elektrokabel. Das ist eindeutig die Handschrift von Piotr, dem Mann, dessen blutiger Spur sie folgen. Drei Tote in zwei Wochen. Aber diesmal hat er Fehler gemacht. Unbeirrt und routiniert kommen sie ihm näher. Die Ermittlungen laufen sauber, lückenlos. Sie haben genug Erfahrungen mit der Aufklärung von Bandenkriminalität in der Hauptstadt. Die Russen, die

Vietnamesen – oft genug misslingt es, die Drahtzieher vor Gericht zu bringen. Bei Piotr, dem Balten, sind sie ganz nah dran.

Im dritten Zimmer ist ein Fenster mit Zeitungspapier zugeklebt. Darüber wacht ein kleines, rundes, unbarmherziges Auge. Eine Kamera. Hat Mischa sie auch bemerkt?

Im Zimmer befindet sich genau das, was sie suchen. Waffen. Halbautomatische Feuerwaffen russischer Bauart, Pistolen, Revolver, Handgranaten, Jagdgewehre. Sie brauchen Verstärkung, sofort. Diese Wohnung ist ein Rattenbau. Hier wird gedealt, Hehlerware gehandelt, gedroht und gefoltert.

Doch irgendetwas stimmt nicht, sie spürt es. Sie öffnet die Lippen, um Mischa etwas zuzurufen. Sie sind in diese Wohnung gekommen, als hätten sie eine Einladung. Aber sie haben nur eine Spur. Eine Spur der Verwüstung, die sich durch die Stadt zieht. Ein Brandanschlag auf ein Juweliergeschäft in Charlottenburg, eine Autobombe vor einer Villa im Grunewald, zwei Exekutionen in einer Galerie in Mitte, bei der das geschockte Publikum der Vernissage für Minuten an eine Kunstaktion glaubt, ein Erhängter unter einer Brücke am Kanal in Kreuzberg, an dem zahlreiche Ausflugsdampfer vorbeifahren, bevor jemand die Polizei ruft. Alles trägt die Handschrift von Piotr und seinen Leuten, der derzeit brutalsten Bande der Stadt.

Mischa steht vor einer tapezierten Wand, in der sich, fast unsichtbar vor lauter Blumenmuster, eine Tür befindet. Er tritt zurück, gibt ihr Deckung. Sie schiebt die Tür mit der Fußspitze einen Spalt weit auf. In der Kammer ist es dunkel. Da ist ein Lichtschalter zu ihrer Linken. Sie tastet danach, hält den Atem an. Sie traut Piotr alles zu, auch, dass im nächsten Augenblick das Hinterhaus explodiert, der ganze Häuserblock vorzeitig von der Berliner Landkarte verschwindet, mit ihr und Mischa darin und den Kollegen unten im Hof. Feuer, Detonationen, ein Krater, wo ein Hinterhaus gestanden hat, Schutt und Scherben auf den Dächern der Seitenflügel. Ein blasser, dunstiger Sonnenuntergang über Berlin-Mitte, Mischas Beerdigungsfeier, seine weinende Freundin, Zarah heißt sie, sie trägt ihr kurzes, blondes Haar unter einem schwarzen Schleier, der Polizeipräsident kommt auf sie zu, er kondoliert schweigend.

Sie steht in der dunklen Kammer und schnuppert. Kein Gasgeruch, nur der Gestank alter Kleidung. Sie dreht den Schalter herum. Eine Funzel hängt von der Decke. An einem Regal klebt ein Zettel. Es ist eine Todesanzeige: Olga Island, geboren in Kiel, gestorben in Berlin, heute.

Mischas Waffe klickt. Warum entsichert er sie erst jetzt? Sie fährt herum, sieht ihm ins Gesicht, zögert keine Sekunde, schießt sofort. Dann schreit sie, schreit und schreit und schreit.

3

When I'm Sixty-Four. Das Wecksignal ihres Handys riss sie hoch, aus einem endlosen Film immer wiederkehrender Bilder. Olga Island schlug die Augen auf, ihr T-Shirt klebte zwischen den Schulterblättern. Bunte Vorhänge bauschten sich vor einem Fenster, das gekippt war. Kühle Luft strömte herein, draußen war es schon hell. Eine Möwe kreischte schrill und anhaltend.

Sie lag in einem Bett, das mit einer gebügelten, weißen Bettwäsche bezogen war. Sie besaß keine weißen Bettbezüge, und sie bügelte Bettwäsche nie. Dazu hatte sie gar keine Zeit. Also musste es ein fremdes Bett sein, aber sie war allein. Kiel, schoss es in ihren Kopf, ich bin in Kiel. Sie drehte sich auf die Seite, schloss die Augen und stöhnte.

Als sie sie wieder öffnete, zeigte das Display ihres Handys sechs Uhr dreißig. Wenn sie tatsächlich in Kiel war, dann war es höchste Zeit aufzustehen. Sie streckte sich und atmete ein paarmal tief ein und aus. Sie befand sich in einer Frühstückspension in Schönkirchen, einem Vorort von Kiel. Seufzend rollte sie sich aus dem Bett, trat vor das kleine Waschbecken hinter der Tür, beugte sich darüber und ließ sich kaltes Wasser über den Kopf laufen.

Es waren immer dieselben Bilder, die sie seit Wochen quälten, die immer gleichen Gedanken, die sie beschäftigten, egal ob sie träumte oder wach war. Ihr letzter Einsatz in Pankow. Es war alles in Ordnung gewesen, bis zu dem Moment, als Mischa seine Waffe auf sie gerichtet hatte. Da war plötzlich alles aus dem Ruder gelaufen, es war der Augenblick gewesen, den jeder Polizist insgeheim fürchtet, aber so gut es geht verdrängt. Es war der Moment, in dem alles schiefläuft, in dem man die Kontrolle über das Geschehen vollkommen verliert. Dabei war sie so kurz davor gewesen, in diesem brutalen Fall einen entscheidenden Schritt voranzukommen. Verdammte Mafia. Sie hatte sie dazu gebracht, einen Menschen zu erschießen. Wie sollte sie damit zurechtkommen?

Immer wieder sah sie Mischas Augen vor sich: kalt, konzentriert und absolut entschlossen. Dann, als der Schuss gefallen war mit einem Knall, den sie auch jetzt noch zu spüren glaubte, und die Kugel in seinen Bauch gedrungen war, hatte er sie ungläubig angesehen, als habe eine Geliebte völlig unvermittelt zu ihm gesagt: »Übrigens, ich liebe einen anderen.« Diesen Blick konnte sie nicht vergessen.

»Sie müssen eine Zeit lang aus Berlin verschwinden«, hatte der leitende Oberstaatsanwalt ihr mitgeteilt. »Wir können Sie nicht beschützen. Sie wissen zuviel. Sie sind auf der Abschussliste ganz oben. Bis das Ergebnis der Untersuchung zum Tod ihres Kollegen vorliegt, sind Sie vom Dienst suspendiert, aber ich rate Ihnen unabhängig davon, Berlin so schnell wie möglich zu verlassen. Sie bekommen eine neue Identität, wenn Sie wollen. In Ihre Dienststelle können Sie aber auf keinen Fall zurück. Nicht, bis wir die Strukturen der Mafia durchschaut haben. Nicht, bevor Piotr sitzt. Sie wissen selbst am besten, dass es lange dauern kann, bis wir ihn haben, bis wir ihm das alles nachweisen können. Vielleicht gelingt es uns nie. Und selbst wenn er weggebunkert ist, müssen wir damit rechnen, dass er weiter aus dem Knast heraus regiert.«

Das kalte Wasser brannte auf ihrer Kopfhaut. Sie fuhr sich mit dem Handtuch durch das halblange, dunkelblonde Haar und rubbelte es trocken. Sie hatte sich nicht vorstellen können, dass sie sich einmal so niedergeschlagen fühlen würde wie in den Tagen nach dem Einsatz in Pankow. Sie hatte einen Menschen erschossen. Sie hatte auf einen Kollegen gezielt, auch wenn dieser Kollege die Seite gewechselt hatte. Sie hatte geschossen, um ihr eigenes Leben zu retten, doch genau dieses Leben schien ihr plötzlich völlig wertlos. Sie starrte in den Spiegel. Ein müdes Gesicht blickte ihr entgegen, dunkle Halbmonde unter den Augen, unübersehbare Spuren der letzten Wochen. Sie sah genauso alt aus, wie sie war: neununddreißig! Sie ging für keinen Tag jünger mehr durch.

Nach der Freistellung von ihrem Dienst hatte sie drei

Tage und drei Nächte allein in ihrer Wohnung in Friedenau gesessen. Sie hatte Bier getrunken und versucht, eine Entscheidung zu treffen. Lorenz, der Mann, mit dem sie ihre wenigen freien Wochenenden verbrachte, war bis zum Ende des Sommers in Italien unterwegs, wo er ältere Damen und Herren der Volkshochschule Berlin-Mitte im Aquarellmalen unterrichtete. Sie musste die Entscheidung allein treffen. Ich lasse mich nicht einschüchtern, hatte sie immer wieder gedacht. Es muss doch andere Kommissariate geben, in denen ich arbeiten kann, auch wenn mir die Kollegen nun mit Misstrauen begegnen. Ich bleibe in Berlin.

Am Morgen des zweiten Tages hatte ein Projektil unbekannter Herkunft das obere Flügelfenster in ihrer Küche durchschlagen, am Abend des dritten Tages ein verdächtiges Päckchen in ihrem Briefkasten gelegen. Die Kollegen vom Sprengstoffdienst waren gekommen und hatten die Briefbombe entschärft. Island hatte mehr Bier gekauft und noch eine Nacht lang getrunken. Dann hatte sie sich entschieden. Sie war in der Stadt nicht mehr sicher. Sie würde ihre Wohnung untervermieten und für eine Weile woandershin gehen. Den Vorschlag mit der neuen Identität hatte sie sofort verworfen. Wenn Piotr sie eliminieren wollte, würde er es tun. Aber sie war sich sicher, dass er sich damit zufriedengeben würde, sie eingeschüchtert und vertrieben zu haben. Er hatte gesiegt. Er hatte mit seinem fetten, blutbesudelten Grinsen die Hauptstadt für sich allein.

Piotr hatte Kontakte bei der Polizei. Das war der wirkliche Grund, warum man Island angeblich nicht beschützen konnte. Mit Recht und Ordnung hatte das alles nichts mehr zu tun.

Olga Island zog die Vorhänge zur Seite und sah hinaus. Auf dem kurz gemähten Rasen stand ein aufblasbarer Swimmingpool für Kinder, in dem Plastikspielzeug vor sich hin dümpelte. Über den Dächern der niedrigen, geklinkerten Nachbarhäuser türmten sich graue Wolken, hinter einer akkurat gestutzten Hecke flatterte ein blau-weiß-roter Wimpel an einem Fahnenmast. Ein feiner Kopfschmerz pochte in ihren Schläfen. Sie öffnete den Schrank, nahm Jeans, Unterwäsche und eine weiße Bluse heraus und zog sich an. Kiel, dachte sie, ausgerechnet Kiel. Hier ist es kalt, obwohl eigentlich noch Sommer ist. Hier ist der Hund begraben. Hierher wollte ich niemals zurück.

»Hiermit versetze ich die Kriminalhauptkommissarin Olga Island in den Dienstbereich der Schleswig-Holsteinischen Landespolizei. Sie wird dort der Bezirkskriminalinspektion der Polizeidirektion Kiel zugeordnet werden. Gezeichnet: Der Innensenator.«

Das war der Dank für lange Jahre erfolgreicher Arbeit bei der Berliner Mordkommission.

Man hatte ihr die Versetzungsurkunde zugestellt, zusammen mit den abschließenden Ermittlungsergebnissen über den letalen Schusswaffengebrauch. Das Ergebnis hätte ihr etwas von ihren Schuldgefühlen nehmen können, aber es verstärkte sie im Gegenteil noch. Die Obduktion von Mischas Leiche hatte ergeben, dass er regelmäßig Heroin konsumiert hatte. Für Piotr war er ein leichter Fang gewesen. Ein drogensüchtiger Bulle, es hätte nicht besser sein können. Piotr hatte Stoff in der Wohnung zurückgelassen. Mischa hätte alles getan, um daranzukommen, auch gemordet. Warum habe ich das nicht bemerkt, dachte sie immer und immer wieder. Warum habe ich nicht bemerkt, dass ein so naher Mitarbeiter drogenkrank ist? Ich hätte es sehen müssen. Ich war blind.

Man hatte ihr Notwehr in unübersichtlicher Situation zugestanden und von Disziplinarmaßnahmen abgesehen. Sie war eine fähige und ausdauernde Hauptkommissarin, und wenn der Berliner Stellenschlüssel es hergegeben hätte, dann hätte man sie längst befördert. Sie war eine Frau in den besten Jahren, kinderlos, mit mittelmäßigem Abitur, aber brillanten Noten an der Polizeihochschule. Sie konnte sich keinen anderen Beruf als ihren jetzigen vorstellen. Polizeiverwaltung? Innendienst? Nein. Sie konnte tagelang über Akten brüten, wenn es darum ging, einen Fall zu lösen, aber sie konnte sich nicht vorstellen, es immer und ausschließlich zu tun. Es würde die Welt nicht besser machen. Innendienst war keine Lösung.

Sie ging nach unten in den Frühstücksraum. Am Nachbartisch saßen zwei Männer, die sich über einen Strauß Plastikblumen hinweg auf Englisch unterhielten. Es ging um irgendwelche Motoren, die nach Estland verschifft werden sollten. Island trank drei Becher starken Kaffee mit viel Kaffeesahne, weil es keine Milch gab. Lustlos aß sie ein Brötchen mit Marmelade und blätterte in der Tageszeitung, die auf dem Tisch lag. Im Radio lief ein Musiksender, Welle Nord, und spielte Schlager und seichte Popmusik. Nach jedem zweiten Lied schaltete sich ein Moderator mit Altmännerstimme ein und machte einen Witz, den nur verstand, wer auf dem Land wohnte und sich niederdeutschen Humor bewahrt hatte. Manche Anekdoten erzählte er gleich ganz auf Platt.

Die Titelseite der Zeitung zierte das Bild vom Ausschwimmen einer Luxusjacht aus einem Dock. Sie hatte die Größe eines Passagierschiffes. Ein Ölmilliardär, der in der Zeitung nicht genannt werden wollte, hatte sie von der größten der Kieler Werften, den Howaldtswerken, bauen lassen.

Island blätterte weiter. Auf Seite zwei gab es einen Bericht über die schwierige wirtschaftliche Lage im Land, den das Bild einiger Werftkräne zierte, während auf Seite drei ein üppig bebilderter Artikel über die Kreuzfahrtschiffe abgedruckt war, die voraussichtlich im nächsten Jahr den Kieler Hafen anlaufen würden. Die Sportseiten berichteten über eine Regatta in der Flensburger Förde, die deutschen Surfmeisterschaften vor St. Peter-Ording und ein Beachvolleyballturnier am Schilkseer Strand. Sie dachte an die Schlagzeilen in den Berliner Zeitungen: Polizist von Kollegin erschossen. Kiloweise Heroin sichergestellt. Trotzdem kein Durchbruch bei den Ermittlungen.

Ob in den Kieler Nachrichten auch davon berichtet worden war? Solche Dinge passierten in den Großstädten überall auf der Welt. Es war sicher kaum eine Meldung wert. Hier interessierte man sich für andere Dinge. Seehunde zum Beispiel. In der Seehundaufzuchtstation in Friedrichskoog hatte man den Sommer über fünfunddreißig Heuler großgezogen, die nun unter den Augen vieler Kameras in die Nordsee entlassen wurden. Man hatte ihnen Peilsender aufgeklebt und konnte so ihre Bewegungen im Meer überwachen. Die Fotos füllten eine ganze Seite. Wenn ich heute nicht meinen ersten Arbeitstag in Kiel hätte, würde ich glauben, ich bin im Urlaub, dachte Olga Island und faltete die Zeitung zusammen.

Weil ihr kalt war, ging sie nach dem Frühstück noch einmal in ihr Zimmer, zog ihre gefütterte schwarze Lederjacke über und machte sich auf den Weg zu ihrer neuen Dienststelle.

4

Die Fahrt durch die verstopfte Kieler Innenstadt dauerte länger als erwartet. Es war kurz nach acht Uhr am Montag, dem 5. September, als sie in einer der Seitenstraßen in der Nähe der Bezirkskriminalinspektion einen Parkplatz fand. Sicher gab es irgendwo eine Parkmöglichkeit für Polizeiangehörige. Sie würde sich so bald wie möglich danach erkundigen. Als sie aus dem Auto stieg, hatten dichte Wolken den Himmel verdunkelt, und es sah aus, als würde es bald regnen. Die Bezirkskriminalinspektion Kiel war in einem gedrungenen, burgartigen Gebäude untergebracht, dessen breiter Feldsteinsockel dem ganzen Komplex einen wehrhaften und abweisenden Eindruck verlieh. Ein steinerner Schwertritter an der Westfassade, ein sogenannter Roland, bewachte es seit seiner Errichtung mit finsterem Blick. Die hohe Eingangshalle mit den steilen Treppen erinnerte Island an die Schulgebäude ihrer Kindheit, sogar der Geruch war derselbe, es roch nach Schweiß, Pappe und angespitzten Bleistiften.

Thoralf Bruns, Erster Kriminalhauptkommissar und Leiter des Kommissariats 1, begrüßte sie in seinem Büro.

»Sind Sie fürs Erste untergekommen?«

»Danke, ja. Die Wohnungssuche startet am Wochenende.«

»Wenn ich Ihnen behilflich sein kann, sagen Sie Bescheid.«

Island hatte im Internet schon nach Wohnungen Ausschau gehalten. Es gab Dienstwohnungen für Polizeimitarbeiter, aber die Aussicht darauf, in einem Sechzigerjahreblock am Stadtrand mit anderen Landesbediensteten und ihren Familien zusammengepfercht zu hausen, war nicht gerade verlockend. Wenn sie an ihre verwaiste Wohnung in Friedenau dachte, mit den erst im letzten Urlaub mühsam abgeschliffenen und frisch lackierten Dielen, an die große Kastanie im Hinterhof und an die beiden Schauspieler Mathilda und Hans aus der Mansarde über ihr, traten ihr die Tränen in die Augen. Hans goss die Blumen, und Mathilda schickte ihr die Zeitung nach, bis der Nachsendeantrag funktionierte. Wie gerne würde sie nach Feierabend nach oben gehen, um ein Glas Rotwein mit ihnen zu leeren. Vielleicht war diese Zeit freundschaftlicher Nachbarschaft für immer vorbei.

»Sie wissen, dass Sie nach Ihrer Einarbeitungsphase meine Stellvertreterin im K1 werden sollen. Die Stelle ist vor vier Monaten freigeworden, als Hauptkommissar Schneider in den Ruhestand ging.« Thoralf Bruns, ein Mann von fünfzig Jahren, groß gewachsen und schlank, sprach langsam und in unverkennbarem Hamburger Tonfall.

»Auf diese Weise wurden für die Monate der Vakanz enorme Summen Geld eingespart, das wir jetzt für den Ausbau unserer Computervernetzung zur Verfügung haben.«

Bruns lächelte nicht, aber seine grauen, buschigen Augenbrauen zuckten.

Island nickte.

»Verstehe«, sagte sie, »da ist sicher einiges liegengeblieben.« Ihre Stimme klang ironischer, als sie beabsichtigt hatte.

»Normalerweise würde diese Position aus unseren Reihen besetzt, weil, wie Sie sich denken können, Erfahrung und Ortskenntnis hier unbedingt erforderlich sind. Aber wie ich Ihrer Personalakte entnehmen konnte, sind Sie mit Kiel und seiner Umgebung einigermaßen vertraut.«

»Ja«, sagte Island und merkte, wie ihre Kopfschmerzen schlimmer wurden.

»Ich weiß, warum Sie hier sind, halte das aber, was Ihre Arbeit in unserer Gruppe angeht, für irrelevant. Wir belassen es dabei, dass Sie aus persönlichen Gründen nach Kiel zurück wollten?«

Sie legte den Kopf in den Nacken und schloss die Augen.

»Ja.«

Ein schwarzer Tag in meinem Leben, ungefähr so schlimm, wie ich es erwartet habe, dachte sie. Ich werde den anderen vor die Nase gesetzt, und sie haben keine Ahnung, warum. Aber es würde nichts besser machen, wenn sie es wüssten.

Thoralf Bruns beugte sich nach vorn und sah sie aus dunkelbraunen Augen fest an.

»Frau Kollegin, ich kann mir vorstellen, wie Ihnen zumute ist. Versuchen Sie, das Beste daraus zu machen. Alles andere wird sich finden.«

Er führte sie zu ihrem Dienstzimmer, in dem eine junge Frau mit strubbeligen, dunkelrot gefärbten Haaren gerade einen Computer auf dem Schreibtisch platzierte und anschloss. »Henna Franzen, Kriminalkommissarin«, stellte Bruns vor.

»Zur Anstellung«, sagte Franzen und lächelte. Sie trug weite Jeans und unter einer kurzen Jacke ein knappes T-Shirt. Island fragte sich, wie sie so herumlaufen konnte, ohne sich sofort zu erkälten.

»Sie kommen aus Berlin?«, fragte Franzen und bekam einen schwärmerischen Blick. »Meine Schwester lebt dort. Supercoole Stadt!«

Island nickte. Sie wusste keine passende Antwort auf so viel Begeisterung für eine Metropole der Kriminalität.

Bruns räusperte sich. »Heute findet unsere Dienstbesprechung ausnahmsweise erst um neun statt. Bis dahin könnten Sie ihr Zimmer in Beschlag nehmen und sich mit den wichtigsten Dingen vertraut machen.« Er wies auf einige Aktenordner, die in einem schlichten Holzregal standen. »Ich habe zu tun. Wir sehen uns.« Dann fuhr er sich mit der Hand durchs graumelierte Haar und verschwand. Franzen folgte ihm schweigend.

Island zog ihre Jacke aus und suchte nach einer Möglichkeit, sie aufzuhängen. Sie öffnete einen schmalen Holzschrank, der hinter der Tür stand. An der Stange hing ein Kleiderbügel. Auf einem Brett lag ein alter Einwegrasierer. Sie nahm den Rasierer und beförderte ihn in den Papierkorb. Vom Fenster aus sah sie durch ein paar schlanke Pappeln hindurch auf einen provisorischen Parkplatz, der von Backsteingebäuden umstanden war. Ein feiner Nieselregen fiel vom grauen Himmel und färbte die Fassaden der Häuser dunkel. Kieler Farbe, dachte sie, Backsteine, feucht vom Regen.

Sie wandte sich den Akten im Regal zu. »Verordnungen Innenministerium«, »Organisationsplan Landeskriminalamt«, »Reisekostenrecht«. Sie griff nach dem Ordner mit dem Titel »Laufende Ermittlungen« und blätterte darin herum. Es war eine Sammlung von Fotokopien aus augenscheinlich noch nicht abgeschlossenen Fällen. Vermisstenanzeigen, Fotos von verlorenen oder gestohlenen Schmuckstücken, Fahndungsaufrufe und Kurzzusammenfassungen von Arbeitsergebnissen.

Island runzelte die Stirn. Das Ganze war ein ziemliches Durcheinander. Wahlloses Kopieren von einzelnen Informationen aus Kriminalakten war sicher nett gemeint, aber sie selbst hatte neue Mitarbeiter anders eingearbeitet. Sie zog ein kurzes Gespräch einem langen Aktenstudium vor, denn schnellstmöglicher Informationsfluss war eine Notwendigkeit, wenn man so von Verbrechen überrannt wurde wie in Berlin. Sie seufzte. Plötzlich hatte sie das untrügliche Gefühl, sich auf einer Zeitreise zu befinden, um Jahre zurückgeworfen zu sein in eine Vergangenheit, mit der sie längst abgeschlossen hatte. Seit sie Kiel vor zwanzig Jahren verlassen hatte, um fortzugehen und Polizistin zu werden, hatte sich viel verändert, aber die Zeit war hier an der Ostsee und dort, wo sie gelebt hatte, nicht synchron verstrichen. Es kam ihr vor, als hätte sie ein paar Zeitzonen durchflogen, und sie spürte eine Art Jetlag, der sie mattsetzte.

Beim Versuch, allzu trübe Gedanken beiseitezuschieben, hatte sie bald die wichtigsten Dinge in den Akten durchgesehen. Gerade griff sie nach einem Ordner mit der Aufschrift »Dienstrecht Landesverwaltung Allgemeines«, als das Telefon auf ihrem Schreibtisch klingelte.

»Bruns hier. Sind Sie warmgelaufen?«
»Sicher.«
»Wir haben einen Fall. Die Dienstbesprechung ist bis auf Weiteres verschoben. Ich fahr raus zum Fundort.«
»Bin dabei.«
»Das wollte ich hören.«

Als sie in den Waldweg einbogen, der auf ein eisernes Tor zuführte, kam der Regen schräg von vorne. Ein Streifenpolizist wartete auf sie, öffnete das Tor und ließ sie passieren. Bruns und Island stiegen aus und gingen über einen Plattenweg auf ein langes Gebäude aus schmutzig gelben Ziegeln zu, das sich an eine Betonmauer schmiegte. Über eine Eisenleiter kletterten sie auf die Mauer, die den See dahinter staute. Unter ihnen schoss das Wasser durch Fallrohre metertief hinab und trieb die Turbinen an.

Zwei Streifenpolizisten bemühten sich, den zum See abfallenden, grasbewachsenen Hang auf der anderen Seite der Staumauer mit rot-weißem Plastikband abzusperren. Auf dem schmalen Steg, der über den Damm führte, drängte sich ein halbes Dutzend Mitarbeiter der Spurensicherung. Im Licht aufgestellter Scheinwerfer glitzerte die Feuchtigkeit auf ihren weißen Overalls.

Sie sehen wie Maden aus, dachte Island, und im Grunde sind sie das ja auch.

Bruns schob sich wortlos an ihnen vorbei, Island folgte ihm.

Am Gitter des Kraftwerks, dort wo ein kleiner Teil des Wassers in eine Fischtreppe hineinlief, lag zwischen treibenden Blättern und Fetzen von Plastikfolie ein längliches Bündel. Island erkannte einen Kopf mit dunklen Haaren, der in der Strömung hin und her schlug. Der Körper war nackt und trieb mit dem Gesäß nach oben, die Arme waren hinter den Rücken gezogen und in den Armbeugen zusammengeschnürt. Wie ein Paar kleiner, federloser Flügel ragten die Hände aus dem Wasser, denn auch die Handgelenke waren fest aneinandergebunden. Obwohl sich der größere Teil des Körpers unter Wasser befand, wehte beißender Leichengeruch herauf. Der Fotograf des Kommissariats 6 für Beweissicherung und Kriminaltechnik machte Aufnahmen mit verschiedenen Kameras.

»Wie kriegen wir den Körper da heraus?«, fragte Island.

»Sie werden Stangen haben, wenn nicht, brauchen wir schnellstmöglich ein Boot ...«

Im selben Moment brachte der Wasserwart lange Metallstangen mit Haken daran.

»Letztes Jahr haben wir damit zwei Kinder vom Eis

gerettet«, sagte er. »So was wie das da haben wir noch nicht gehabt.«

»Wer hat die Leiche entdeckt?«, wollte Island wissen.

»Die dort drüben.«

Ein Paar stand auf der anderen Seite des Wehres und hielt sich an den Händen.

»Übernehmen Sie das?«, fragte Bruns.

Island kletterte über die Betonmauer und stieg die Böschung hinauf. Auf dem Spazierweg, der am Seeufer entlangführte, lagen Skistöcke mit gummierten Spitzen.

»Sie haben die Polizei informiert, oder? Erzählen Sie bitte.«

»Jeden Morgen drehen wir zwei, drei Runden um den Rosensee«, sagte die Frau, die gleich das Wort ergriff. »Wegen der Fitness, Nordic Walking. Trainiert ja alle Muskeln, und auch sonst ...«

»Gut, weiter.«

Die Frau hatte rote Flecken im Gesicht. Sie sprach, als wäre sie immer noch außer Atem.

»Als wir heute am Wehr vorbeikamen, meinte mein Mann, das stinkt hier ja wie damals, als der See abgelassen wurde, nach toten Fischen und Verwesung. Mein Mann ist im Angelverein, und die Fischtreppe ist neu, und wenn da was nicht in Ordnung ist, dann muss das dem Obmann des Vereins gemeldet werden, weil der das alles überwacht, mit der Fischtreppe und so.« Sie ließ die Hand ihres Mannes los und fuchtelte mit den Armen in der Luft herum. »Und dann trieb da soviel Schietkram vor dem Sieb heute morgen. Und wir wollten wissen, ob die Fischtreppe noch funktioniert. Da sind wir über den Zaun gestiegen. Und dann lag der da im Wasser, genau vor dem Einlauf, und verstopfte alles.«

»Woher wissen Sie, dass es ein Mann ist?«

»So was sieht man«, sagte die Frau, während ihr Gatte säuerlich den Mund verzog.

Als Island zum Wehr zurückkehrte, hatten sie den Toten auf die Staumauer gezogen. Taucher waren eingetroffen und suchten den Seegrund ab. Ein Staatsanwalt war nirgendwo zu sehen. Island erkundigte sich bei Bruns danach. Der sprach gerade die wichtigsten Dinge über das Aussehen der Leiche und die Umstände des Auffindens in ein Diktiergerät und machte eine konzentrierte, mürrische Miene.

»Kommt heute nicht«, sagte er nur und sprach dann weiter in sein Aufnahmegerät.

Der Körper auf dem grauen Beton war groß und kräftig. Er lag auf der Seite, die Hände hinter dem Rücken verborgen. Die Leiche musste bereits einige Tage im Wasser gelegen haben, denn an Händen und Füßen schälte sich die weiße, schrumplige Haut großflächig ab. Der Bauch war aufgebläht, das Gesicht aufgedunsen und wegen einer bis auf den Schädelknochen reichenden Verletzung der Stirn kaum noch zu erkennen. Die Beine waren mit einer dünnen Nylonschnur umwickelt und von großen, dunklen Flecken übersät.

»Umdrehen«, sagte Bruns, und zwei Mitarbeiter der Spurensicherung drehten den schweren Leib auf die andere Seite. Es roch nach Fäulnis und ranziger Butter.

Die Hände des Mannes waren so aufgequollen, dass sie aussahen wie aufgeblasene Haushaltshandschuhe. Die Handgelenke waren mit derselben sehnenartigen Schnur gefesselt, die auch um die Beine geschlungen war.

»Tja«, sagte Bruns. »Keine Hinweise auf seine Identität. Ich fahre zurück und schiebe die Fahndung an. Haben Sie genug gesehen?«

»Moment.« Island hockte sich neben den toten Körper nieder und betrachtete ihn. Er bot einen grausigen Anblick, den zu ertragen sie sich zwingen musste. Langsam ließ sie ihren Blick über den Rosensee schweifen, auf dem Millionen Regentropfen winzige Kreise formten. Die Haare klebten an ihrem Hals, Wasser rann in den Kragen hinein und unter das Hemd. Es regnete ohne Unterlass. Trotzdem musste sie noch einen Augenblick verharren.

Dieser erste Eindruck war immer wichtig. Zu dem, was sie jetzt sah oder nicht sah, würde sie in Gedanken immer wieder zurückkehren, würde bewusst und unbewusst versuchen, mit allem, was sie ermitteln konnte, das Bild, das hier am Fundort entstand, zu bestätigen oder anzuzweifeln. Es gehörte zu ihrer Arbeit, immer wieder an einem entsetzlichen Anfang zu stehen. Doch der Beginn der Ermittlungsarbeit war immer das Ende einer Kette von Ereignissen, die zu ebendieser Tat geführt hatten. Wer? Warum? Wie? Und immer wieder die Frage: Warum hier? Was sagte das, was sie hier fanden, über das Vergangene aus? Welche Geschichte erzählte dieser Ort über das Lebensende des Menschen, der so grausam zugerichtet vor ihr lag?

Bis auf die Haut durchnässt, ging sie langsam zu Bruns' Auto zurück. Sie nahm sich vor, das nächste Mal an Gummistiefel und Regenschirm zu denken. Auf solch einen Einsatz war sie an diesem Tag nicht vorbereitet gewesen. Sie fühlte sich überrumpelt. Dabei war ein rasanter Einstieg vielleicht gerade das, was ihr den Anfang erleichtern und weitere Grübeleien über ihr Leben verhindern würde.

Bruns telefonierte mit dem Rechtsmediziner, der sich anscheinend verfahren hatte und noch nicht bei der Leiche eingetroffen war.

»Der findet das Sperrwerk nicht. Ist nicht von hier«, meinte Bruns.

Das kann ja heiter werden, dachte Island und zog den Reißverschluss ihrer Jacke auf. Ich bin auch nicht mehr von hier, sonst würde ich nicht von meinem ersten Einsatz so völlig gebadet zurückkommen. Warum erinnert mich alles so verteufelt an die Zeit, als ich als Kommissaranwärterin durch die Gegend schlurfte, dachte sie. Diese bleierne Müdigkeit und die Lust auf Kaffee und Zigaretten.

5

Die Zusammenkunft aller Mitarbeiter des Kommissariats 1 der Bezirkskriminalinspektion fand um Viertel nach zwölf statt.

Als Island das geräumige Zimmer am Ende des Flurs betrat, war ein halbes Dutzend Menschen um einen großen, ovalen Tisch versammelt.

»Das ist Kriminalhauptkommissarin Olga Island. Sie ist unsere Verstärkung aus der Hauptstadt. Wie Sie alle wissen, ist sie die Nachfolgerin von Hauptkommissar Schneider, den wir im Mai in den Ruhestand verabschiedet haben.«

Ein leises Raunen ging durch den Raum. Einige der Anwesenden grinsten. Die Verabschiedung von Schneider schien ein bemerkenswertes Fest gewesen zu sein, wahrscheinlich war es feucht und fröhlich gewesen. Und sicher hatten sich einige der Kollegen Hoffnungen gemacht, befördert zu werden, wo nun endlich eine Planstelle frei geworden war. Doch jetzt war ihnen eine Auswärtige in die Quere gekommen, und noch dazu eine Frau.

»Hallo«, sagte Olga Island und lächelte in die Runde. Es war ein echtes Lächeln, denn niemand außer Bruns schien zu wissen, warum sie da war. Keiner der Anwesenden brauchte sich hier vor ihr zu fürchten, weil sie so bald wie möglich nach Berlin zurückkehren würde.

Die neuen Kollegen nannten reihum ihre Namen. Neben Henna Franzen, die sie schon kannte, waren es vier Männer und eine weitere Frau, die sich mit den Worten »Karen Nissen, Kriminalkommissarin, zwei Kinder, halbe Stelle« vorstellte.

Bruns begann, die Fakten des Falles zusammenzufassen.

»Heute Morgen gegen acht Uhr wurde an der Staumauer des Rosensees bei Raisdorf von Wanderern eine männliche Leiche entdeckt. Der Tote war unbekleidet und an Händen und Füßen gefesselt. Der Todeszeitpunkt ist noch nicht ermittelt, allem Anschein nach hat der Mann über eine Woche im Wasser gelegen. Der Fundort ist nicht der Tatort, denn die Gittersiebe am Wehr werden mehrmals täglich kontrolliert. Zuletzt heute Morgen gegen sechs Uhr. Da war das Sieb noch frei. Der Aufgefundene ist zwanzig bis dreißig Jahre alt, einen Meter achtzig groß und hatte wahrscheinlich eine sportliche Figur. Wir wissen noch nicht, wer es ist, sodass die normalen Maßnahmen zur Feststellung der Identität angelaufen sind. Obduziert wird sofort, weil der Zustand der Leiche es absolut erfordert. Wir werden wohl keine brauchbaren Fotos vom Gesicht des Toten bekommen. Ob noch Fingerabdrücke genommen werden können, müssen wir abwarten. Wenn wir bis heute Abend keinen Hinweis auf die Identität haben, geht unabhängig von den Informationen über den Leichenfund zusätzlich eine Personenbeschreibung an die Presse raus.«

Bruns warf Olga Island einen Blick zu.

»Frau Island war mit am Fundort. Haben Sie dazu noch etwas zu sagen?«

Olga Island stand auf und blickte in neugierige, skeptische Gesichter.

»Mir ist am Fundort Verschiedenes aufgefallen, was ich hier wiedergeben möchte.«

Im Raum war es jetzt so still, dass man das Zuschlagen einer Autotür draußen auf dem Parkplatz hören konnte.

»Es handelt sich bei dem Toten um einen großen, kräftigen Mann, möglicherweise sportlich und noch recht jung. Da drängt sich bei mir die Frage auf, wie es zu der Fesselung gekommen sein mag.«

Ein weiterer Kollege war ins Zimmer getreten und lehnte sich lässig in den Türrahmen. Island bemerkte, wie er das Gesicht zu einem Grinsen verzog, dessen Ursache sie nicht ausmachen konnte.

Unbeirrt sprach sie weiter.

»Ich lasse diese Frage erst mal so stehen, denn wir warten auf die Rechtsmedizin, die uns sagen wird, ob und welche Spuren von vitaler Gewaltanwendung der Körper aufweist. Unübersehbar waren die Totenflecken, die sich an den Beinen der Leiche befanden. Das könnte darauf hindeuten, dass sich der Mann bei oder kurz nach seinem Tod in einer aufrechten Lage befunden hat. Es käme also möglicherweise auch etwas zunächst Abwegiges wie Erhängen infrage, bevor der Körper ins Wasser gelangte. Geschah also möglicherweise eine Selbstfesselung in suizidaler Absicht? Die Rechtsmediziner werden das feststellen können. In jedem Fall sollten wir nicht nur den See und seine Uferränder nach einem möglichen Tatort absuchen, sondern auch den umgebenden Wald. Die Verletzungen an Stirn, Knien und Füßen deuten meiner Meinung nach darauf hin, dass der Körper postmortal eine

Strecke im Wasser trieb. Der Tatort oder der Ort, an dem der Körper ins Wasser gelangte, könnte also etliche Kilometer vom Fundort entfernt liegen.«

»Das würde ja heißen, dass wir den ganzen Wald zwischen Raisdorf und Preetz durchkämmen müssen«, sagte einer, der sich als Falk Taulow vorgestellt hatte.

»Natürlich«, sagte Island.

»Dafür kriegen wir aber gar keine Leute.«

Alle in der Gruppe redeten plötzlich durcheinander.

»Dann werden wir dafür sorgen, dass wir sie doch bekommen«, sagte Island ruhig und sah Bruns an, der langsam nickte.

Bruns verteilte die Aufgaben für die kommenden Stunden, und die Gruppe ging auseinander. Auf dem Weg in ihr Büro traf Island auf den Mann, der bei ihren Ausführungen anfänglich so unverschämt gelächelt hatte. Sie nickte ihm zu und wollte sich vorstellen. Doch er kam ihr zuvor.

»Duzen.«

Hatte sie richtig verstanden? Hatte er sie soeben gefragt, ob sie sich duzen wollten? Verwirrt sah sie ihn an. Sie hatte die Norddeutschen immer für langsam und kühl gehalten. Sie gingen nicht einfach so auf Fremde zu, erst recht nicht beim ersten Aufeinandertreffen. Und jetzt bot ihr jemand, den sie überhaupt nicht kannte, plötzlich das Du an. Hatten sie in dieser Dienststelle doch einen lockereren Umgang miteinander, und sie hatte es in der ganzen Hektik, die am Tag bisher geherrscht hatte, nur einfach nicht bemerkt?

Ihr Gegenüber hatte ihr Mienenspiel beobachtet.

»Dutzen mit tz«, fügte er hinzu.

»Island«, war ihre knappe Antwort, und auch Jan Dutzen lächelte nicht mehr.

Zehn Minuten nach zwei saß sie wieder in ihrem Dienstzimmer. Der starke Regen vor den Fenstern war in ein alles einhüllendes Nieseln übergegangen. Bruns hatte ihr auf der Rückfahrt im Auto einige wesentliche Fragen zur Bezirkskriminalinspektion beantwortet, zum Beispiel ob es eine Kantine gab. Die gab es nicht. Aber in der Umgebung gab es offenbar einige Lokale, die einen preiswerten Mittagstisch anboten. Manche der Mitarbeiter gingen in das Kasino der Stadtwerke, die Kantine des Opernhauses oder, wenn sehr viel Zeit zur Verfügung stand, auch mal in den Ratskeller unten am Kleinen Kiel. Island beschloss, den Pizzaservice anzurufen, dessen Nummer Franzen ihr auf einen Zettel geschrieben hatte. Auf ihrer To-do-Liste notierte Island neben Gummistiefeln, Regenschirm und Kopfschmerztabletten auch »Plastikdose für belegte Brote«. Dann wählte sie die Nummer des Rechtsmedizinischen Instituts.

»Die Professoren Schröder und Engel sind im Sektionssaal und haben vor einer Stunde mit der gerichtlichen Leichenschau begonnen«, teilte ihr die Sekretärin mit.

Island zog ihre feuchtkalte Jacke über und klopfte an Bruns' Bürotür.

»Ich fahr zur Obduktion«, sagte sie.

»Gut«, sagte Bruns, »Dutzen ist auch dort. Und der Staatsanwalt. Soll ich Ihnen den Weg beschreiben?«

Als sie nach einer Viertelstunde, sechs roten Ampeln, unzähligen Einbahnstraßen und drei völlig überfüllten Parkplätzen des Universitätsklinikums Kiel das flache Gebäude des Rechtsmedizinischen Instituts erreichte, wusste sie, dass sie sich in nicht allzu ferner Zukunft ein Fahrrad zulegen würde.

»Rechtsmedizin« stand in weißer Schrift auf einem blauen Schild vor dem Eingang des zweigeschossigen Neubaus mit der verklinkerten Backsteinfassade, in dem sich ebenfalls die Sexualmedizinische Forschungs- und Beratungsstelle der Universität Kiel befand. Schon während sie an dem Gebäude entlangging, hatte sie die Kühlaggregate draußen auf dem Rasen gesehen. »Direktor 6-mal, Labore 4-mal klingeln« stand auf einem kleinen, runden Messingschild neben der Tür. Sechsmal drückte sie den Klingelknopf. Wenn sie sich schon mit den Dingen vertraut machen musste, konnte sie auch gleich beim Direktor anfangen.

»Der Chef ist im Sektionssaal.« Die Sekretärin wies ins Treppenhaus. Mit freundlichen Worten, als wolle sie Island über das, was ihr bevorstand, hinwegtrösten, beschrieb sie ihr den Weg in den Keller, wo sich die Sektionsabteilung befand.

An den süßlich-bitteren Leichengeruch, den sie im unteren Bereich des Treppenhauses wahrnahm, würde sie sich nie gewöhnen können. Als Island unten vor den schweren Milchglastüren erneut auf eine Klingel drückte und ihr eine sehr junge Frau öffnete, offenbar eine studentische Hilfskraft, drang der beißende Geruch des Formalins in ihre Nase und verursachte ihr Übelkeit. Ich hätte vorher etwas essen sollen, dachte sie, oder wenigstens noch einen Kaffee trinken. Und Zigaretten kaufen für hinterher. Da war sie wieder, diese leise, beharrliche Stimme in ihrem Ohr. Die Stimme des Nikotins. Seit Jahren hatte sie keine Zigarette mehr angerührt, und jetzt, kaum dass sie in Kiel war, verfolgte sie der Gedanke an Tabakwaren wie eine Melodie, die ihr nicht aus dem Kopf ging.

»Frau Island?« Professorin Dr. Charlotte Schröder nickte ihr zu, während der Institutsleiter Professor

Dr. Dr. Wiglaff Engel über den Toten gebeugt dastand und offensichtlich damit beschäftigt war, die Leber und weitere innere Organe zu entnehmen. Dutzen stand am Fußende des Stahltisches, blickte über die verschmierten, grünen OP-Tücher, mit denen ein Teil des Körpers aus Gründen der Pietät verdeckt war, in den geöffneten Bauchraum hinein und verzog keine Miene. Daneben saß auf einem hochbeinigen Hocker ein kleiner, drahtiger Mann, offenbar Harald Lund, der Staatsanwalt.

Der Direktor griff zur Säge, teilte damit das Brustbein und hebelte die Rippen auseinander. Die zweite große Körperhöhle war damit eröffnet, und alle warteten auf die Erkenntnisse, die Engel und Schröder über Lunge und Herz gewinnen würden. Der Gestank war bestialisch.

Okay, ich habe mich nun mit den rechtsmedizinischen Gegebenheiten in Kiel vertraut gemacht, dachte Island, dann könnte ich ja jetzt zurückfahren und den Bericht in aller Ruhe abwarten. Aber das sähe sicherlich so aus, als würde ich eine Obduktion nicht durchstehen können. Dabei hätte ich nur einfach die Öffnung des Kopfes, die mit dem Auftrennen des Rachenraumes einhergeht, gern verpasst.

Die Ärzte arbeiteten zügig und routiniert. Nach einer weiteren Stunde waren die Inspektionen der Leiche fürs Erste abgeschlossen, die Gewebeproben für die histologischen Untersuchungen entnommen, war das vorläufige Gutachten diktiert.

»Frau Island, unsere neue Kraft aus Berlin, hallo!«, begrüßte sie Professor Engel. »Ich gebe Ihnen mal nicht die Hand«, fügte er hinzu und tupfte Flüssigkeit von den hochgeschlossenen Handschuhen. »So wie es aussieht, ist der Mann kurz vor seinem Tod gefesselt worden und erstickt. Es ist auszuschließen, dass er sich die Fesseln selbst angelegt hat. Die Leiche weist aber trotzdem keinerlei Anzeichen äußerer Gewalt auf.«

»Und die Spuren im Gesicht? Wenn man von einem Gesicht überhaupt noch sprechen kann …«

»Der See, in dem er gelegen hat, ist voller geheimnisvoller und banaler Lebewesen«, antwortete Engel. »In diesem Fall haben die Wasserratten ganze Arbeit geleistet.«

»Ist er ertrunken?«

»Nein.«

»Ganz sicher?«

»Ja.«

Harald Lund, der Staatsanwalt, der sich zu ihnen gestellt hatte, fragte: »Können Sie das näher erläutern?«

Engel nickte.

»Wir haben kein Wasser in der Lunge gefunden, und entsprechend werden wir wohl auch keine Diatomeen, sprich Kieselalgen, im Blut, im tieferen Lungengewebe oder in der Leber nachweisen können, warten aber die Ergebnisse der Laboruntersuchungen erst einmal ab. Schließlich könnte auch eine Vergiftung zur Ausschaltung der Widerstandskraft des Mannes infrage kommen. Ergebnisse dürfen Sie in drei bis fünf Tagen erwarten.«

»Könnte es sein, dass er an einem Knebel erstickt ist, der danach entfernt wurde?« Island merkte, wie ihr Magen leise knurrte, hoffte aber, dass es für die Umstehenden nicht zu hören war. »Oder waren Mund und Nase vielleicht mit einer Folie verschlossen, die der Täter ablöste, als das Opfer tot war?«

»Zumindest lässt es sich nicht mehr feststellen«, antwortete Engel. »Aber im Rachenraum und speziell am Kehlkopf habe ich keine Verletzungen gefunden, die auf einen Knebel hindeuten würden.«

»Die letzte Mahlzeit?«, wollte Dutzen wissen.

»Fand etwa eine Stunde vor dem Ableben statt. Soweit ich es beurteilen kann, handelte es sich um Fisch und Teigwaren, ein Fischbrötchen vielleicht, auf das zwei, drei Gläser Rotwein getrunken wurden. Allerdings ist die Gärung im Magen sehr weit fortgeschritten, sodass wir das definitive Ergebnis auch hier abwarten müssen.«

Beim Wort Fischbrötchen krampfte sich Islands Magen spürbar zusammen und gab einen Gurgelton von sich.

Lund ließ sich nichts anmerken, aber Dutzen unterdrückte ein Grinsen. Island mochte keinen Fisch, aber inzwischen war sie sehr hungrig und hätte sogar so etwas Abwegiges wie Brötchen mit Rollmops oder Haifischsteak gegessen.

»Wir werden jetzt die Präparation der Fingerabdrücke vornehmen«, fügte Engel hinzu. »Sie wissen, dass das nicht sehr appetitlich ist. Da Herr Dutzen der Spezialist für die erkennungsdienstlichen Belange ist, reicht es wohl, wenn er hierbleibt.«

Island nickte. Man würde die Fingerkuppen abtrennen, vorsichtig die Haut ablösen, und einer der beiden Obduzenten würde die abgelöste Haut wie Fingerwärmer über die eigenen behandschuhten Finger ziehen, in Farbe wälzen und auf Papier abrollen. Dutzen würde die Abdrücke dann mitnehmen und anhand der Datei des Bundeskriminalamtes prüfen, ob ein Eintrag vorlag. Diese Prozedur brächte die Ermittlungen aber nur weiter, wenn der Tote bereits erkennungsdienstlich in Erscheinung getreten war.

Ansonsten blieb noch das Zahnschema, um den Mann zu identifizieren. Die Kollegen würden so bald wie möglich die Zahnärzte zwischen Kiel und Plön abklappern, in der Hoffnung, einen Treffer zu landen, wenn der Mann denn aus dieser Gegend stammte. Vielleicht brachte aber auch eine Meldung in der Zeitung einen rascheren Erfolg.

Island verabschiedete sich und fuhr in die Bezirkskriminalinspektion zurück. Es war jetzt halb sechs, und ein böiger Wind trocknete die Gehwegplatten des Bürgersteigs in der Blumenstraße. Blumenstraße, was für ein klingender Name für eine Straße in einer so öden Gegend, dachte sie. Sie stieg die Treppen in den zweiten Stock hinauf und betrachtete das altmodische, holzgeschnitzte Geländer. Sobald sie eine Wohnung gefunden hatte, würde sie sich einen großen Strauß Herbstblumen kaufen. Lorenz würde ihr gewiss keinen schicken lassen. Dafür hatte er, der sensible Maler mit der Vorliebe für üppige Obststillleben und Fotografien von Hunden aller Art, kein Geld.

Wo Lorenz wohl gerade steckte? Als sie das letzte Mal mit ihm telefoniert hatte, war er in Rom gewesen, um in die Toskana weiterzureisen für einen Kurs in Keramikmalerei und Filzhutgestaltung für wanderlustige Seniorinnen. Sie hatte ihn von einer Telefonzelle aus in seinem Hotel angerufen und ihm gesagt, dass sie Berlin auf unbestimmte Zeit verlassen würde, um in einem dringenden Fall in Kiel zu ermitteln. Er hatte verschlafen geklungen und geantwortet, dass er sie vermisse und dass sie unbedingt im nächsten Sommer zusammen nach Venedig reisen sollten, er habe dort einen Kunstsammler kennengelernt. In Venedig könne er das Atelier eines Freundes benutzen, außerdem sei Biennale, und überhaupt sei es, von Berlin einmal abgesehen, *die* Stadt für romantische Stunden. Sie hatte gelacht und es nicht übers Herz gebracht zu sagen, wie es wirklich um sie stand.

Seitdem hatte er ihr dreimal eine SMS geschrieben, von denen die erste mit der Abkürzung »I L D« für »Ich liebe Dich« geendet hatte, die zweite und dritte mit »Kuss und Meer«.

Sie hatte noch nicht geantwortet.

6

Kurz bevor die Bäckerei in der Legienstraße nahe der Bezirkskriminalinspektion schloss, ging Island hinüber und erstand den Rest eines Hefezopfes mit Mohn, den sie auf dem Rückweg in ihr Büro aus der Tüte aß. Der Kuchen war süß und klebrig und lag ihr noch Stunden später wie ein Stein im Magen. Als sie die Treppe zum K1 hinaufstieg, atmete sie tief ein und aus. Entspann dich, dachte sie und zog Mund und Augenbrauen zusammen. Mathilda, ihre schauspielernde Nachbarin in Friedenau, hatte ihr diesen Trick verraten. »Du musst das ganze Gesicht zusammenziehen und dann wieder locker lassen. Und dabei ruhig weiteratmen. Dann blählählähläh sagen.« Weil Jan Dutzen ihr auf dem Gang entgegenkam, sparte sie sich Letzteres.

Für neunzehn Uhr dreißig war eine Pressekonferenz angesetzt, und zum ersten Mal seit vielen Jahren würde sie an einer solchen Veranstaltung teilnehmen, ohne wirklich beteiligt zu sein. Sie würde nur Zuschauerin sein und sich in aller Ruhe mit den Vertretern der norddeutschen Medien vertraut machen können. Genieß es, nicht die Verantwortung zu tragen, dachte sie und ärgerte sich darüber, dass sie sich trotzdem angespannt und gehetzt fühlte.

Um kurz nach sechs traf sich die Ermittlungsgruppe im Besprechungsraum. Island und Dutzen berichteten abwechselnd von den vorläufigen Ergebnissen der Obduktion. Die Anfrage in der Fingerabdruckkartei des Bundeskriminalamtes hatte keine Erkenntnisse gebracht. Es war auch nirgendwo eine Person als vermisst gemeldet, auf die die Beschreibung des Toten passte. Der Gebissbefund und das Zahnschema lagen inzwischen vor, und Island sollte am nächsten Morgen zusammen mit den Kollegen von der Kripo die Zahnarztsuche koordinieren.

Die Pressekonferenz fand im großen Sitzungssaal im Erdgeschoss statt. Draußen regnete es Bindfäden. Als sie den Raum betrat, der nach feuchter Kleidung roch, waren fast alle der aufgestellten Stühle besetzt. Von Taschen und Jacken tropfte es auf den Linoleumboden. Bruns verteilte Kopien der Pressemitteilung. Es war ein knapper Text, der sich auf wenige Fakten beschränkte, wie es zu Beginn einer Mordermittlung üblich war.

Staatsanwalt Lund saß zwischen Bruns und dem Pressesprecher an einem langen Tisch, der das Podium bildete. Island suchte sich einen freien Platz zwischen den Journalisten, die sich leise unterhielten oder mit angespanntem Gesichtsausdruck darauf warteten, dass es endlich losging. In der ersten Reihe rechts vor dem Podium saß Dutzen und massierte sich den Nacken.

Harald Lund, in korrektem dunkelblauem Maßanzug, räusperte sich und eröffnete die Sitzung, indem er in knappen Worten vom Fund berichtete.

»Die Untersuchungsergebnisse der Obduktion sind allerdings vorläufig, sodass wir zu diesem Zeitpunkt unserer Ermittlungen keine weiteren Auskünfte darüber geben können, wie der Mann ums Leben kam. Da wir bisher nicht wissen, wer der Tote ist, bitten wir Sie um Ihre Mithilfe. Zu diesem Zweck übergebe ich das Wort an unseren Pressesprecher Hinrich Müller.«

Müller nickte, lehnte sich zurück und sagte: »Leider können wir Ihnen zurzeit weder Fotos noch ein gezeichnetes Porträt des Getöteten bieten, denn der Körper hat längere Zeit im Wasser gelegen, und dabei hat sich besonders der Gesichtsbereich stark verändert. Der Aufgefundene ist einen Meter achtzig groß und war möglicherweise Sportler. Er hat kurze, dunkelblonde Haare, blaue Augen und keine besonderen Kennzeichen. Unsere Frage an die Öffentlichkeit lautet: Wo wird jemand vermisst, auf den diese Eigenschaften zutreffen? Auch werden Zeugen gesucht, denen im Bereich des Rosensees sowie an der Schwentine zwischen Preetz und Raisdorf im Zeitraum von Ende August bis heute irgendetwas Ungewöhnliches aufgefallen ist. Der Erste Kriminalhauptkommissar Thoralf Bruns steht Ihnen jetzt für weitere Fragen zur Verfügung.«

Bruns fuhr sich mit der Hand über die Stirn, strich dabei eine unsichtbare Haarsträhne glatt und nickte.

Als Erstes meldete sich ein kleiner, gedrungener Mann von der Landeszeitung zu Wort. Er habe natürlich viele Fragen, aber zunächst müsse er seinen Unmut darüber loswerden, dass die Polizei einen ganzen Tag verstreichen lasse, bevor sie die Presse über den Vorfall informiere, eine halbe Stunde vor Redaktionsschluss seiner Zeitung.

In Müllers knarziger Stimme klang Spott mit: »Herr Broder, wir wissen, dass Sie sehr schnell arbeiten können.«

Allgemeines Gelächter erklang.

»Wir werden uns auch die Nacht um die Ohren schlagen. Glauben Sie mir, es ist der frühestmögliche Zeitpunkt, zu dem wir Sie über den Fall in Kenntnis setzen konnten. Wir wollen Ihnen schließlich keinen Mist erzählen. Die Ermittlungen laufen seit heute Morgen auf Hochtouren. Wir mussten das vorläufige Obduktionsergebnis abwarten. Früher ging es nicht.«

Im Raum wurde es unruhig. Das Drehteam eines Privatsenders drängte sich zur Tür herein. Plötzlich war das Podium in helles Licht getaucht. Eine Reporterin in einem engen Kostüm lief mit ihrem Mikrofon nach vorne und rief:

»Haben Sie schon eine Spur des Täters?«

»Wir ermitteln in alle Richtungen«, erwiderte Bruns.

»Gibt es einen Verdacht?«

»Darüber kann ich zu diesem Zeitpunkt keine Auskunft geben.«

»Aber Sie wissen, wer es war?«

»Wir werden Sie zeitnah über unsere Ergebnisse unterrichten.«

»Die Polizei hat also noch keine Erkenntnisse?«

»Den aktuellen Stand der Ermittlungen haben wir gerade bekanntgegeben.«

»Wie starb der Mann?«

»Darüber werde ich Ihnen im Moment nichts sagen, weil es die weitere Aufklärung gefährden könnte.«

Bruns hatte unter dem Licht der Scheinwerfer zu schwitzen begonnen. Island biss sich auf die Lippen. Die erste Pressekonferenz nach Bekanntwerden eines Mordfalles war meistens unbefriedigend für alle Beteiligten. Die Polizei musste informieren, aber gleichzeitig um jeden Preis verhindern, dass Täterwissen an die Öffentlichkeit gelangte. Wenn Details des Falles zu früh bekannt wurden, konnte bei einer späteren Festnahme des Täters die gesamte Beweiskette wertlos werden. Presse und Medienvertreter aber brauchten Stoff für ihre Storys. Dabei war manchen von ihnen jedes Mittel recht.

»Warum ist das Opfer noch nicht identifiziert?«, fragte ein Redakteur der Kieler Nachrichten.

Pressesprecher Müller kam dem schwitzenden Bruns zu Hilfe.

»Wie Sie sich denken können, tun wir unser Möglichstes, um herauszufinden, um wen es sich bei dem Toten handelt. Deshalb der Aufruf an die Bevölkerung.«

»Halten Sie die Leute für blöd?«, rief die Reporterin des Privatsenders.

»Ich verstehe Ihre Frage nicht«, hielt Müller dagegen.

»Gibt es Hinweise auf einen Serientäter?«

»Nicht den geringsten.«

»Was werden Sie tun, um die Menschen in Kiel zu schützen?«

»Haben Sie mir nicht zugehört?«, fragte Müller. »Es besteht keine Gefahr für die Allgemeinheit.«

Island konnte sich die Schlagzeile am nächsten Tag schon vorstellen: »Das Monster vom Rosensee. Jagt die Kieler Kripo einen Serienkiller?«

Es war Zeit, dass der Staatsanwalt eingriff.

Harald Lund stand auf, räusperte sich und hob die Hände.

»Im Hinblick auf die vorgerückte Stunde und Ihren Redaktionsschluss schlage ich vor, die Sitzung zu beenden. Guten Abend, meine Damen und Herren.«

Murrend löste sich die Versammlung auf.

Bis kurz vor zweiundzwanzig Uhr saß Island an ihrem Schreibtisch und machte sich Notizen über die Beobachtungen am Fundort, Details der rechtsmedizinischen Untersuchung und die Besprechungen mit Bruns und dem ewig grinsenden Dutzen. Welche Anhaltspunkte hatten sich den Tag über ergeben, und was wurde bisher unternommen?

Als sie damit fertig war, formulierte sie Fragen für die Dienstbesprechung am kommenden Morgen. Das Weitere würde sich aus der Ermittlungsroutine und der Zusammenarbeit mit den anderen Kollegen ergeben.

Irgendetwas ging ihr in ihrem schmerzenden Kopf herum, gelangte aber nicht bis in das Bewusstsein. Was hatte sie übersehen, oder genauer, was hatte sie gesehen, aber bisher als nicht relevant erachtet? Sie musste wieder an Lorenz denken, zog ihr Handy hervor und war gerade dabei, eine SMS zu schreiben, als Bruns in ihr Zimmer kam.

»Frau Kollegin, gehen Sie nach Hause und ruhen Sie sich aus. Wir wollen Sie nicht schon am ersten Tag verschleißen.«

Seine Haut sah im Licht der Neonröhre grau aus. Er wirkte müde und angespannt.

»Wenn etwas ist, rufen Sie mich an«, sagte Island, aber sie ahnte, dass er das nicht tun würde.

»Wir werden den Mann bald identifiziert haben. Und dann kriegen wir den, der das getan hat.«

»Ja«, sagte Island und zog ihre Jacke an. »Wir müssen den oder die Täter fassen, bevor es wieder passiert.«

»Die Serientätertheorie der Presse?« Er schüttelte den Kopf.

»Lassen Sie uns morgen drüber sprechen, gute Nacht.«

7

Auf dem Rückweg zu ihrer Pension kam sie an einer hell erleuchteten Tankstelle vorbei. Sie tankte und kaufte sich vier eingeschweißte kalte Würstchen sowie drei Dosen Bier. Bei dem Mann, der hinter einer kugelsicheren Scheibe stand und über ein Mikrofon mit ihr sprach, erkundigte sie sich nach Kopfschmerztabletten. Er schob Würstchen, Bier und den Tankbeleg durch die Klappe nach draußen und schnarrte: »Nachtdienst der Apotheken«.

»Welche hat auf?«

»Heikendorf, Dorfstraße.«

Sie fuhr auf die Bundesstraße 502, die sich in weiten Bögen durch eine stockfinstere Landschaft schlängelte. Der Regen, der den ganzen Abend angedauert hatte, war vorüber, aber auf dem Asphalt standen tiefe Pfützen. Als sie den Abbieger nach Heikendorf erreicht hatte, entschied sie sich, statt zur Apotheke erst einmal ans Wasser zu fahren, um ein paar Schritte spazieren zu gehen. Vielleicht würden Bewegung und frische Luft besser gegen den schmerzhaften Druck in ihrem Kopf helfen als irgendwelche Tabletten. Danach konnte sie immer noch bei der Apotheke halten.

Sie parkte auf einem schmalen, unbeleuchteten Sandplatz hinter einem Hotel an der Strandpromenade. Das Gebäude stand leer, die hohen Scheiben des Restaurants, aus denen man einst über die Heikendorfer Bucht bis zu den Schleusen des Nord-Ostsee-Kanals sehen konnte, waren mit Packpapier verklebt. »Zu verkaufen« stand auf einem Schild im verwilderten Rosenbeet vor dem Eingang. Der asphaltierte Wanderweg, der am Ufer der Kieler Förde entlangführte, war menschenleer. Ein feuchtkalter Wind wehte von Westen über das Wasser. Es roch nach Tang und Fisch. Ein vertrauter Geruch. Ein Geruch, den sie nicht vergessen hatte. Hier in Heikendorf war sie nicht mehr gewesen seit dem Sommer, als sie ihr Abitur bestanden hatte. Da hatten sich alle Schüler ihres Jahrgangs am Strand getroffen, um die hinter ihnen liegenden Prüfungen zu feiern.

Sie waren über die Wiese zum Spülsaum gelaufen und hatten sich in die junikalte Ostsee gestürzt, trunken vor Stolz und Übermut. Da war Roland noch dabei gewesen. Roland aus Laboe, der coolste Mann auf ihrer Schule.

Heikendorf, Möltenort, Laboe, die Kaffs auf dem Ostufer der Förde. Sie hatte sie nicht vermisst. Jetzt ging sie hier spazieren, weil es der Ort war, in dem eine Apotheke nachts geöffnet hatte. Sie war hier, weil sie Kopfschmerzen hatte und weil Heikendorf nicht weit von ihrer Pension entfernt lag und eine Promenade direkt am Wasser besaß. Wäre sie in Berlin, wo würde sie nach einer langen Schicht spazieren gehen, wenn sie frische Luft bräuchte? Am Kurfürstendamm? Am Potsdamer Platz? Durch die Straßen Schönebergs oder Friedenaus? Wahrscheinlich würde sie nach Kreuzberg fahren und Lorenz aus seinem Atelier klingeln, um mit ihm am Landwehrkanal auf und ab zu flanieren. Und um hinterher mit ihm Rotwein zu trinken und in seinen Armen einzuschlafen. Aber Lorenz war in der italienischen Pampa, und sie wollte nicht an ihn denken, weil sie sich nicht eingestehen wollte, wie sehr sie ihn vermisste.

Das Wasser unterhalb der Uferbefestigung aus Beton und Feldsteinen war eine schwarze, sich im Rhythmus der Wellen bewegende Masse. Die Lichter des gegenüberliegenden Ufers lagen über der dunklen Förde wie flirrende Sterne. Sie atmete ruhig, während sie ihre Schritte beschleunigte. Sie war müde und erschöpft, aber das Gehen tat gut, denn gleichzeitig fühlte sie sich von all den neuen Dingen, die sie heute erlebt hatte, aufgekratzt und durcheinander. Sie hasste es, sich so unsicher und verletzbar zu fühlen wie an diesem ersten Arbeitstag. Neue Kollegen, die sie erst noch kennenlernen musste, ein Erster Hauptkommissar, der ihr Vorgesetzter war, obwohl sie jahrelang selbst eine Mordkommission geleitet hatte, eine neue Umgebung, in der sie noch keinen Rückzugsraum hatte, in der sie gar nicht ankommen *wollte*. Sie ballte die Fäuste und schrie: »Piotr, du alter Drecksack, eines Tages krieg ich dich, und dann werde ich mich rääächen!« in den feuchten Wind, bis ihre Stimme sich überschlug. Das brachte sie zur Besinnung. Heiserkeit war nicht gerade das, was sie brauchte.

Ein großes Frachtschiff schob sich langsam vom Kanal kommend auf die Enge bei Friedrichsort zu. Ein Koloss, auf dem bis auf die Positionsleuchten keine Lichter zu sehen waren. Was hatte eigentlich der Mord an dem unbekannten Mann mit dem Wasser zu tun? Sie suchte wieder nach dem Gedanken, den sie vorhin im Büro nicht richtig zu fassen bekommen hatte. Sie fahndete nach etwas, das sie heute Morgen am Stausee beobachtet, aber nicht benannt hatte. Aber ihr wollte nicht einfallen, was es war.

Sie bückte sich, hob einen Stein auf und schleuderte ihn ins Meer. Süßwasser, dachte sie plötzlich, wir haben ihn in Süßwasser gefunden. Warum? Er ist nicht ertrunken, sondern möglicherweise vom Täter ins Wasser gelegt worden. Warum nicht ins Meer, wo man die Leiche wohl erst viel später, vielleicht auch niemals gefunden hätte? Wollte der Täter also, dass man den Mann fand? Warum aber wurde der Körper dann erst so lange nach seinem Tod entdeckt? Warum die brutale Fesselung? War es eine Folterung oder vielleicht ein aus dem Ruder gelaufenes erotisches Spiel?

Sie ging bis zum Ehrenmal von Möltenort. Über der Gedenkstätte für die gefallenen U-Bootfahrer der beiden Weltkriege thronte ein Adler, der drohend seine Schwingen in den nächtlichen Himmel hob. Plötzlich hatte sie das Gefühl, dass ihr jemand folgte. Sie drehte sich um und starrte in die Dunkelheit, sah aber niemanden. Sie beschloss umzukehren. Am Heikendorfer Hafen hielt sie Ausschau nach Fischkuttern, von denen es in ihrer Jugend noch eine ganze Flotte gegeben hatte. Rolands Großvater war Fischer gewesen, das fiel ihr jetzt ein, und dass Roland sie einmal gefragt hatte, ob sie mit ihm rausfahren wolle. Sie hatte lachend abgelehnt. Im Hafenbecken lagen Segeljachten, deren Takelagen im Wind klapperten. Sie entdeckte nur einen einzigen Fischkutter. Vielleicht waren alle anderen zum Fischen draußen. Oder gab es in Heikendorf gar keine Fangflotte mehr? Ihre Finger waren kalt und steif. Diese feuchte Seeluft, die alles durchdrang. Ohne Wollpullover war man ihr ausgeliefert. Um sich etwas Wärme zu verschaffen, lief sie das letzte Stück des Weges zu ihrem Wagen in langsamem Trab.

An der Strandpromenade, kurz vor dem verlassenen Hotel, hinter dem sie parkte, ragten die Bauten der alten Seebadeanstalt aus dem Wasser. Sie hatte ganz vergessen, dass es hier eine Badeanstalt gab. Jetzt fiel es ihr wieder ein. Es war ihr schon damals absurd erschienen, dass man für ein Bad in der Ostsee Eintritt bezahlen sollte, wenn man doch direkt daneben vom Strand aus schwimmen konnte.

Der Eingang war mit groben Brettern vernagelt und mit einem Vorhängeschloss abgesperrt. »Geschlossen« war mit breitem Pinsel auf einen Balken geschrieben. Sie trat näher und betrachtete eine mit Möwenkot besprenkelte Anzeigetafel für Wasser- und Lufttemperatur. Ein Witzbold hatte mit Kreide »30 Grad« daraufgeschrieben. Morgens und abends zusammen, dachte sie. Als sie genauer hinsah, bemerkte sie, dass das Schloss offen war und lose an einer rostigen Kette herabhing. Gleichzeitig hörte sie ein Geräusch. Es war eine Art Wehklagen, wie das Echo ihres eigenen Geschreis kurz zuvor.

Mit einem Ruck fuhr sie herum und hatte erneut das Gefühl, dass ihr jemand folgte. Aber bis auf eine Plastiktüte, die im Wind über den Wanderweg trieb, war nichts zu sehen. Wieder das Geräusch. Es kam von weiter vorn, von einem der Badestege, die kahl und unbeleuchtet in die Förde ragten. Ihre Augen hatten sich längst an die Dunkelheit gewöhnt, und so sah sie im matten Licht einer Laterne, dass dort draußen ein Mensch in raschem Tempo auf und ab ging. Adrenalin schoss in ihre Muskeln. Was machte der da?

Sie musste wieder an Roland denken und an das Blut, in dem er gelegen hatte, als sie ihn fanden. Roland, der coolste Mann der Schule, hatte sich mit einer abgesägten Leuchtpistole direkt zwischen die Augen geschossen. Niemand wusste, wieso. Er hatte gute Noten im Abitur bekommen, er hatte mit ihnen am Strand gesessen und Rosenthaler Kadarka getrunken. Als die letzten Partymacher aufgebrochen waren, um mit dem Fahrrad nach Hause zu fahren, war Roland am Strand geblieben. Still war er gewesen an dem Abend, in sich gekehrt, aber niemandem war das richtig aufgefallen, niemand hatte sich deswegen Gedanken gemacht. Später hatten dann alle gesagt, ja, sie hätten schon bemerkt, dass Roland unglücklich ausgesehen habe. Olga Island hatte sich jahrelang dafür verantwortlich gefühlt, dass es so gekommen war. Sie hatte ihn gekannt, seit sie mit ihm zusammen in die fünfte Klasse des Gymnasiums gegangen war. Sie war gut mit ihm ausgekommen, aber manchmal hatte sie über ihn gelacht, über seine Popperklamotten, das Gewese um sein erstes Auto, sein mackerhaftes Getue. Bis es mit dem Lachen vorbeigewesen war.

War sie deshalb weggegangen, um Polizistin zu werden? Wegen dieser Sache mit Roland? Um irgendetwas wiedergutzumachen? Sie hatte sich bisher nie die Zeit genommen, darüber nachzudenken.

Die Bewegungen des Menschen auf dem Steg wurden hektischer. Island drückte sich mit dem Gewicht ihres Oberkörpers gegen die Bretter, die den Eingang versperrten, und betrat die Holzplanken. Das Gebäude mit den Umkleidekabinen roch nach feuchtem Holz. Die Bohlen, die weiter in die Ostsee hinausführten, waren nass und glitschig.

Die Gestalt draußen auf der Badebrücke blieb abrupt stehen und zog sich hastig die Kleider vom Leib. Island tastete sich mit einer Hand am Geländer entlang, mit der anderen griff sie nach ihrem Handy und überlegte, ob sie einen Notruf tätigen sollte. Doch sicher würde man sie am anderen Ende der Leitung fragen, was sie bisher unternommen habe, und das war nicht gerade viel. Bis jemand hier sein würde, konnte es sowieso zu spät sein.

»Hallo, was machen Sie da?« Der Wind verwehte ihr Rufen. Sie sah jetzt, dass es ein Mann war. Er reagierte nicht auf ihr Schreien. Mit langsamen Bewegungen ging er bis zum Ende des Steges, streckte die Arme zur Seite, wippte auf den Fußspitzen, taumelte und fiel. Mit einem schmatzenden Ton schlug er auf dem Wasser auf und war verschwunden. Völlig außer Atem erreichte Island die Stelle, an der er gestanden hatte. Sie fluchte, weil sie im dunklen Wasser absolut nichts sah.

»Hallo«, schrie sie. »Brauchen Sie Hilfe? Wo sind Sie?«

Auf der Suche nach Rettungsgerät hastete sie zurück zu den Umkleidekabinen, fand aber weder Rettungsring noch Leine, die sie dem Verschwundenen hätte hinterherwerfen können. In ihrer Panik wählte sie Thoralf Bruns'

Nummer. Nach einer Ewigkeit meldete er sich mit verschlafener Stimme.

»Island hier, ich bin in der Seebadeanstalt in Heikendorf«, sagte sie. »Ein Mann ist ins Wasser gefallen. Was soll ich tun, verflucht noch mal?«

Sie hörte, wie er ein Gähnen unterdrückte.

»Bleiben Sie, wo Sie sind, ich informiere die Heikendorfer Kollegen.«

Sie lief auf und ab und starrte auf die Wasseroberfläche. Plötzlich erklang eine Stimme neben ihr:

»Was machen Sie hier?«

Island fuhr herum. Ein Mann stand neben ihr und starrte sie an. Auf seiner Haut glitzerte es feucht. Er war nackt.

»Das frage ich *Sie*!«

»Ich war schwimmen, wieso?«

»Jetzt, mitten in der Nacht, ich meine ... Ich habe die Polizei gerufen, weil ich dachte, Sie ertrinken.«

»Wie kommen Sie darauf?«

»Weil ich geschrien habe und Sie nicht reagiert haben!«

»Entschuldigung, ich bin schwerhörig.«

»Na, toll«, sagte Island. »Das gibt ja morgen ein Gegrunze im Dienst.«

»Was meinen Sie?«

»Sie dürfen hier nicht schwimmen, die Badeanstalt ist geschlossen«, brüllte sie den Mann an.

»Ja, sicher, aber ich habe einen Schlüssel. Wie alle Mitglieder unseres Vereins. Eisbader e. V., schon mal was von uns gehört? Gerade neulich gab es einen Artikel in den Kieler Nachrichten. Wir schwimmen das ganze Jahr über draußen. Aber jetzt ist ja noch Sommer. Die Förde hat fünfzehn Grad. Sie sollten es auch mal probieren.«

Island sah flackerndes Blaulicht den Berg herunterkommen. Der Streifenwagen parkte neben dem Hotel, und in gemächlichem Tempo trabten zwei Polizisten auf die Badeanstalt zu.

Diese Norddeutschen, dachte sie und biss sich in die Kuppe ihres linken Zeigefingers. Sie haben mindestens so bekloppte Freizeitbeschäftigungen wie manche Freaks in Berlin.

Nachdem die Situation geklärt war und sie ein »Ja, ja, ist schon alles in Ordnung, nun regen Sie sich mal nicht auf, gute Frau« der Beamten entgegengenommen hatte, stieg sie ins Auto und fuhr zurück in ihre Pension. Dort angekommen, stellte sie fest, dass sie vergessen hatte, bei der Apotheke zu halten, um die Tabletten zu kaufen. Sie stopfte Würstchen und Bier in den Kleiderschrank und putzte sich die Zähne. Dann legte sie sich, wie sie war, aufs Bett und schlief sofort ein.

Um sechs Uhr erwachte sie aus einem unruhigen, hektischen Traum, an den sie sich nicht erinnern konnte. Sie duschte im Gemeinschaftsbad auf dem Flur, zog sich eine frische Bluse an und ging in den Frühstücksraum, in dem niemand war. Da selbst die Pensionswirtin noch zu schlafen schien, stieg sie in ihren Wagen und fuhr zum Kieler Hauptbahnhof.

In der Bahnhofsbuchhandlung überflog sie die Schlagzeilen der Zeitungen. Keine davon hatte die Wasserleiche im Rosensee auf die erste Seite gesetzt, aber in den Kieler Nachrichten und der Schleswig-Holsteinischen Landeszeitung gab es jeweils eine kurze Notiz über den Fund an der Schwentine, verbunden mit der Aufforderung, sich bei der Polizei zu melden, falls man in der letzten Zeit etwas Ungewöhnliches in der Gegend beobachtet hatte.

Es folgte die knappe Beschreibung des unbekannten Toten. Eine späte Pressekonferenz hat doch manchmal Vorteile, dachte sie. Die Journalisten hatten in der fast fertiggestellten Zeitung nur wenig Platz zur Verfügung. Sie waren gezwungen, sich kurzzufassen.

Island kaufte sich eine Berliner Zeitung, auf deren Nachsendung sie nicht warten wollte, und aß an einem Stehimbiss in der Bahnhofshalle eine Zimtschnecke, die sie mit zwei Bechern Kaffee hinunterspülte.

Über der Kieler Förde lag Seenebel.

8

Im Licht des trüben, herbstlichen Morgens versammelten sich die Mitarbeiter des Kommissariats 1 in ihrem Besprechungsraum und warteten auf Thoralf Bruns. Als dieser um drei Minuten nach acht den Raum betrat, ahnte Island, dass etwas passiert war.

»Wir wissen nicht, ob es mit unserem aktuellen Fall zu tun hat«, begann Bruns und räusperte sich, »aber wir haben von der Kriminalpolizei Neumünster einen Anruf erhalten. Eine Putzfrau hat heute morgen an ihrem Arbeitsplatz, dem Nachtlokal Drive-in-for-Hearts, im Bereich des Tresens eine rote Flüssigkeit entdeckt. Weil sie sie für Blut hielt, rief sie die Polizei. Ein erster Test hat ergeben, dass sie recht hatte. Ich denke, das Drive-in ist den meisten bekannt?«

Allgemeines Nicken.

»Der Betreiber ist Julian van Loun, der ja noch weitere ähnliche Etablissements im Lande unterhält.«

»Die ihn unterhalten«, warf Kriminalkommissarin Karen Nissen ein.

»Genau. Kollegin Nissen hat in dieser Sache Spezialkenntnisse, denn sie hat einige Jahre bei der Sitte gearbeitet.«

Karen Nissen, eine rundliche Frau von Mitte dreißig, nickte. »Schon länger her, vor meinem Erziehungsurlaub, aber trotzdem, ich meine ...«

Bruns schnitt ihr das Wort ab.

»Nach den ersten Erkenntnissen der Kollegen aus Neumünster wurde Julian van Loun schon seit einigen Tagen nicht mehr gesehen, weder im Drive-in noch in seinem Haus am Einfelder See. Sein derzeitiger Aufenthaltsort ist unbekannt. Nissen und ich fahren rüber nach Neumünster und schauen uns die Sache an. Ich habe die vom K11 als Verstärkung angefordert. Sie werden sich zusammen mit der Kripo Neumünster um den Fall kümmern, wenn es denn ein Fall sein sollte.« Bruns strich sich wieder eine seiner unsichtbaren Haarsträhnen aus dem Gesicht.

»Sie machen hier bitte in der Zwischenzeit mit unserer Wasserleiche weiter. Bis zu meiner Rückkehr übertrage ich die Leitung Frau Island, die sich noch mit den Gepflogenheiten bei uns vertraut macht. Ich erwarte, dass man sie dabei unterstützt.«

Er blinzelte in Islands Richtung. Sie spürte, dass es in ihren Haarspitzen kribbelte. War das ein feiner, aber unnötiger Seitenhieb auf ihr Abenteuer der vergangenen Nacht?

»Um dreizehn Uhr möchte ich Sie alle wieder hier sehen. Um vierzehn Uhr dreißig startet die vom Staatsanwalt angeordnete Spurensuche im Gelände an der Schwentine. Dutzen und Franzen kümmern sich darum, dass der Einsatz der Eutiner Hundertschaft korrekt anläuft.«

Die Beamten gingen auseinander, um dort weiterzuarbeiten, wo sie in der Nacht zuvor aufgehört hatten. Die Kollegen vom K11 hatten sich um die Anfertigung von Kopien der Zahnschemata gekümmert, die an die Zahnarztpraxen in der Umgebung verteilt werden sollten. Island beschloss, selbst in die Universitätszahnklinik zu fahren und mit einem der Oberärzte zu sprechen. Der diensthabende Arzt beauftragte daraufhin einen jungen Mediziner, das Archiv der Patientenakten zu durchforsten. Bis zum Mittag brachte die Suche jedoch keine Resultate.

Um zehn Minuten vor eins saß Island an ihrem Schreibtisch und aß einen Joghurt aus einem Halbliterbecher, den sie unterwegs in einem Supermarkt gekauft hatte. Dazu trank sie Apfelsaft. Sie sah aus dem Fenster und beobachtete zwei Fahrzeuge beim Einparken.

Der Nebel hatte sich im Lauf des Vormittags aufgelöst, und eine bleierne Sonne tauchte die Fassaden der Häuser in ein fahles Licht. Sie hatte das Gefühl, dass sie sich endlich mal bei Lorenz melden sollte. Wahrscheinlich wunderte er sich gar nicht, dass sie ihm noch nicht geantwortet hatte. Sie telefonierten schon längst nicht mehr jeden Tag miteinander oder schickten sich zu allen Tages- und Nachtzeiten Botschaften per SMS. Über diese Phase waren sie hinaus. Aber in welcher Phase befanden sie sich stattdessen?

Sie hatte Lorenz vor einem Jahr bei einer Ausstellungseröffnung in der Bibliothek des Polizeiverwaltungsamtes Berlin in der Nähe des Alexanderplatzes kennengelernt. Er hatte dort zusammen mit einem Freund Ölbilder und Fotos von Polizeidiensthunden ausgestellt, während eine Schriftstellerin das erste Kapitel aus ihrem neuesten

Hundekrimi vorlas. Eine Kollegin, die mit der Bibliothekarin befreundet war und die deren außerdienstliches Engagement zur Imagepflege der Polizei unterstützen wollte, hatte die Mitarbeiter der 5. Mordkommission geradezu bedrängt, zur Vernissage und zum anschließenden Sektempfang mitzukommen. Island hatte sich die Exponate angesehen, eine Salzbrezel gegessen und angefangen, sich zu langweilen, als sich Lorenz mit einem Glas Mineralwasser neben sie gestellt hatte. Ihr waren sofort seine schönen, schlanken Hände aufgefallen. Auf der Suche nach einem Gesprächsthema hatte sie ihn gefragt, ob er einen Hund habe.
»Nein.«
»Nein?«
»Ich hätte gern einen, aber der sollte auch Auslauf haben.«
»In welchem Stadtteil wohnen Sie denn?«
Das war *die* klassische Frage, um in Berlin mit jemandem ins Gespräch zu kommen, egal ob es sich nun um einen Einheimischen, Zugezogenen oder Touristen handelte.
»In Kreuzberg.«
»Gefällt es Ihnen dort?«
Am Freitag darauf war sie in sein Atelier am Landwehrkanal gefahren, um sich weitere Beispiele seines künstlerischen Schaffens anzusehen und ein Diensthundefoto zu erwerben. Der Atelierbesuch hatte bis zum Sonntagabend gedauert. Am Montag hatte sie einen Wollschal tragen müssen, um die Knutschflecken an ihrem Hals zu verbergen. Das ausgewählte Hundefoto, das einen Riesenschnauzer im Sprung über einen Zaun zeigte und das schon lange bezahlt war, hatte sie bis heute nicht bekommen.

Sie kratzte die Reste des Joghurts aus dem Becher und seufzte. Sollte sie sich der Illusion hingeben, dass Lorenz den ganzen Sommer über in Italien keine anderen Frauen kennenlernte, obwohl seine Kurse überwiegend von kunstbeflissenen Damen besucht wurden? Lorenz, der Kenner der Künste und des Rotweins. Würde er sie überhaupt einmal in Kiel besuchen?

Sie nahm ihr Handy und tippte ein paar Worte, die ihr aber sofort unpassend und sentimental erschienen und die sie nicht abschickte.

Sie erreichte um kurz nach dreizehn Uhr als Letzte den Besprechungsraum. Bruns und Nissen waren aus Neumünster zurück und saßen vor dem Flipchart. Sie hatten ihre Jacken noch an, was dem ganzen Treffen etwas Gehetztes gab. Nissen hatte ihre sonst immer so sorgfältig frisierten Locken nachlässig mit einem Gummiband zusammengebunden. Bruns erteilte ihr das Wort.

»Auf dem gefliesten Boden des Drive-in-for-Hearts sah es aus wie auf einem Schlachthof«, begann sie, stand auf und zeichnete eine grobe Skizze des Schankraums auf einen frischen, weißen Papierbogen.

»Besonders der Bereich zwischen Tresen und Tür war über und über mit Blut bedeckt. Die Spurensicherung wird uns das Ergebnis der Blutanalyse bis morgen mitteilen. Es ist nicht auszuschließen, dass es sich um das Blut verschiedener Personen handelt. Offenbar hat ein Kampf stattgefunden. Und es ist geschossen worden. Allerdings gibt es keine Schleifspuren, nur Fußabdrücke von mindestens zwei Personen. Die Putzfrau ist auf dem Weg zum Lichtschalter wohl auch in die Blutlache getreten. Sie wird weiter von den Neumünsteraner Kollegen vernommen.«

Der Erste Hauptkommissar, der inzwischen seine Jacke über die Rückenlehne seines Stuhles gehängt hatte, richtete sich auf und ergänzte:

»Im Moment sieht es so aus, als sei Julian van Loun mit unbekanntem Ziel abgereist. Angeblich hat er sein rumänisches Au-pair-Mädchen angewiesen, bis zur Rückkehr seiner Frau und seines Kindes von einer Reise in die USA die Blumen zu gießen und die Hunde auszuführen. Die Durchsuchung seines Hauses am Einfelder See dauert noch an.«

»Gibt es irgendwelche Insiderinformationen?«, fragte Island.

Karen Nissen nickte.

»Im Milieu spricht man davon, dass sich van Loun aus dem Geschäft zurückziehen wollte. Er ist neunundfünfzig Jahre alt, hat ein Großteil seines Vermögens vor wenigen Wochen auf St. Pauli verzockt und schien schon seit einiger Zeit dem raueren Wind in der Szene nicht mehr gewachsen zu sein. Die Damen aus dem angeblich selbstverwalteten Bordell im Nachbarhaus des Clubs reden aber nur Gutes über van Loun.«

»Das Übliche also«, bemerkte Jan Dutzen und schnäuzte sich verächtlich.

9

Am Nachmittag um Viertel nach drei startete die erste Hundestaffel vom Kraftwerk aus Richtung Wald, der den See in einem dichten Band umgab. Zwischen schleswig-holsteinischen Wolkengebirgen schien die Sonne hervor. Es war so warm, dass Island ihre Lederjacke aufknöpfte, während sie in Gummistiefeln, die Bruns ihr geliehen hatte, über Baumwurzeln einen schmalen Pfad auf der östlichen Seeseite entlangstolperte.

Gegen vier Uhr erreichte sie zusammen mit Jan Dutzen und Henna Franzen die Ortschaft Rosenfeld. Das Dorf lag ausgestorben im Nachmittagslicht. Die Städter, die sich hier in umgebauten Scheunen und rustikalen Nachbauten von Bauernhäusern ihren Traum vom Wohnen auf dem Lande verwirklichten, schienen noch ihren Tätigkeiten in der Stadt nachzugehen. Alles sah heil und idyllisch aus: die geklinkerten Fassaden, die weiß gestrichenen Türen, die sorgfältig vom Unkraut befreiten Gartenwege und sattgrünen Rasenflächen.

Island musste an Berlin-Schöneberg denken, an Mitte, Friedrichshain und Neukölln. Sie versuchte sich vorzustellen, wie es sich anfühlte, draußen auf dem Land zu wohnen. Wie war es, morgens aufzustehen, ans offene Fenster zu treten und hinaus auf den See zu schauen, draußen nur Vogelstimmen und das Muhen der Kühe? Wie war es, nach einem lauten Arbeitstag in der Stadt spätabends heimzukommen in ein dunkles, einsames Haus zwischen stillen Hecken? Was machte man, wenn man vergessen hatte, Brot oder Brötchen einzukaufen, wenn keine Bäckerei in der Nähe war? Hatte sie das alles schon vergessen, oder war ein Echo davon in ihrem Langzeitgedächtnis gespeichert?

In den doppelten Carports standen kaum Wagen, und die Rollläden an den meisten Fenstern waren heruntergelassen. Auf das Klingeln der Beamten hin, die mit Handzetteln herumgingen und versuchten, die Bewohner zu befragen, öffnete sich selten eine Tür. Wenn doch jemand aufmachte, war es meist eine schüchterne Putzfrau oder ein Kindermädchen, das hinter vorgelegter Kette aus einem Türspalt hervorlugte.

Es war ein geradezu gespenstisches Bild, wie sich die geschlossenen Reihen von Bereitschaftspolizisten in Geländeuniformen durch das Dorf bewegten, sich über Wiesen und Weiden schoben und beim Versuch, sich nichts Verdächtiges entgehen zu lassen, in die Fenster der Schuppen und Gartenhäuser spähten. Um fünf Uhr erreichte der Tross eine flache Betonbrücke, die den See überquerte. Es war die Bundesstraße nach Lütjenburg. Jenseits der Straße gab es ein paar einzeln stehende Häuser mit kleinen Gärten, dahinter lagen Wiesen und Felder, die zum Gut Rastorf gehörten. Dort, wo die Schwentine von Preetz kommend in den See mündete, lag ein weiteres Waldgebiet mit altem Eichenbestand, ein unwegsames Gelände, das sich bis zu den Gebäuden des alten Gutshofes erstreckte. Hinter dessen Stallungen befand sich eine Holzbrücke über den an dieser Stelle schnell strömenden Fluss. Hier trafen sich die beiden Gruppen der Eutiner Hundertschaft, die jeweils das West- und das Ostufer von See und Fluss abgesucht hatten. Es war kurz vor halb acht, die Sonne ging hinter den bewaldeten Hügeln unter, und bald würde es dunkel sein.

Einige der Einsatzkräfte stellten sich zusammen und rauchten. Andere lehnten sich auf das Brückengeländer und unterhielten sich oder sahen lediglich ins Wasser.

»Sollen wir weitermachen?«, fragte Franzen.

»Ohne Licht?«, erwiderte Dutzen und zündete sich ebenfalls eine Zigarette an.

»Wir gehen noch ein Stück«, sagte Island. »Wenn wir heute nichts finden, machen wir morgen an derselben Stelle weiter.«

»Wonach genau suchen wir eigentlich?«, wollte Dutzen wissen.

»Nach den Spuren eines Mordes«, entgegnete sie.

»Nach einem Ort, an dem ein Mensch einen anderen Menschen töten kann, ohne dass irgendjemand etwas davon mitbekommt.«

»Das ist fast überall zu jeder Zeit möglich.«

»Sicher, aber es ist hier geschehen. An diesem Gewässer.«

»Vielleicht ist es auf einem Boot passiert. Und der Mörder hat den Mann ins Wasser geworfen«, meinte Franzen und wippte ungeduldig mit dem Fuß.

»Möglich. Aber auch ein Boot muss von irgendwo gekommen sein. Und wo ist es dann jetzt?«

»Vielleicht ist es klein, und man hat es an Land gezogen.«

»Gut«, sagte Island. »Machen wir weiter, bis es dunkel ist. Herr Dutzen, nehmen Sie die Hälfte der Kollegen, und sehen Sie sich den Gutshof an. Ich gehe mit den übrigen Leuten noch ein Stück flussaufwärts. Und denken Sie bitte dran, wir haben für das Gut keinen Durchsuchungsbefehl. Beweisen Sie also Feingefühl, wenn Sie dem Besitzer begegnen.«

Jan Dutzen zog ein säuerliches Gesicht und schnippte seine Kippe über das Brückengeländer.

Im Licht der untergehenden Sonne erreichten sie jenseits des Flusses einen von Eichen gesäumten Plattenweg, der von Preetz heraufführte und den Namen Totenredder trug. Auch hier gab es einige weit voneinander entfernt liegende Häuser, in deren Gärten Hunde bellten.

Olga Island erinnerte sich, dass sie als Kind ein paarmal diesen Weg mit dem Fahrrad entlanggefahren war, auf Radtouren, die ihre Tante Thea traditionell am ersten Mai mit ihr unternommen hatte. Sie hatten Buschwindröschen gepflückt und nach Waldmeister Ausschau gehalten. In warmen Frühjahren waren sie fündig geworden. Manchmal hatten sie dann hier oben, auf dem Kamm der eiszeitlichen Endmoräne, ein Picknick abgehalten und die Aussicht über das Schwentinetal genossen. Unten auf dem Wasser des in leichten Schwüngen mäandrierenden Flusses hatten sie Paddler oder Ruderer gesehen.

Nun stand Island wieder hier oben und blickte hinunter. Eine Viehweide fiel steil zum Wasser hin ab. Struppige Galloways trotteten einen Wall hinauf, auf dem flaches Gestrüpp wuchs. Es handelte sich um einen für Schleswig-Holstein so typischen Knick, eine hohe Hecke, die alle zehn bis fünfzehn Jahre heruntergeschnitten wurde, »auf den Stock setzen« nannte man das. Island wunderte sich, dass ihr das alles jetzt, in der klammen, kühlen Abendluft, wieder einfiel, obwohl sie jahrelang nicht mehr daran gedacht hatte.

Wo die Weide am Fluss endete, waren schlanke Pappeln aufgeschossen, in denen der Wind gewütet hatte. Dort unten im sumpfigem Gelände stand ein Traktor. Es war nicht zu erkennen, wie er dorthin gelangt war. Über die Wiese war er sicher nicht gefahren, denn dann hätte er den Zaun zerrissen, der die Kühe vom Ertrinken abhielt. Es musste also noch einen anderen Zugang geben.

»Hier lang«, sagte Island, und die Hunde und die Uniformierten folgten.

Als sie den Traktor erreichten, stellte sie fest, dass er keine Reifen mehr hatte und völlig verrostet war.

Die Dämmerung hatte eingesetzt, im Zwielicht flog ein Graureiher auf und drehte eine langsame Runde über ihren Köpfen. Vor ihnen lag eine schmale Landzunge, die mit Schilf und Röhricht bewachsen war. An ihrem Ende standen Korbweiden, die einen Ring bildeten und sich mit ihren knorrigen Stämmen an einen kleinen, grauen Schuppen schmiegten. Auf den groben Holzplanken vor dem Eingang der Hütte lag etwas. Island kniete nieder und beugte sich darüber. Es war eine Spule mit aufgerollter Angelsehne.

Sie griff nach ihrer Pistole und zog sie aus dem Halfter.

»Durchsuchen«, sagte sie leise.

Sie umstellten die Hütte und ließen die Hunde los. Die liefen zwar aufgeregt umher, aber sie schlugen nicht an. Island ging zur Tür und drückte die Klinke herunter. Die Tür sprang auf, und Island merkte, dass ihre Hand zitterte. Kalter Schweiß rann ihren Nacken hinab.

»Durchsuchen«, sagte sie noch einmal und trat zurück.

Zwei der Bereitschaftspolizisten zogen ihre Waffen und gingen hinein. Das Licht ihrer Taschenlampen fiel durch die Ritzen nach draußen.

Einer der beiden kam wieder heraus.

»Bingo«, sagte er, »das könnte was sein.«

In der Hütte standen ein altes Sofa, ein Tisch, ein Stuhl und ein kleiner eiserner Ofen. In den Regalen neben dem Fenster lagen Blinker und Messer zum Ausnehmen von Fischen. Ein paar Holzkisten waren mit Netzen und Reusen gefüllt.

Auf dem Tisch befand sich ein Teller, auf dem ein Brotrest vor sich hin schimmelte. Eine leere Flasche Rotwein lag auf den Dielen neben dem Ofen.

Island griff nach ihrem Handy. »Wir brauchen die Spurensicherung.«

10

Am Mittwoch waren alle Mitarbeiter der Mordkommission um acht Uhr morgens im Besprechungsraum versammelt. Draußen regnete es, drinnen war es warm und roch nach Schweiß wie in einem schlecht gelüfteten Jugendzimmer. Island überlegte, ob sie ein Fenster öffnen sollte, verwarf den Gedanken aber, als Hauptkommissar Hans-Hagen Hansen, Leiter des Kommissariats für Beweissicherung und Kriminaltechnik, ins Zimmer trat. Er war ein Mann von über zwei Metern Größe. Fast mochte Island nicht glauben, dass er sich mit etwas so mikroskopisch Kleinem wie der Sicherung von Spuren befasste. Es war ihm kaum anzusehen, dass er in den vergangenen Nächten nicht viel geschlafen hatte.

»Meine Damen und Herren«, schmetterte er fast fröhlich gestimmt, »wir haben wie immer unser Bestes getan. Das Material liegt zur Auswertung beim Landeskriminalamt. Im Fall Neumünster habe ich gerade ein Ergebnis hereinbekommen. Die Blutspuren stammen von zwei Personen. Ein nicht geringer Teil des Blutes darf van Loun zugerechnet werden. Seine Blutspur konnte bis zum Parkplatz nachgewiesen werden, dort ist er wohl in seinen Wagen gestiegen oder verfrachtet worden. Ziel: unbekannt.«

Hansen zog ein Stück Papier aus einer Mappe und faltete es auseinander.

»Das ist eine Skizze, auf der man sehen kann, von wo aus im Schankraum geschossen wurde. Ein Projektil steckte im Sitzpolster des Barhockers. Die zweite Person hat ebenfalls geblutet, allerdings weniger stark. Wir gleichen alle Daten mit dem Bundeskriminalamt ab. Dauert noch etwas. Moderne Technik nennt sich das.«

Keiner lachte. Nicht mal Dutzen machte eine Bemerkung.

»Nun zur Hütte am Fluss«, fuhr Hansen fort. »Leider hat es gegen halb zwei heute Nacht angefangen zu regnen. Das hat die Arbeit im Außenbereich nicht gerade erleichtert. Wir mussten das Tageslicht abwarten, zumal ja erschwerend hinzukommt, dass die Tat wahrscheinlich schon zwei Wochen zurückliegt und die Spurenlage draußen somit nicht gerade großartig ist. Trotzdem fanden wir eine Stelle im Schilfgürtel, an dem eine größere Menge Rohrkolben abgeknickt worden ist. Das könnte darauf hindeuten, dass dort jemand entlanggeschleift wurde. Bodenproben sind genommen.«

Island nickte, Bruns starrte nachdenklich vor sich hin.

»Die Hütte haben wir umgekrempelt. Dabei fanden wir Fingerabdrücke hauptsächlich von einer Person.«

Hansen sah zu Dutzen hinüber, der sich aufrichtete und bemerkte: »Die Fingerabdrücke dieser Person sind mit denen des im Rosensee aufgefundenen Mannes identisch.«

»Aber wir wissen nicht, wer er ist?«, fragte Karen Nissen.

»Genau das wissen wir noch nicht«, antwortete Hansen und fuhr fort: »Seine Abdrücke waren zum Beispiel am Teller, der auf dem Tisch stand, nicht aber an der Rotweinflasche, die augenscheinlich sorgsam abgewischt worden ist. Auf dem Tisch sind übrigens Ränder von mindestens zwei Gläsern, die aber bisher nicht aufgefunden wurden. In einer der Kisten haben wir Kondome entdeckt, ein aufgebrochenes Zwölferpack, eins der Dinger fehlt.«

Island stand auf und öffnete ein Fenster. Dutzen beobachtete sie dabei und blinzelte ihr zu, als sie sich wieder hinsetzte. Bruns schien immer noch in Gedanken versunken. Vielleicht war er aber auch einfach nur müde, wie die meisten der Anwesenden.

»Die Angelsehne stimmt mit großer Wahrscheinlichkeit mit der an dem Opfer gefundenen überein. Aber auch an der Spule, auf die sie aufgewickelt war, sind keine Fingerabdrücke.« Hans-Hagen Hansen streckte seinen Nacken und erhob sich vom Stuhl. »Genaueres später. Ich denke, das LKA beeilt sich wie immer mit den Analysen. Viel Spaß bei der Arbeit, Kollegen.« Er zog seinen Kopf ein, als er unter dem Türrahmen hindurchging.

Als Hansen fort war, besprachen sie die Arbeitsverteilung für den Vormittag. Island und Franzen erhielten den Auftrag, den Besitzer der Hütte zu ermitteln. Sie gehörte, wie Franzen durch einen Anruf beim Katasteramt in Plön herausfand, zum Gut Rastorf, war aber seit fünfzig Jahren an einen gewissen Günther Mommsen aus Preetz verpachtet, der seit zwei Jahren auf Helgoland lebte. Island telefonierte sich bis zur Inselpolizeistation Helgoland durch, die im Lauf des Vormittags Mommsens Aufenthaltsort ermittelte und eine Telefonnummer durchgab, unter der er zu erreichen sein sollte.

Island wählte die Nummer. Am anderen Ende meldete sich eine weibliche Stimme:

»Inselklinik Helgoland.«

»Island, Kripo Kiel. Ich möchte mit Herrn Günther Mommsen sprechen.«

»Sie rufen aus Island an?«

»Nein, aus Kiel.«

»Moment.« Die junge Frauenstimme sprach mit jemandem im Hintergrund, dann kam sie wieder an den Apparat.

»Herr Mommsen ist gerade im Inhalarium. Kann ich Ihnen vielleicht weiterhelfen?«
»Ist Herr Mommsen Patient bei Ihnen?«
»Ja. Er liegt auf der Pflegestation. Schweres Asthma und Folgeerkrankungen. Darf ich Ihnen das überhaupt am Telefon sagen?«
»Hat Herr Mommsen die Insel in den letzten Wochen verlassen?«
»Nein, den Sommer über nicht. Er ist in keinem guten körperlichen Zustand. Außerdem ist noch Heuschnupfenzeit, da bleibt er sowieso besser hier.«
»Danke, können Sie ihn darum bitten, dass er mich anruft, sobald er fertig ist im ...«
»Inhalarium. Natürlich. Gern.«

Eine Stunde später kam Franzen in Islands Büro und legte einen Zettel auf den Schreibtisch.
»Habe vorhin mit diesem Mommsen telefoniert. Der hatte sich verwählt und ist versehentlich bei mir gelandet. Hörte sich an wie eine defekte Drehorgel. Er wollte Sie sprechen, hatte aber keine Luft, um es später noch mal zu versuchen. Angeblich hat er seine Angelhütte seit etwa vier Jahren zu seinem großen Bedauern nicht mehr betreten. Sein Neffe schaut dort nach dem Rechten. Mommsen macht sich allerdings Sorgen, weil der Neffe sich seit drei Wochen nicht mehr bei ihm gemeldet hat. Das ist wohl sehr ungewöhnlich, da sie sonst ein- bis zweimal die Woche miteinander telefonieren. Der Neffe heißt Jasper Klatt. Wohnt in Raisdorf. Fahren wir hin?«
Island nickte.

Um zehn nach elf fuhren Island und Franzen die Kaistraße entlang. Der Regen war stärker geworden, und die Scheibenwischer quietschten. Zwei große Fährschiffe lagen im Kieler Hafen. Wie mehrstöckige Hochhäuser ragten ihre Aufbauten über die Dächer der umliegenden Gebäude.

»Sind Sie gern in Kiel?«, erkundigte sich Island, um das Schweigen zu durchbrechen.

»Eigentlich ja«, sagte Franzen. »Ich komme aus Heide in Dithmarschen, dagegen ist das hier schon eine Großstadt. Obwohl ... Berlin, das ist natürlich ganz was anderes«, fügte sie unbeschwert hinzu.

Kommissarin Franzen war jung und voller Energie. Ihre Arbeit tat sie mit einer Art verbissenem Elan. Island fragte sich, ob sie in zehn Jahren wohl immer noch so begeistert bei der Sache sein würde. Wie alt war eigentlich Mischa gewesen, als sie ihn erschoss? Sechsundzwanzig, fast noch ein Jugendlicher. Sie hätte jetzt gern zusammen mit Franzen eine Zigarette geraucht. So wie es früher im Morddezernat 5 auf den Dienstfahrten üblich gewesen war, bevor nach und nach alle mit dem Rauchen aufgehört hatten. Wie lange waren diese Zeiten vorbei? Eine Ewigkeit.

11

Jasper Klatt wohnte im Rönner Weg 4, einem elfstöckigen Siebzigerjahre-Wohnblock westlich der Bundesstraße, die Raisdorf in zwei Teile zerschneidet. Auf ihr Klingeln hin öffnete niemand. Island drückte deshalb ein paar andere der dreißig Klingelknöpfe, und der Türöffner begann wenig später zu surren. Die beiden Polizistinnen betraten das Treppenhaus und stiegen hinauf bis in den zweiten Stock. Fünf graue Wohnungstüren gingen von einem schmalen Vorraum ab. »Klatt« stand auf einem Plastikschild unter der Linse eines Türspions. Island klingelte erneut, klopfte dann und spähte durch den Briefschlitz. Warme Luft, die nach Teppich roch, strömte ihr entgegen. Sie sah einen Ausschnitt des Flurbodens, auf dem Werbeprospekte und Zeitungen lagen. Franzen klingelte an den anderen vier Wohnungstüren im selben Stockwerk. Aber nur eine wurde geöffnet. Eine schmale, ältere Frau schaute misstrauisch heraus und beruhigte ihren Hund. »Struck« stand auf einem getöpferten Namensschild neben der Klingel.

»Jasper Klatt?«, meinte Frau Struck wenig später. »Nee, kenn ich nicht.«

»Der wohnt aber bei Ihnen auf dem Stockwerk. Den müssten Sie doch eigentlich kennen?«, meinte Franzen.

»Ach, der junge Mann von gegenüber? Der arbeitet! Wo, weiß ich allerdings nicht. Irgendwo in der Stadt. Fährt immer mit dem Auto weg.«

»Was für einen Wagen fährt er denn?«, erkundigte sich Island.

»So einen roten, großen. Keine Ahnung, welche Marke.«

»Wann haben Sie Ihren Nachbarn zuletzt gesehen?«, fragte Island.

»Zuletzt vor drei Wochen. Hat wohl Urlaub. Ich glaube, der wollte angeln. Schleppte Eimer und Ruten ins Auto. Das mag mein Hund nicht, da hat er gebellt, und der junge Mann hat nach ihm getreten. Unerhört, nicht wahr?«

»Und wann genau war das?«, fragte Franzen.

»An einem Freitag, das weiß ich noch, weil ich unterwegs zum Supermarkt war, und der Laden schließt um sieben. Wegen der Sache mit dem Hund kam ich nicht mehr rechtzeitig hin, und da stand ich dann vor verschlossener Tür. So ein Ärger aber auch. Das vergisst man nicht so schnell. Ich wollte dem Mann noch mal richtig den Marsch blasen, aber ich habe ihn seitdem nicht wieder gesehen.«

»Ist Ihnen sonst irgendwas aufgefallen? Hatte Herr Klatt vielleicht Besuch?«, wollte Island wissen.

»Weiß ich nicht«, sagte die Frau. »Ich spioniere niemanden aus. Aber warten Sie mal. An dem Wochenende, als das mit meinem Hund war? Der hatte richtig eine Prellung von dem Tritt! Musste am Montag mit ihm deswegen sogar zum Tierarzt. Also an dem Wochenende, da haben verschiedene Leute vor seiner Tür gestanden und geklingelt.«

Die Hundebesitzerin blickte die Polizistinnen triumphierend an. »Hab ich durch die Linse in der Tür gesehen. Ich kannte die aber nicht. Zwei Männer waren das. Der eine am Sonntagmorgen, ziemlich früh, der andere gegen Mittag, der kam sogar noch mal wieder. Aber Klatt hat nicht aufgemacht. Da hat ihm der Mann, der später kam, also der Ältere, was durch die Briefklappe geworfen.«

»War Ihr Nachbar an dem fraglichen Wochenende denn zu Hause?«, wollte Franzen wissen.

»Gesehen habe ich ihn nicht«, sagte Frau Struck gedehnt. »Aber gehört. Nachts jedenfalls.«

Sie machte eine Pause und schien nachzudenken.

»Genau«, fuhr sie schließlich fort. »In der Nacht von Samstag auf Sonntag war ein ordentliches Gequieke bei ihm in der Wohnung. Sein Schlafzimmer grenzt an mein Wohnzimmer, und so schwerhörig bin ich ja nun auch noch nicht. Ich wollte am Sonntag, das müsste der 21. August gewesen sein, zum Gottesdienst in die Waldkapelle nach Neuwühren. Da gab es eine plattdeutsche Predigt. Und ich konnte wegen des Lärms nicht einschlafen. Ich war drauf und dran, die Polizei zu rufen. Aber dann, gegen eins, halb zwei wurde es plötzlich ruhig, und seitdem hat er keinen Pieps mehr gemacht. Ich denke, er ist weggefahren.«

»Wie sahen die Männer aus, die am Sonntag bei Klatt geklingelt haben?«, fragte Franzen.

»Der eine war jung und sehr flott gekleidet, sportlich, würde ich sagen, mit Schirmmütze und kurzen, weißen Hosen. Den anderen, der etwas älter war, habe ich in seinen Wagen steigen sehen, auf dem Parkplatz.«

»Was war das für ein Wagen?«, erkundigte sich Island.

»So ein Geländewagen, dunkelgrün, würde ich meinen. Auf der Ladefläche saß ein Hund. Und das bei der Hitze an dem Tag. In der prallen Sonne!«

»Was für ein Hund?«

»Ein Golden Retriever«, sagte die Frau, ohne zu zögern.

»Und der Mann hatte so braune Sachen an. Wie ein Jäger.«

»Oder wie ein Angler?«, fragte Franzen.

»Jetzt, wo Sie's sagen …«

Dreißig Minuten später fuhr der Kleinbus der Spurensicherung über den Parkplatz und parkte in der Feuerwehrauffahrt. Hans-Hagen Hansen stieg zusammen mit einer weiteren Kollegin aus. Er gähnte und zwängte seinen kräftigen, langen Körper in den weißen Arbeitsanzug. Island telefonierte mit der Sekretärin des Staatsanwalts, der gerade in einer Besprechung war, und machte ihr klar, Harald Lund umgehend sprechen zu müssen. Bis zu seinem Rückruf standen alle zusammen mit zwei weiteren Beamten von der Kripo Kiel im Treppenhaus herum.

Endlich klingelte Islands Handy, und Lund verkündete, dass seinerseits keine Bedenken gegen eine Durchsuchung bestünden. Auf ein Nicken Islands hin machte sich Hansens Kollegin am Türschloss zu schaffen. Nach eineinhalb Minuten hatte sie es geöffnet.

Die Tür schwang auf und fegte einen Haufen Tageszeitungen und Werbezettel auseinander. Island ging in die Küche und sah in den Kühlschrank. Eine Flasche Prosecco war darin, ein Glas Senf, ein Päckchen eingeschweißter Fetakäse und eine angebrochene Tüte H-Milch, die einen sauren Geruch verströmte.

Die Kakteen auf dem schmalen Fensterbrett neben der Tür warfen schlaffe, rosafarbene Blüten ab. Tote Fruchtfliegen bedeckten die Fensterbank. Island beugte sich über den Zeitungsstapel im Flur. Die jüngste Ausgabe der Kieler Nachrichten stammte vom selben Tag, die älteste vom Samstag, den 20. August.

»Legen Sie los«, meinte sie und nickte Hansen zu. Der Chef der Spurensicherung begann, zusammen mit weiteren Mitarbeitern, die inzwischen eingetroffen waren, mit dem ersten Sicherungsangriff. Sie untersuchten das fensterlose Badezimmer und stellten DNA-Material aus Kamm und Zahnbürste sicher. Anschließend nahmen sich die Kriminaltechniker das Wohnzimmer vor.

Island hatte sich bereits Latexhandschuhe übergestreift und einen Blick hineingeworfen. Der längliche Raum, von dem aus man auf einen Balkon gelangte, war nur spärlich möbliert. Es gab eine Stereoanlage mit Boxen der Marke Bang & Olufsen und ein rotes Ledersofa, auf dem ein Stapel Wäsche lag. An der dem Sofa gegenüberliegenden Wand hing ein Flachbildschirm von beeindruckenden Dimensionen.

Das Bett im Schlafzimmer war verwühlt, als sei gerade jemand herausgesprungen. Die dunkelblaue Bettwäsche roch nach Schweiß und einem blumigen Parfüm. Das Spannbettlaken schien seit längerer Zeit nicht gewechselt worden zu sein, denn es hatte helle Flecken und kleine dunkle Löcher, so als sei im Bett geraucht worden. Island sah sich nach einem Aschenbecher um, fand aber keinen. Unter dem Bett lagen eingestaubte Pornohefte.

In der Ecke neben dem Fenster, das auf einen Balkon hinausging, stand ein Schreibtisch. Den Computer würde Hansen mitnehmen und zur Auswertung an das Landeskriminalamt geben. Island zog die Schreibtischschubladen auf. In der obersten befanden sich unbenutzte Briefumschläge, ein Holzkästchen mit Briefmarken, Bleistiftanspitzer sowie eine Sammlung diverser Kugelschreiber. In einem Bilderrahmen steckte das Foto einer jungen Frau mit lockigem, blondem Haar. Island öffnete vorsichtig den Rahmen und besah die Rückseite. Ein Stempel besagte, dass das Foto im Jahr 2000 von einem Labor in Kiel entwickelt worden war. Island legte Bild und Rahmen in eine Plastiktüte für die weiteren Untersuchungen.

Die übrigen Schubladen waren mit Heftordnern und Papieren vollgestopft, darunter Gehaltsbescheinigungen, Kopien von Steuererklärungen, der Mietvertrag für die Wohnung, in der sie sich befanden, sowie eine Mappe mit Zeugnissen und Bewerbungsschreiben. Island überflog einen sauber ausgedruckten Lebenslauf. Demnach war Jasper Klatt vor siebenundzwanzig Jahren in Hamburg geboren worden. Er hatte in Altona die Grundschule besucht, war später in Preetz aufs Gymnasium gegangen und hatte dort sein Abitur gemacht. Es folgten Praktika bei Firmen in Frankreich und den USA und ein Schiffbaustudium in Bremen. Seitdem hatte er bei der Werft Pekuni und Praas in Kiel-Wellingdorf gearbeitet. Dort hatte er aber anscheinend nicht bleiben wollen, denn in der Mappe befanden sich Bewerbungen für verschiedene Werftbetriebe in Norddeutschland und Skandinavien. Die Fotos, die aus der Mappe rutschten, zeigten einen Mann mit kurzen, dunkelblonden Haaren und einem angenehmen Lächeln.

Wenn ich eine Kontaktanzeige aufgeben würde und so einer schickte mir ein Foto, dann würde ich mich mit ihm verabreden, dachte Island. Auch wenn er eigentlich zu jung für mich wäre. Irritiert schob sie den Gedanken beiseite. Sie hatte schon lange keine Kontaktanzeige mehr aufgegeben und hoffte, dass es auch nicht nötig werden würde. Sie wies einen Kripomitarbeiter an, eins der Fotos an die Kollegen in der Bezirkskriminalsinspektion weiterzugeben.

Franzen hatte inzwischen mit der Hausverwaltung telefoniert. Kurz darauf erschien der Hausmeister. Er führte sie in den Keller und zeigte ihnen den Drahtverschlag, der zu Jasper Klatts Wohnung gehörte. Der kleine Raum enthielt einen ausrangierten Sessel, eine Stehlampe und ein Regal mit leeren, ausgewaschenen Marmeladengläsern. Außerdem befanden sich darin ein paar leere Kartons unterschiedlicher Größe.

»Hansen soll sich diese Kartons mal ansehen für den Fall, dass etwas Interessantes darin gewesen ist«, sagte Island zu Franzen.

Danach setzte sie sich ins Auto und rief bei der Werft Pekuni und Praas an.

»Jasper Klatt, ja, der arbeitet bei uns«, teilte ihr die Sekretärin mit. »Hat aber im Moment Urlaub.«

»Seit wann?«

»Seit Montag, dem 22. August. Für zweieinhalb Wochen. Er müsste morgen wieder da sein. Wieso rufen Sie an? Hat er was angestellt?« Die Sekretärin lachte ein glockenhelles Lachen, in das eine Person im Hintergrund einzufallen schien.

»Bitte bleiben Sie an Ihrem Arbeitsplatz. Wir kommen gleich bei Ihnen vorbei.«

Das Lachen am anderen Ende der Leitung verstummte.

Anschließend telefonierte Island mit der Krankenkasse, bei der Klatt versichert war. Sie bat um die Adresse seines Zahnarztes und erhielt die Auskunft, dass der Zahnarzt seine Praxis in Neumünster hatte. Dann rief sie Dutzen an und erteilte ihm den Auftrag, umgehend den Zahnarzt aufzusuchen und das Zahnschema seines Patienten Klatt in die Rechtsmedizin zu übermitteln.

»Sollten wir vorankommen, Frau Kollegin?«, bemerkte Dutzen mit honigsüßer Stimme.

»Ja«, entgegnete sie trocken, »und wenn Sie sich beeilen, sogar noch etwas schneller.«

In diesem Moment klopfte Hans-Hagen Hansen an ihre Wagenscheibe. Sie öffnete die Tür. In der Hand hielt er ein Stück Papier, das in einer Dokumentenhülle der Spurensicherung steckte.

»Das sollten Sie sich ansehen«, sagte er. »Es lag unter den Zeitungen im Flur.«

Es war ein Computerausdruck. Weder Verfasser noch Empfänger des Schreibens waren genannt.

»Letztes Angebot!«, stand darauf. »5000 Euro und der Fall ist erledigt.«

»War ein Umschlag dabei?«

»Nein«, sagte Hansen, »den würde ich Ihnen ja nicht vorenthalten.«

»Fingerabdrücke drauf?«

»Nein.«
»Dann danke fürs Erste.«

Franzen fuhr, während Island versuchte, Bruns anzurufen. Der Erste Kriminalhauptkommissar war am Vormittag nach Neumünster aufgebrochen, um bei der erneuten Befragung des Au-pair-Mädchens bei van Loun dabei zu sein. Bruns hatte sein Handy ausgeschaltet. Island sprach auf die Mailbox und bat um Rückruf. Auch Karen Nissen, die zusammen mit Bruns unterwegs war, ging nicht an ihr Mobiltelefon.

12

In Neumühlen zwischen den Stadtteilen Wellingdorf und Dietrichsdorf fließt die Schwentine in die Kieler Förde. Die Werft Pekuni und Praas lag auf der südlichen Seite der Flussmündung am Rande eines Gewerbegebietes mit dem Namen Seefischmarkt. Direkt gegenüber der Werft, auf dem anderen Flussufer, ragte ein mehrgeschossiger Wohnblock aus Backstein in den grau verwaschenen Himmel. Island sah gedankenverloren zu dem Haus hinüber. Früher hatte davor, direkt am Wasser, ein riesiges, weiß getünchtes Gebäude mit hohem Schornstein gestanden, die Holsatiamühle. Doch das imposante Industriebauwerk, das sich immer so malerisch im Fluss gespiegelt hatte, war verschwunden. Während Island noch irritiert blinzelte, lenkte Franzen den Wagen unbeirrt zwischen Bootsrümpfen und Holzstapeln über das Werftgelände. Wie sehr sich die Gegend hier verändert hat, dachte Island, ich erkenne sie kaum wieder. Franzen bemerkte ihren Blick.

»Da drüben war mal eine Mühle. Ganz schönes Teil eigentlich, wurde aber abgerissen. Eine Sanierung wäre zu teuer geworden, glaube ich«, sagte die junge Kommissarin und fügte mit der Stimme einer Fremdenführerin hinzu: »Der große, rote Klotz ist ein Apartmenthaus, daneben befindet sich eine Rehaklinik, und ein Stück weiter sehen Sie die Gebäude des Fachhochschulcampus.«

»Aha«, sagte Olga Island und dachte daran, wie sie im Alter von zwölf Jahren mit ihrer Freundin Marlies in die leerstehenden Gewölbe unterhalb des alten Mühlensilos eingestiegen und bis in den sechsten Stock auf das Mühlendach geklettert war. Dort oben hatten sie gestanden, Moosklümpchen von den Dachziegeln gekratzt und in den Fluss geworfen. Ein Anwohner hatte sie entdeckt und die Polizei gerufen. Weder sie noch Marlies hatten damals ein Gefühl für die Gefahren gehabt, in die sie sich begaben, sie hatten sich stark und fast schon erwachsen gefühlt, Abenteuern auf der Spur, ohne Gedanken an mögliche Folgen ihres Tuns. Als sie bei der Polizei angefangen hatte, war ihr jegliche Abenteuerlust schnell und gründlich abhandengekommen.

Franzen bremste vor einer hohen Industriehalle. Hinter geöffneten Eisentoren sah man zwischen Stellagen die Aufbauten einer mittelgroßen Segeljacht. Einige Arbeiter waren damit beschäftigt, eine Persenning über den hölzernen Bug zu ziehen, dessen Unterwasserbereich mit Seepocken und Muscheln besetzt war. Über den weitläufigen Platz neben der Halle schallte das Kreischen einer Säge.

»Die bauen richtige Luxusdinger«, bemerkte Franzen. »Soweit ich weiß, führen die nur Sonderaufträge von wirklich reichen Leuten aus, die sich hier ihre Träume erfüllen lassen.«

»Das sieht aber eher nach einer Überholung aus«, meinte Island.

»Das machen sie wohl auch ab und zu«, entgegnete Franzen.

Marietta Schmidt, die Sekretärin, saß in einem kleinen, mit Papieren vollgestopften Zimmer und ließ ihre Finger über eine kabellose Tastatur rasen.

»Ich habe gar keine Zeit für langes Gesabbel«, sagte sie in der breiten Aussprache der Kieler Ostuferbewohner und bot den Polizistinnen dann doch einen Kaffee an. Es war ein starkes Gebräu mit leichtem Haselnussaroma, das sie in einer Fünfliterkanne für alle Mitarbeiter der Werft bereithielt. Island nahm einen kräftigen Schluck und notierte sich Klatts Handynummer, die ihr die Sekretärin bereitwillig mitteilte.

»Jasper ist seit drei Jahren bei uns«, gab Frau Schmidt Auskunft. »Davor hat er während seines Studiums immer wieder mal hier gejobbt, wenn er in den Semesterferien zu Hause bei seinem Onkel in Preetz war. Seine Eltern sind, soweit ich weiß, früh verstorben.«

»Kennen Sie ihn privat?«

Die Wangen der Frau röteten sich.

»Nein, nicht so gut. Leider. Oder vielleicht besser: glücklicherweise?«

»Was meinen Sie damit?«

»Jasper ist – wie soll ich sagen – so eine Art Everybody's darling. Es gibt viele, die sich für ihn interessieren. Der lässt auch nichts anbrennen, wenn Sie verstehen, was ich meine.«

»Hat er eine feste Freundin?«

Die Sekretärin blinzelte.

»Weiß ich nicht. Interessiert mich auch nicht. Ich bin

seit vier Monaten verheiratet. Im Übrigen mag ich auch keine Fische. Und ich glaube nicht, dass er sich das Angeln abgewöhnen würde.«

Marietta Schmidts Wangen glühten. Konzentriert und angespannt betrachtete sie ihre Fingerspitzen.

»Was genau arbeitet Herr Klatt bei Ihnen?«

»Er macht alles Mögliche. Wir sind ein kleiner Betrieb, da ist das, was man zu tun hat, nicht so genau festgelegt. Jasper hilft bei der Ausstattung der Schiffe. Elektrik, Beleuchtung, Innenausbau, das sind so seine Spezialgebiete. Er kümmert sich vor allem um die Sonderwünsche der Kunden, fährt zu den Bootsmessen, hält aber auch Kontakt zu den Zulieferbetrieben, arbeitet dabei immer eng mit dem Chef zusammen. Pekuni und Praas machen alles, was machbar ist. Möchten Sie einen Firmenprospekt?«

»Gern. Wo finde ich Ihren Chef? Oder sind es mehrere?« Island ließ Marietta Schmidt nicht aus den Augen. Ihre Worte waren hektischer geworden, je länger ihr Gespräch andauerte.

»Der Seniorchef, Pieter Praas, hat sich vom Geschäft weitgehend zurückgezogen«, sagte die Sekretärin. »Er wohnt draußen am Westensee und kommt nur noch zu besonderen Anlässen vorbei, zum Beispiel, wenn ein Schiff getauft wird. Der Juniorchef, Herr Pekuni, ist drüben in der Schiffbauhalle. Soll ich ihn rufen?« Aus großen blauen Augen sah sie sie unsicher an.

»Wenn Sie uns erklären, wie wir da hinkommen, werden wir ihn schon finden.«

Island und Franzen gingen durch einen schmalen Gang und gelangten dann in eine weitläufige Werkstatt, in der es nach Schmieröl, Terpentin und Sägespänen roch. In der Halle, die daran anschloss, brannte eine Unzahl von

Neonröhren, die die Jacht in ein gleißendes, surreales Licht tauchten. »Vega« stand in geschnitzten Buchstaben am Heck des Schiffes. Zwei Männer in blauer Arbeitskleidung hievten gerade mit einer Seilwinde eine große, weiße Tonne von Deck. Ein Mann, ebenfalls in Arbeitshose und dunkelblauem Troyer, dirigierte sie dabei.

»Halt!«, rief er. »Weiter nach rechts.«

»Kripo Kiel«, sagte Island und machte einen Schritt auf den Mann zu. Schon an seinem frischen, teuren Aftershave konnte sie erahnen, dass sie den Werftbesitzer vor sich hatte. »Sind Sie der Chef?«

»Sicher. Was kann ich für Sie tun? Habe ich meinen Wagen falsch geparkt?« Helge Pekuni war ein Mann von etwa vierzig Jahren. Seine Haut war vom Seewind gegerbt. Er strahlte die Gelassenheit eines wohlhabenden Menschen aus, der mit dem, was er tut, vollkommen zufrieden ist.

»Wir suchen einen Mitarbeiter von Ihnen, Herrn Jasper Klatt.«

»Hat Urlaub. Wir erwarten ihn erst morgen zurück.«

»Wissen Sie, wo Herr Klatt seinen Urlaub verbringen wollte?«

»Nein.«

»Wo pflegte er denn sonst seine Urlaube zu verbringen?«

Helge Pekuni sah sie erstaunt an.

»Zu Hause, soweit ich weiß. Er angelt gern, und da hat er ja ein schönes Revier fast direkt vor seiner Haustür.«

»An der Ostsee?«

»Soweit ich weiß, bevorzugt er die Schwentine. Ich glaube, er ist da Mitglied in einem Angelverein.«

»Wann haben Sie ihn zum letzten Mal gesehen?«

»Das hört sich ja dramatisch an.« Pekunis Stimme klang plötzlich unsicher. »Was ist denn mit Jasper?«

»Bitte beantworten Sie meine Frage!«

Drei der Arbeiter standen schweigend im Halbkreis um ihren Chef herum, während ein Mann an Deck damit beschäftigt war, die Seile der Winde in die Ausgangsposition zurückzubringen. Helge Pekuni, dem die Situation offenbar unangenehm wurde, deutete mit der Hand auf den Ausgang und sagte:

»Gehen wir in mein Büro.«

Im Büro, das provisorisch in einem Wohncontainer neben der Halle untergebracht war, ließ er Island und Franzen in hellblauen Clubsesseln Platz nehmen. Er rief Marietta Schmidt an und bat sie, seinen Gästen Kaffee zu bringen. »Wir bauen gerade einen Verwaltungstrakt. Bis er fertig ist, hause ich hier.«

»Demnach laufen Ihre Geschäfte gut?«

»Ich kann nicht klagen.«

»Lassen Sie uns über Ihren Mitarbeiter Klatt reden. Wann haben Sie ihn zuletzt gesprochen?«

»Zuletzt gesehen? Zuletzt gesprochen?« Pekuni biss sich in die Unterlippe und blinzelte irritiert. »Am Freitag vor zwei Wochen haben wir nach Feierabend noch kurz bei Marietta zusammengesessen, Kaffee getrunken und unseren neuen Auftrag gefeiert, den Jasper am Tag vor seinem Urlaub an Land gezogen hat. Er stand schon lange in Kontakt mit einem Kunden, der eine Jolle für seine Kinder bauen lassen will. Kein großes Ding, aber auch nicht uninteressant für uns. Wir können dabei weitere Erfahrungen mit einer neuartigen Kunststoffbeschichtung von Bootsrümpfen machen. Viele Segler wollen ja meist ganz bewährte Dinge, aber dieser Kunde lässt uns völlig freie Hand. Und so ein Bodenschutz, der nie wieder gegen

Algenbewuchs gestrichen werden muss, ist eine feine Sache, besonders für umweltbewusste Segler, die sich die jährliche Chemiekeule des Anstrichs und die Malerkosten sparen wollen. Solche Dinge sind was für Jasper, der forscht gern und probiert neue Sachen aus. Da kann er sich richtig hineinknien. Hat er schon immer gemacht, schon während seines Studiums. Ich denke, dass er einen Teil seines Urlaubs mit Recherchen zu diesem Thema verbracht hat. Er bat mich an dem Freitag, ihm noch ein paar Tage länger freizugeben als die ursprünglich geplanten zwei Wochen. Ich denke, es ist wegen dieses Auftrags.«

Es klopfte. Marietta Schmidt brachte ein Tablett mit gefüllten Tassen herein und stellte jedem eine hin. Ihre Hände zitterten, doch es schwappte nichts über.

»Kann ich jetzt gehen?«, fragte sie leise.

Helge Pekuni nickte.

»Moment noch«, sagte Island. »Besitzt Jasper Klatt ein Auto?«

»Natürlich.« Die Sekretärin strich sich den Rock glatt. »Einen alten roten Opel Astra Kombi.«

»Wissen Sie das Kennzeichen?«

»PLÖ-MS 737.«

Frau Schmidt verließ das Büro, nicht ohne Pekuni einen fragenden Blick zuzuwerfen, den er aber nicht erwiderte.

»Wirkte Klatt an seinem letzten Arbeitstag wie immer?«, fuhr Island mit der Befragung fort.

Pekuni nickte.

»Ja, er war guter Dinge, ein bisschen aufgekratzt vielleicht, wohl weil er den Auftraggeber überzeugt hatte. Ein toller Erfolg und ein guter Start für seinen Urlaub. Gegen achtzehn Uhr ging ich in die Werkstatt, und Jasper fuhr los. Er hatte anscheinend eine Verabredung.«

»Wie kommen Sie darauf?«

»Er wirkte so vergnügt. Er schloss seine Arbeitsklamotten in den Spind und warf sich ein bisschen in Schale. Für Kino oder eine Party war es ja noch zu früh. Deshalb dachte ich, er sei zum Essen verabredet.«

»Haben Sie ihn gefragt, was er vorhatte?«

»Nein.«

»Was hatte er an?«

»Warum wollen Sie das wissen? Ihm ist was passiert, oder?« Helge Pekuni beugte sich über seinen Schreibtisch und sah Island erschrocken an.

»Wir suchen ihn, um ihm ein paar Fragen zu stellen.«

Ich wünschte, es wäre so, dachte Island. Bevor die Ergebnisse des DNA-Abgleichs noch nicht vorlagen und das Zahnschema nicht ermittelt war, bestand immerhin noch die Spur einer Hoffnung, dass der Mann, dessen Wohnung sie gerade durchsucht hatten, noch am Leben war und es eine natürliche Erklärung für seine Abwesenheit gab.

Pekuni zog den Reißverschluss seines Troyers auf. Ein weißer Hemdkragen kam zum Vorschein, der an den Spitzen mit kleinen, goldenen Kronen bestickt war.

»Jasper trug eine Jeans, glaube ich, ein fein gestreiftes, braunes Hemd und sein dunkles Sakko, das er auch bei der Kundenakquise gern trägt. Er ist in Modefragen sehr stilsicher.«

»Wie heißt der Kunde, der die Jolle bestellt hat?«, fragte Franzen, die sich bis jetzt mit Fragen zurückgehalten hatte.

»Das muss ich Ihnen nicht mitteilen. Das sind Firmeninterna, ich sehe nicht, was das mit Jasper Klatt persönlich zu tun hat.«

Island seufzte. »Sie haben recht, Herr Pekuni. Aber wenn wir es wissen müssen, bekommen wir es schon heraus. Beantworten Sie mir bitte Folgendes: Ist es möglich, dass Jasper Klatt, um Informationen über den neuen Kunststoff zu bekommen, mit dem Sie die Jolle beschichten wollen, möglicherweise gewisse Grenzen überschritten hat?«

»Wie meinen Sie das?« Pekunis Lippen wurden schmal.

»Hat er dafür oder für andere Aufträge irgendwo, sagen wir mal, nicht ganz legal nachgeforscht?«

»Drücken Sie sich bitte genauer aus!«

»Hat er spioniert?«, platzte Franzen heraus.

Pekuni starrte sie an. »Was erlauben Sie sich? Was denken Sie, was das hier für eine Firma ist? Muss ich meinen Anwalt rufen?«

Island blieb ruhig. »Hat Jasper Klatt eine Freundin, die ihn ab und zu mal von der Arbeit abholt?«

Pekuni, der einen hochroten Kopf bekommen hatte, bemühte sich sichtlich um Gelassenheit.

»Nein.«

»Nein?«

»Nein, ich habe nie eine Freundin bei ihm gesehen.«

»Ist er schwul?«, fragte Franzen unvermittelt.

Pekunis Adamsapfel tanzte, während er zweimal schluckte.

»Jasper Klatt ist das, was man einen netten jungen Mann nennen würde. Er hat eine freundliche, aufgeschlossene Art und kommt mit jedem auf der Werft sehr gut klar. Was sollte es also über ihn aussagen, ob er sich für Männer oder für Frauen oder für beides interessiert? Das ist mir als Chef völlig egal. Hauptsache, der Mitarbeiter ist pünktlich, motiviert und zuverlässig. Da kann er doch privat tun und lassen, was er will.«

Franzen holte tief Luft und schickte sich an, eine weitere Frage zu stellen, doch Island bedeutete ihr, zu schweigen.

»Danke, Herr Pekuni. Sie haben uns geholfen. Zeigen Sie uns jetzt bitte noch den Schrank, in dem Herr Klatt seine Arbeitskleidung verwahrt?«

»Da ist doch was gelaufen zwischen Klatt und diesem Werftboss«, sagte Franzen, als sie wieder im Auto saßen und die Fahndung nach dem Opel Astra Kombi durchgegeben hatten. »So dermaßen rot angelaufen, wie der ist.«

»Nichts ist ausgeschlossen«, meinte Island und wählte zum wiederholten Mal Klatts Handynummer, nur um erneut zu hören, dass der Teilnehmer zurzeit nicht erreichbar sei.

»Der sah auch so aus, der Pekuni. Diese gepflegten Sachen, die der bei der Arbeit trägt, und dann das Rasierwasser oder was es war. Puaah.« Franzen steuerte den Wagen in hohem Tempo über das Werftgelände. »Von dem Spind hatte ich mir mehr versprochen«, fuhr sie fort. »Da waren ja wirklich nur Blaumann und Arbeitsschuhe drin. Und absolut nichts in den Taschen, nicht mal ein Taschentuch. Ein bisschen zu aufgeräumt, oder?«

»War auch nicht abgeschlossen, der Schrank. Konnte jeder jederzeit ran«, sagte Island.

»Und wie wichtig es dem Chef war, dass die Ehre der Firma nicht angekratzt wird«, mokierte sich Franzen. »Der Spionagevorwurf war eindeutig zu viel für ihn.«

An der Einfahrt zur Schönberger Straße machte Franzen eine Vollbremsung. Gerade noch rechtzeitig, denn ein schwerer Lkw aus dem Baltikum, der sich, vom Ostuferhafen kommend, augenscheinlich verfahren hatte und die Auffahrt auf den Ostring suchte, brauste in hohem Tempo vorbei.

»Wir werden sehen, was wir noch herausfinden«, sagte

Island und sparte es sich, Franzen wegen mangelnder Sensibilität bei einer Befragung zu ermahnen. Die junge Kommissarin musste selbst lernen, mit welchen Methoden man weiterkam und was man besser ließ. Schließlich war das bei jedem Verhör anders. Es gab keine festen Regeln, und es hing immer vom Befragten ab, wie man am geschicktesten vorging.

Schweigend kamen die beiden Frauen in der Bezirkskriminalinspektion an.

»Ich bin gespannt, wie es den Kollegen in Neumünster ergangen ist«, murmelte Franzen, während sie die Treppe in den zweiten Stock hinaufstiegen.

13

Die nachmittägliche Dienstbesprechung war schon vorüber, ein paar Kollegen saßen aber noch zusammen und unterhielten sich leise. Als Island und Franzen ins Zimmer kamen, verstummten sie.

»Unsere Damen hatten Erfolg«, sagte Bruns in einem väterlichen Tonfall, der Island ärgerte.

»Hatten wir?«, fragte sie gereizt.

»Ja«, sagte Dutzen. »Der Tote ist Jasper Klatt. Zweifel ausgeschlossen. Das Zahnschema stimmt überein.«

Island sehnte sich schon wieder nach einer Zigarette. Sie nahm sich vor, heute Abend auf dem Rückweg in ihre Pension an der Tankstelle zu halten und sich ein Päckchen zu kaufen. Die Marke war ihr egal, irgendetwas mit viel Nikotin, wenn es so was überhaupt noch gab beim herrschenden Gesundheitswahn.

Jasper Klatt, ein junger, attraktiver Mann, war tot. Nicht dass sie ihn gekannt hätte oder dass er ihr in den wenigen Stunden, seitdem sie sich mit ihm und seinem Leben beschäftigte, besonders ans Herz gewachsen wäre. Aber Jasper Klatt hatte Angehörige, wie zum Beispiel den kurzatmigen Onkel auf Helgoland. Und jetzt musste dem kranken Mann jemand sagen, dass sein Neffe tot war. Wie sollte man ihm erklären, dass dessen Leiche so entstellt war, dass eine normale Identifizierung nicht mehr möglich war?

Sie rieb sich die Augen.

»Dann wissen wir also, wo wir weitermachen müssen«, sagte sie. »Haben Sie die Presse schon informiert?«

»Ja«, antwortete Bruns, »aber wir versuchen den Ball flach zu halten. Keine Pressekonferenz zu diesem Zeitpunkt. Wir stellen die Nachricht über die Identifizierung der Wasserleiche ins Netz, da können sich die Pressevertreter aus unserem Medienportal bedienen. Das sollte fürs Erste reichen. Hinrich Müller schreibt gerade den Text.«

Island nickte und berichtete in knappen Worten von der Wohnungsdurchsuchung in Raisdorf, der Befragung des Werftchefs und vom mageren Inhalt von Jasper Klatts Spind.

»Wer besorgt mir genauere Informationen über Pekuni und Praas? Ich habe von meinem Computer aus keinen Internetzugang.«

»Das hat keiner von uns.« Jan Dutzen funkelte sie an. »Ist das in Berlin anders?«

»Nein«, sagte Island. »Von den Dienstrechnern aus kommt man da auch nicht ins Internet. Aber einer der Kollegen hier wird ja wohl trotzdem ins Netz kommen?«

Falk Taulow, ebenfalls Kriminalhauptkommissar, Mitte vierzig, mit dem Island bisher wenig zu tun gehabt hatte, meldete sich.

»Ich kann das erledigen.«

»Gut«, sagte Island. »Ich brauche alles, was über Pekuni und Praas in Erfahrung zu bringen ist. Was genau stellen sie her? Wie sieht ihre Zukunft aus? Mit was für Betrieben arbeiten sie zusammen? Außerdem brauche ich alles, was über die beiden Teilhaber Helge Pekuni und Pieter Praas bekannt ist.«

»Logisch«, sagte Taulow.

»Wer überprüft Klatts Handydaten?«

»Ich werde das anleiern«, antwortete Taulow.

»Und bitte besorgen Sie mir Adressen und Telefonnummern aller Angelvereine zwischen Preetz und der Schwentinemündung.«

Schweigend stand Taulow auf, nickte ihr zu und ging hinaus. Dutzen und Nissen folgten ihm. Bruns blieb an seinem Platz und trank einen Schluck Wasser aus einer Plastikflasche.

»Zu Ihrer Information«, sagte er zu Island und Franzen, die ebenfalls sitzen geblieben waren. »Im Haus von Julian van Loun haben wir nichts entdeckt, was uns weiterbringt. Das Au-pair-Mädchen behauptet, es sei seit dem Wochenende allein mit den beiden Hunden der van Louns zu Hause gewesen. Sie habe ihre freie Zeit mit dem Lernen deutscher Vokabeln verbracht. Außerdem behauptet sie steif und fest, nicht zu wissen, womit ihr Au-pair-Vater sein Geld verdient. Sie sei mit Chantal van Loun, seiner Frau, und dem zweijährigen Kind immer gut zurechtgekommen, mit dem Hausherrn angeblich auch. Allerdings habe sie ihn selten zu Gesicht bekommen. Als Chantal van Loun und das Kind in den Urlaub nach Florida abreisten, sei sie wegen einer Magen-Darm-Grippe nicht mitgeflogen. Nun wartet sie treu und geduldig auf deren Rückkehr.« Bruns zerdrückte die Wasserflasche und schraubte den Deckel wieder darauf.

»Möglicherweise wollte van Loun sich ohne seine Angehörigen irgendwohin absetzen. Informanten im Milieu berichten von solchen Gerüchten. Geld hat er, soweit wir bisher wissen, nicht ins Ausland geschafft. Möglicherweise ist er pleite. Sein Wagen bleibt verschwunden, die Fahndung läuft.«

»Sehen Sie irgendwelche Verbindungen zum Fund im Rosensee?«

Bruns schüttelte den Kopf. »Bisher nicht.«

»Immerhin hat Jasper Klatts Zahnarzt seine Praxis in Neumünster.«

»Ja, und?«

»Ich meine nur, wieder Neumünster.«

»Das muss gar nichts heißen.«

»Na, ja«, meinte Island, »ist es denn normal, dass man von Raisdorf nach Neumünster zum Zahnarzt fährt?«

»Ich persönlich würde nicht so weit fahren. In Kiel und Umgebung gibt es genug Zahnärzte. Aber wenn der Arzt besonders gut ist oder vielleicht ein Freund oder Bekannter aus Studientagen... Dann wäre es nicht abwegig.«

»Jemand sollte noch mal mit dem Zahnarzt sprechen.«

»Ich kann anrufen«, meldete sich Franzen eifrig.

»Ja, tun Sie das«, sagte Island. »Quetschen Sie ihn aus, aber achten Sie auf den Subtext.«

Franzen sah sie fragend an.

»Lesen Sie zwischen den Zeilen«, erklärte Island und erhob sich.

Franzen verließ das Zimmer schnellen Schrittes und verschwand in Richtung der Toiletten.

Bruns ließ die zerknüllte Plastikflasche von einer Hand in die andere wandern und räusperte sich. »Sie kommen zurecht?«, fragte er.

»Mit Frau Franzen?« Island merkte, dass sie zu schwitzen begann. Hatte sie vielleicht gerade den Eindruck vermittelt, ihre junge Kollegin nicht ernst zu nehmen?

Bruns verzog den Mund zu einem etwas steifen Lächeln. »Eher so allgemein«, sagte er.

»Allgemein in Kiel oder allgemein im Leben?«

Bruns sah sie forschend an. »Hier bei uns.«

»Ich denke, ja«, sagte Island und unterdrückte den Drang, sich am Kopf zu kratzen, obwohl es gar nicht juckte.

»Dann ist ja gut«, entgegnete der Erste Hauptkommissar. »Kommen Sie sonst gern zu mir, und sprechen Sie sich aus.«

»Klar.« Island nickte. »Sicher.«

Sie war froh, dass in diesem Moment eine Schreibkraft den Kopf zur Tür hereinsteckte, um Bruns eine Mappe zu bringen. Eilig ging Island auf den Gang hinaus und klopfte am Büro, das Taulow sich mit Dutzen teilte.

Taulow saß an seinem Rechner, Dutzen telefonierte.

»Haben Sie die Angelvereine schon gelistet?«

»Liegt auf Ihrem Schreibtisch«, sagte Taulow, ohne aufzusehen.

»Und die Handy-Ortung?«

»Das Handy hat sich am Freitag, dem 19. August, um 21.00 Uhr abgemeldet, und zwar im Netzquadranten Gut Rastorf und Umgebung. Wurde danach nicht mehr benutzt. Schätze mal, das Teil liegt längst auf dem Grund des Rosensees. Die Verbindungsdaten kriege ich in Kürze.«

»Danke«, sagte Island. Sie ging in ihr Büro, schloss die Tür und stellte sich ans Fenster. Es war jetzt siebzehn Uhr dreißig. Der Wind hatte aufgefrischt und bewegte die

Baumkronen auf der anderen Seite des Parkplatzes. In schnellem Tempo zogen helle Wolken über den Himmel.

Sie hatte seit heute Morgen nichts Vernünftiges gegessen, und ihr war übel. Auf dem Schreibtisch lag eine Kopie des Pathologieberichts über den Zahnstatus, außerdem das Passfoto von Jasper Klatt und die Liste der Angelvereine. Sie warf einen Blick darauf, dann zog sie sich ihre Jacke über und ging hinunter, weil sie meinte, an der Ecke zur Legienstraße einen Imbiss gesehen zu haben.

In dem kleinen Laden gab es Salate und Grillgerichte. Sie bestellte einen Döner ohne Zwiebeln und wunderte sich über den hohen Preis. In Berlin gab es Dönerbuden an jeder Ecke, und ein Döner war oft geradezu erschreckend billig, sodass man sich fragte, was das wohl für ein Fleisch war, das dort angeboten wurde. Beim Geruch von Gegrilltem und Gebratenem verspürte sie aber in diesem Moment einen solchen Appetit, dass sie beschloss, nicht darüber nachzudenken, ob so ein Essen nun gesund war oder nicht. Sie ließ den Döner einpacken und nahm dazu noch eine Literflasche Cola.

Zurück in ihrem Büro, zog sie den gefüllten Fladen aus der Plastiktüte, wickelte die Alufolie ab und biss herzhaft hinein. Während sie kaute, überkam sie eine unbändige Sehnsucht, Lorenz' Stimme zu hören. Sie griff zum Handy und wählte die Nummer seines Ateliers in Berlin. Nach dreimaligem Klingeln sprang der Anrufbeantworter an.

»Dies ist die Nummer von Lorenz Pahl. Ich bin leider zurzeit nicht zu erreichen. Bitte hinterlassen Sie mir eine Nachricht. Ich melde mich, sobald ich kann.« Im ersten Moment wollte sie auflegen, nur um noch einmal anzurufen und der Melodie seiner tiefen, schönen Stimme zu lauschen. Aber das wäre ja geradezu so, als würde sie ihren Freund mit heimlichen Anrufen verfolgen. Ein Piepton erklang, und sie sagte:

»Hallo, Sweetheart, wenn du zwischendurch mal deinen Anrufbeantworter abhörst, dann ruf mich doch auf meinem Handy an. Ich vermisse dich... Na, du weißt schon.«

Sie legte auf. Plötzlich spürte sie einen Kloß im Magen, wickelte die Reste des Essens in die Plastiktüte und warf sie in den Abfalleimer. Sie öffnete die Cola und zwang sich, einen Schluck davon zu trinken, griff zum Telefon und ließ sich zur Polizeistation von Helgoland durchstellen. Dort erreichte sie einen jungen Polizisten, dem sie den Auftrag erteilte, Günther Mommsen aufzusuchen und ihn über den Tod seines Neffen zu informieren. Es war besser, einen Kollegen zu ihm zu schicken, als den Mann am Telefon mit der traurigen Tatsache zu konfrontieren.

Danach telefonierte sie die Nummern der Angelvereine an der Schwentine durch. Beim Angelsportverein für Raisdorf und Umgebung wurde sie fündig.

»Jasper Klatt?« Die Stimme des Zweiten Vorsitzenden, den sie an der Strippe hatte, klang verstimmt, als sie den Namen nannte. »Kenne ich. Der war mal Mitglied bei uns. Ist schon Jahre her. War in der Jugendgruppe.«

»Wann ist er ausgetreten? Und warum?«

»Wieso wollen Sie das wissen?«

»Ich ermittle in einer dringenden Angelegenheit und würde gern heute noch mit Ihnen sprechen. Ließe sich das einrichten?«

»Ich bin im Vereinsheim. Wenn Sie vorbeikommen wollen...« Er beschrieb ihr den Weg.

14

Das Vereinsheim lag am Ufer des Rosensees, nicht weit von der Staumauer des Kraftwerks entfernt. Island lenkte den Wagen über den unbeleuchteten Waldweg und parkte an einem grün gestrichenen Jägerzaun. Es war kurz vor acht Uhr, und als sie die Scheinwerfer ausschaltete, war es unter den Bäumen bereits dunkel. Bevor sie ausstieg, durchsuchte sie ihr Handschuhfach, fand aber nichts Essbares. Ihr Handy klingelte. Am anderen Ende der Leitung ertönte ein Knistern. Sie sah auf ihr Display, aber es wurde keine Nummer angezeigt. Nachdenklich steckte sie das Handy zurück in ihre Jackentasche.

Das Vereinsheim bestand aus einer Ansammlung von aneinandergeschmiegten Holzhütten, die auf einen Steg hinausgebaut waren. Aus Fenstern mit karierten Vorhängen fiel Licht auf das Wasser, in dem vertäute Ruderboote dümpelten. Island fand die Eingangstür und lauschte. Sie hörte Stimmen und das Aneinanderschlagen von Bierflaschen.

»Das können wir nicht auf sich beruhen lassen«, sagte ein Mann.

»Was willst du da machen?«, fragte ein anderer.

»Das Übliche«, antwortete ein Dritter.

Wieder klingelte Islands Mobiltelefon. Sie zog es hervor und starrte auf das Display, das erneut keine Nummer anzeigte. In diesem Augenblick wurde die Tür von innen aufgerissen, und ein bärtiger Mann schaute heraus.

»Moment«, sagte Island und versuchte das Telefongespräch entgegenzunehmen. Doch am anderen Ende meldete sich niemand, deshalb schaltete sie das Handy aus.

»Die Polizei?«, fragte der Bartträger, dessen schwerer

Körper eine grüne Latzhose ausfüllte. »Kommen Sie rein, wird kalt.«

An einem Tisch saßen zwei Männer vor geöffneten Bierflaschen und sahen herüber. Auch sie trugen Arbeitshosen, die in olivfarbenen Gummistiefeln steckten. Island stellte sich vor, und die Gesichter der Männer wurden aufmerksam.

»Wir haben telefoniert«, sagte der Bärtige. »Ich bin Winfried Stoltenberg, der Zweite Vorsitzende. Hat Jasper Klatt etwas mit der Sache am Kraftwerk zu tun?«

»Ich führe die Ermittlungen in diesem Zusammenhang, darf Ihnen darüber aber momentan leider nichts mitteilen.«

Die Männer murrten bedauernd, doch Island zuckte mit den Schultern.

»Wie lange war Herr Klatt bei Ihnen Mitglied?«

»Zwei, drei Jahre. Als Jugendlicher. Ist also schon 'ne Weile her. Hat sich ordentliche Dinger geleistet, der Herr Klatt. Wir hatten die helle Freude an dem Bengel, bevor wir ihn rausgeschmissen haben.«

»Wann war das?«

»In den Neunzigern. Warten Sie mal. Wann war das mit dem Feuer?«

»Vor neun oder zehn Jahren, im Herbst«, mischte sich einer der Biertrinker in das Gespräch ein. »Das hat gefackelt.«

»Was für ein Feuer? Und was hatte Jasper Klatt damit zu tun?«

Winfried Stoltenberg grinste, setzte seine Flasche an und nahm einen ordentlichen Schluck.

»Dieser Junge hatte nichts als Blödsinn im Kopf. Angeln, das konnte er. Aber sonst war der zu nichts zu gebrauchen. Hat die Arbeitseinsätze der Jugendgruppe geschwänzt, holte sein Boot nicht rechtzeitig aus dem Wasser, machte immer irgendwelche Sperenzchen. Einmal habe ich ihn mit zwei anderen Jungs dabei erwischt, wie sie am Bootssteg Schiffe versenken mit den Vereinsbooten spielten, indem sie mit einem Schlauch Wasser ansaugten, ihn über die Bordwand hängten und die Boote so in aller Ruhe absaufen ließen. Da hätte ich ihn schon rauswerfen sollen.«

»Und der Brand?«

»Das war auch so eine Sache. Jasper hat öfter gezündelt. Wie die Jungs das in dem Alter schon mal tun. Mal hier ein paar Netze angesteckt, mal da ein Karton mit Posen und Aufwindern. Wir sind erst nicht dahintergekommen, wer das gewesen sein mochte. Aber dann hat er so einen Koffer angeschleppt, den hatte er wohl von seinem Onkel bekommen, der damals auf der Werft arbeitete. In dem Koffer war eine alte Rettungsinsel drin, die er auf dem See schwimmen lassen wollte. Das haben wir ihm aber verboten. Damals gab es in jedem Herbst ein Fest, das wir nach den Vorkommnissen damals ein paar Jahre nicht mehr gefeiert haben. Erst seit zwei Jahren haben wir es wieder eingeführt. Es nennt sich Rosensee in Flammen. Da fahren wir mit einem Floß, auf dem ein Holzstapel entzündet wird, auf den See hinaus. Alle Vereinsboote sind dabei, mit Fackeln und Lampions geschmückt. Das sieht immer sehr schön aus, die Spiegelungen im Wasser vor dem dunklen Wald. Ganz Raisdorf kommt zum See und sieht zu.

Aber bei dieser Veranstaltung damals kam Jasper plötzlich mit seiner Insel angepaddelt. Er fuhr bis an das Floß heran, das in der Mitte des Sees brennend vor Anker lag, und Funken flogen zu seiner Insel hinüber. Das war doch völlig klar, dass die anfängt zu brennen! Das hat sie schließlich auch getan. Der Dösbaddel sprang über Bord, und wir mussten ihn in dem kalten Wasser suchen. Als wir ihn rauszogen, hat er nur wie blöde gelacht. Da haben wir ihn aus dem Verein geworfen.«

»Wissen Sie, was aus Jasper geworden ist?«

»Keine Ahnung, habe ihn nie wieder gesehen. Er kam nicht aus Raisdorf, sondern wohnte woanders, warten Sie mal, in Preetz, glaube ich. Die Mutter eines Angelfreundes hatte ihn damals immer zusammen mit ihrem Sohn im Auto gebracht.«

»Können Sie sich an den Namen des Freundes erinnern?«

»Ove Neuner. Der ist später ein guter Angler geworden, bevor er zum Studieren nach Süddeutschland ging.«

»Wohnen die Eltern von Ove Neuner noch in der Gegend?«

»Da würde ich mal in das Telefonbuch von Preetz gucken. Müssten sie drinstehen. Warum sollten sie weggezogen sein? Ist doch schön hier.«

Island betrachtete die Pokale, die auf Regalen über dem Einbautresen standen. An den Wänden hingen Bilder von Preisverleihungen und fröhlichen Tanzveranstaltungen.

»Hübsch haben Sie es hier. Was fangen Sie denn für Fische?«

Auf dem Gesicht von Herrn Stoltenberg erschien ein seliges Lächeln.

»Alles Mögliche. In erster Linie Hechte, Welse, Zander und Karpfen, aber seit wir die neue Fischtreppe am Kraftwerk haben, werden auch wieder Bachforellen und Aale gefangen. Sogar Plötzen und Brassen wandern neuerdings flussaufwärts.«

Island nickte beeindruckt.

»Wir haben auch eine Damengruppe. Wenn Sie mal Interesse haben ...«

»Vielen Dank«, sagte sie. »Ich denk drüber nach.«

Wenn man Menschen auf ihre Arbeit oder ihre Hobbys ansprach, sprudelten viele geradezu über vor Stolz und Sendungsbewusstsein. Sie hätte schon in den absonderlichsten Vereinen in Berlin und Umgebung Mitglied werden können, so enthusiastisch hatten sich Befragte über ihre Steckenpferde geäußert und versucht, sie, die Kriminalhauptkommissarin, für ihren Verein zu gewinnen.

»Angeln Sie immer von Booten aus?«, erkundigte sie sich.

»Nein, hier ist das Angeln auch vom Land aus überall erlaubt, wenn man einen Angelschein erworben hat. Nur fünfzig Meter um die Fischtreppe herum ist Sperrzone.«

Darin sollte man auch besser keine Leichen finden, dachte Island.

»Aber im Boot hat man mehr Ruhe, und man ist ganz in der Natur«, sagte einer der Biertrinker und steckte sich eine Zigarette an.

»Hört sich gut an, ich sollte mal über das Angeln nachdenken«, sagte sie.

Stoltenberg nickte eifrig.

»Sind die Strömungen im Rosensee eigentlich immer gleich?«, fragte sie.

Der Zweite Vorsitzende schüttelte entschieden den Kopf. »Nein, die Strömung ändert sich mit dem Wasserstand des Stausees, für den die Kraftwerksbetreiber verantwortlich sind, manchmal von einem Tag auf den anderen.«

»Wollen Sie ein Bier, Frau Kommissarin?«, fragte der nichtrauchende Latzhosenmann.

»Nein, vielen Dank«, sagte Island und versuchte die »Kommissarin« als Kompliment über ihr jugendliches

Aussehen aufzufassen. »Im Gegensatz zu Ihnen habe ich leider noch keinen Feierabend.«

Sie ließ sich Adresse und Privatnummer von Winfried Stoltenberg geben und ging zurück zu ihrem Wagen. Beim Aufschließen des Autos hatte sie wieder das Gefühl, aus der Dunkelheit heraus beobachtet zu werden. Deshalb schloss sie sofort nach dem Einsteigen die Zentralverriegelung.

Ich bin diese Dunkelheit auf dem Land einfach nicht mehr gewöhnt, dachte sie, während ihr Herz schneller als gewöhnlich klopfte.

Sie startete den Motor und schaltete das Radio ein. Zu Klängen von Xavier Naidoos »Alle Männer müssen kämpfen« fuhr sie durch Raisdorf und bog auf die B76 ein. Sie summte mit, auch wenn ihr gar nicht nach Singen zumute war. Sollte sie die Eltern von diesem Ove Neuner heute noch ausfindig machen oder stattdessen in ihre Pension fahren und die Mittwochs-Immobilienseite der Kieler Nachrichten studieren? Konnten Ove Neuner oder seine Eltern überhaupt etwas über Jasper Klatt sagen? Vielleicht war es eine Jugendfreundschaft gewesen, die sich längst verlaufen hatte? Solange sie dies nicht sicher wusste, entschied sie sich dranzubleiben.

Über die Freisprechanlage rief sie in der Telefonzentrale der Kripo an und bat um die Ermittlung der Telefonnummer von Familie Neuner aus Preetz. Sie bekam die Vorwahl von Preetz und eine vierstellige Nummer genannt, die sie sich gerade noch merken konnte. Sie wählte während der Fahrt.

»Neuner«, meldete sich eine verschlafen klingende Frauenstimme.

»Island von der Kripo Kiel. Ich hätte gern Ove Neuner gesprochen.«

»Ove? Ja, was ist denn passiert?«

Island schwieg. Sie konnte hören, wie Frau Neuner aufgeregt nach jemandem rief. Eine dunkle Stimme mischte sich ein, Türen wurden geschlagen. Schließlich kam die Frau aufgeregt atmend wieder ans Telefon.

»Ove ist nicht da. Er wohnt auch gar nicht mehr hier.«

»Wo kann ich ihn denn erreichen?«

»Wie ist noch mal Ihr Name?«

»Kriminalhauptkommissarin Olga Island von der Kripo Kiel.«

»Gott, o Gott.«

»Frau Neuner, sagen Sie mir bitte Ihre Adresse. Ich möchte Sie heute Abend noch sprechen. Es ist wichtig.«

»Mich?«

»Ja.«

Mit zitternder Stimme beschrieb die Frau den Weg.

15

Island beschleunigte das Tempo und jagte den Wagen über die B 76. In Preetz verfuhr sie sich in einem Gewirr von schmalen Straßen, in denen sich Eigenheime hinter dichte Hecken duckten. Vor der genannten Adresse hielt sie an und ging über Waschbetonplatten durch einen Garten, der aussah, als hätte ihn jemand mit dem Lineal angelegt. Vor einer großen Scheibe im Erdgeschoss war die Außenjalousie halb heruntergelassen, oben im Dachgeschoss brannte Licht in einem kleinen Dachfenster. Island klingelte an einer von Glasbausteinen eingefassten Tür. Eine verunsichert dreinblickende Frau öffnete ihr und bat sie ins Wohnzimmer.

Vor dem großen Fenster stand ein Krankenhausbett.

In einem Sessel davor, die Beine mit einer Wolldecke umwickelt, saß ein Mann und starrte auf einen übermäßig laut laufenden Fernsehapparat. Die feuchtwarme Luft im Raum roch nach Heilsalbe.

»Mein Mann«, sagte Ilse Neuner, »hatte einen Schlaganfall. Seitdem sitzt er da und kriegt nichts mehr mit. Der hat aber selber schuld. Fünfzig Zigaretten am Tag. Und ich darf ihn jetzt pflegen.«

Island überlegte kurz und entschied sich für die direkte Konfrontation.

»Frau Neuner, ich ermittle im Mordfall an Jasper Klatt aus Raisdorf. Sie kannten Jasper Klatt?«

Die Frau hockte auf der Vorderkante ihres Sofas und sah Island gebannt an.

»Jasper? Sie meinen den Jasper, mit dem mein Sohn zur Schule gegangen ist? Nein, das ist doch nicht möglich!«

»Wann haben Sie Jasper das letzte Mal gesehen?«

»Das ist schon Jahre her. Da war mein Sohn noch Schüler. Peter, wann hat Ove noch mal Abitur gemacht?«

Peter Neuner antwortete nicht, sondern sah weiter starr auf den Bildschirm.

»Vor acht Jahren.« Sie zögerte. »Bei der Abiturfeier habe ich sogar einmal mit ihm getanzt.«

Bei dem Gedanken lächelte sie und fügte laut hinzu: »Mein Mann hatte nie was fürs Tanzen übrig. Und Jasper hatte mich aufgefordert. Ein langsamer Walzer. Er war ein guter Tänzer. Und nun soll er tot sein?«

»Hatte Ihr Sohn nach dem Abitur noch Kontakt zu Herrn Klatt?«

»Nicht, dass ich wüsste. Mein Sohn ist zum Studium nach München gegangen, dort hat er auch Arbeit gefunden. In der Automobilindustrie«, fügte sie stolz hinzu. »Er ist in einer Forschungsabteilung. Sie entwickeln Motoren für Limousinen. Er hat sehr wenig Zeit. Wenn er zu Besuch kommt, trifft er sich schon mal mit alten Bekannten, aber von Jasper hat er nie was erzählt. Peter, hat Ove mit dir mal über Jasper Klatt gesprochen?«

Von Peter Neuner kam keine Reaktion. Island beugte sich im Sessel vor und sah in Ilse Neuners blassblaue Augen.

»Ihr Sohn war früher einmal in der Jugendgruppe des Angelvereins in Raisdorf. Jasper hat auch dort geangelt.«

»Ja, ich habe die beiden immer zusammen hingefahren«, sagte die Frau, und ihr Gesicht entspannte sich. »Das ist aber schon lange her, mehr als zehn Jahre. Jasper hat irgendwann mit dem Angeln aufgehört, da hatte Ove plötzlich auch kein Interesse mehr. Mein Mann schenkte ihm zwar noch ab und zu einen Angelschein, und ein- oder zweimal war Ove beim Preisangeln noch dabei. Aber auf die Jugendgruppe hatte er keine Lust mehr.«

»Wissen Sie, warum?«

»Nein.« Ilse Neuner sah Island unsicher an. »Vielleicht waren da nicht genügend Mädchen oder so etwas.«

Sie kicherte unvermittelt.

»Können Sie mir sagen, wo ich Ihren Sohn Ove erreiche?«

»In München«, sagte sie eifrig. »Moment, ich hole seine Visitenkarte.«

Sie verließ das Zimmer und zog im Flur hörbar einige Schubladen auf. Island sah zu Peter Neuner hinüber, der mit ausgestreckten Beinen dasaß und auf den Bildschirm starrte.

»Herr Neuner«, sagte sie. »Haben Sie unserem Gespräch zugehört?«

Der Mann im Sessel nickte langsam und schwerfällig.

Dann zog er eine große, weiße Hand unter der Wolldecke hervor und streckte den Arm zur Decke. Es war eine müde, unbeholfene Bewegung und dennoch wusste Island sofort, was er sagen wollte.

»Ist er oben?«, fragte sie und wartete nicht auf das Nicken des Mannes.

Sie vergewisserte sich, dass die Pistole griffbereit an ihrem Platz war, und ging in den Flur, wo Frau Neuner immer noch in einer Kommode kramte. Island sah die Treppe zum Obergeschoss und stieg hinauf.

»Was tun Sie denn da?«, rief Ilse Neuner.

Aber Island war schon auf dem obersten Treppenabsatz und riss die Tür zum ehemaligen Jugendzimmer auf. Es war ein kleiner, quadratischer Raum mit einer holzvertäfelten Dachschräge. In der Decke befand sich eine geöffnete Luke, an der eine Leiter stand. Aus der Luke ragten zwei Beine.

»Herr Neuner?«, rief Island.

Die Beine verschwanden. Island kletterte die Leiter hinauf und steckte den Kopf durch die Luke. Am äußersten Ende des dunklen, kalten Bodenraumes vor einem Haufen Gerümpel hockte eine Gestalt.

»Ove Neuner?«

»Was wollen Sie von mir?«

»Kripo Kiel. Ich will Sie sprechen, kommen Sie runter!«

Der Mann im staubigen Kapuzensweatshirt, der die Leiter herunterkletterte, machte einen mitgenommenen Eindruck. Er hatte halblange, ungekämmte Haare und roch nach Alkohol. Er sah nicht gerade so aus, wie Island sich einen Mitarbeiter der bayerischen Autoindustrie vorstellte.

Ove Neuner setzte sich auf das schmale Bett und blinzelte sie an.

»Ich ermittle im Mordfall Jasper Klatt. Und Sie sind, wie mir erzählt wurde, ein Schulfreund des Toten.«

Neuner kniff weiter die Augen zusammen.

»War ich mal.«

»Wann haben Sie ihn zuletzt gesehen?«

»Keine Ahnung.«

»Versuchen Sie sich zu erinnern.«

»Vor drei, vier Jahren?«

»Bei welcher Gelegenheit?«

»Grillparty oder so.«

»Etwas genauer.«

»Bei Mona im Garten.«

»Wer ist Mona?«

»Mona Schmidt, 'ne Bekannte von früher. Schöne Frau. Heißt jetzt aber Moorberg.«

Ove Neuner grinste.

»Sie selbst leben in München?«

»Wieso?«

»Bitte beantworten Sie meine Frage.«

»Muss ich nicht.«

»Dann werde ich Sie nach Kiel vorladen.«

»Warum denn?«

»Jasper Klatt wurde ermordet.«

»Was hab ich damit zu tun?« Ove Neuner nahm einen kleinen Lederball vom Boden auf und ließ ihn von einer Hand in die andere wandern.

»Seit wann sind Sie bei Ihren Eltern?«

»Seit 'ner Woche.«

»Das werden wir überprüfen. Wo waren Sie in der Zeit vom 19. bis 22. August?«

»In München.«

»Kann das jemand bezeugen?«

»Ja.«

»Wer?«

»Mann, was soll das? Glauben Sie, ich hätte Jasper umgebracht?«

»Haben Sie?«

»Nein.«

Island seufzte.

»Kommen Sie morgen um zehn Uhr in mein Büro in der Blumenstraße 2 in Kiel. Dort unterhalten wir uns, wenn Sie wieder nüchtern sind.«

Ove Neuner schwankte mit dem Oberkörper hin und her und warf sich dann rückwärts in die Kissen. Island ging nach unten. Sie konnte hören, wie Ilse Neuner im Wohnzimmer mit ihrem Mann schimpfte. Island verabschiedete sich und nahm die Visitenkarte entgegen, die Frau Neuner ihr wortlos in die Hand drückte. Mit einem schweren Krachen schlug die Haustür hinter ihr ins Schloss.

Die Neuners gefielen ihr überhaupt nicht. Hatte sie in Ove Neuner einen Tatverdächtigen gefunden? Sollte sie ihn ab sofort überwachen lassen? Sie stieg in ihren Wagen und rief Bruns an, um mit ihm die Lage zu besprechen. Sie entschieden, den morgigen Tag abzuwarten, denn sie hatten gegen Ove Neuner kaum mehr in der Hand als die vage Vermutung, dass etwas nicht stimmte.

16

Es war inzwischen zweiundzwanzig Uhr, und auf der B76 herrschte kaum noch Verkehr. Island hielt an einer Tankstelle und kaufte sich ein Päckchen Zigaretten, ein Feuerzeug sowie eine Handvoll verschiedener Schokoriegel. Bevor sie die Zigarettenschachtel öffnete, musste sie an Peter Neuner denken, der an seinen Sessel gefesselt völlig auf die Hilfe seiner Frau angewiesen war. Sie legte die Zigaretten ungeöffnet in ihr Handschuhfach zur Schokolade. Sie merkte, dass sie eigentlich viel mehr Lust auf Lakritze gehabt hätte, und ärgerte sich, dass ihr das nicht schon früher eingefallen war. Sie mochte deswegen nicht noch einmal an den Nachtschalter der Tankstelle gehen.

Nervös schaltete sie das Radio ein und wieder aus und beschloss, in ihre Pension zu fahren. Sie dachte an das Dosenbier in ihrem Schrank und daran, dass sie noch ein paar Telefongespräche nach Berlin führen musste. Sie sollte Mathilda anrufen, um zu fragen, ob in ihrer Wohnung noch alles in Ordnung war. Und Conny, die Leiterin des Tanzstudios, in dem sie seit einem halben Jahr Bauchtanzstunden nahm, wenn der unregelmäßige Dienstplan es zuließ, sollte zumindest eine Nachricht auf Band erhalten. Conny wusste schließlich noch nichts davon, dass Olga Island bis auf Weiteres nicht mehr in ihrem Unterricht erscheinen würde. Doch was hieß schon bis auf Weiteres?

Und dann waren da ja noch die Wohnungsanzeigen in den Kieler Nachrichten, auf die sie zumindest einmal einen Blick werfen sollte. Sie konnte schließlich nicht ewig in der Pension hausen, denn es war teuer und frustrierend. In einer eigenen Wohnung mit Küche musste sie nicht auf das Frühstück verzichten, wenn sie früh losmusste, und konnte sich Tee kochen, wenn sie nach Hause kam.

Als sie den Ostring entlangfuhr und die Schwentinebrücke überquerte, meldete sich ihr Handy. Sie bremste ab und fuhr rechts den Bordstein hoch auf den Fahrradweg. Linker Hand sah sie das dunkle Wasser des Flusses, der in einem breiten Strom in den Kieler Hafen mündete.

Am gegenüberliegenden Ufer der Förde blinkten die Lichter der Innenstadt.

Wieder zeigte das Display ihres Handys keine Nummer an.

»Island!«, schrie sie ins Mikrofon.

Sie hörte nur Knacken und Rauschen. Doch nach einiger Zeit erkannte sie im Hintergrund Klänge von Musik. Ein fernöstliches Instrument, vielleicht eine Sitar, spielte leise eine traurige Melodie. Sie wurde das Gefühl nicht los, dass ihr diese Musik irgendetwas sagen sollte. Sie lauschte den feinen, verschwommenen Tönen. Da fiel es ihr ein: der arabische Imbiss in Kreuzberg, in der Wiener Straße, ganz in der Nähe des Spreewaldbades. Sie hatte einige Male mit ihrer Einsatztruppe dort gegessen, wenn sie in Kreuzberg oder Neukölln zu tun hatten. Mischa hatte sich jedes Mal den großen Falafelteller bestellt, den keiner außer ihm je hatte aufessen können, und drei Gläser Tee dazu getrunken. Manchmal hatte sie sich auch mit Lorenz dort getroffen, denn der Imbiss lag in der Nähe seines Ateliers. Sie waren hingegangen, wenn sie schnell etwas essen wollten, ohne lange in einem Restaurant herumzusitzen.

Der Imbiss gehörte einem hart arbeitenden, geschäftstüchtigen Ägypter. In dem Lokal, das von Sonnenaufgang bis tief in die Nacht geöffnet hatte, lief immer dieselbe melancholische Musik, die ein Verwandter des Imbissbesitzers, ein nach Berlin geflohener persischer Musiker, komponiert und ganz altmodisch und sicher schon vor Jahren auf Kassetten aufgenommen hatte. Wenn jemand den Ägypter auf die Musik ansprach, verkaufte er gerne ein oder zwei Exemplare, die er unter dem Ladentisch vorrätig hatte, nicht ohne in Lobeshymnen auf seinen Verwandten auszubrechen.

Island hatte einmal von Lorenz so eine Kassette geschenkt bekommen. Den Namen des Musikers hatte sie vergessen, aber sie erinnerte sich an etwas anderes, das mit dem Schnellrestaurant in Zusammenhang stand. Bei ihrem letzten Besuch hatte sie dort einen Mann gesehen, der ihr kurz zuvor ein wichtiges Detail im Fall Piotr übermittelt hatte. Wenige Tage später war dieser Informant im Osten Berlins von einer Straßenbahn überrollt worden. Seitdem war sie nicht mehr am Spreewaldplatz gewesen.

»Hier ist Olga Island, was kann ich für Sie tun? Sprechen Sie mit mir!« Sie sagte es mit Nachdruck, bekam aber wieder keine Antwort.

Wenn das Lorenz ist, dachte Island, dann kriegt er was zu hören! Ist er schon wieder aus Italien zurück? Doch warum sollte er mich anrufen, ohne sich zu melden? Ist die Verbindung gestört, sodass er mich nicht hören kann? Sie legte auf und wartete ein paar Minuten lang vergebens auf ein erneutes Klingeln, lenkte dann den Wagen zurück auf die Fahrbahn und erreichte kurz darauf ihre Unterkunft.

Als sie die Tür ihres Zimmers aufschloss, stutzte sie. Auf dem Fußboden lag ein Briefumschlag. Er war an ihre Berliner Anschrift adressiert, und es klebte ein Nachsendeaufkleber der Berliner Polizei darauf, die die Post für ihre Wohnung in Friedenau bis auf Weiteres abfing und auf Sprengstoff untersuchte.

Das tun sie noch für mich, dachte Island. Sobald ich eine neue Adresse habe, wird das aufhören. Das Schreiben kam von einem Kieler Maklerbüro. Island ging zum Schrank und holte eine der Bierdosen heraus. Die eingeschweißten Würstchen, die sie dort vergessen hatte, warf sie in den Papierkorb. Sie trank einen Schluck Bier und riss den Briefumschlag auf. Darin waren Angebote für

Zwei- bis Dreizimmerwohnungen in der Kieler Innenstadt. Zwei der Angebote erschienen ihr halbwegs interessant, und sie beschloss, den Makler am kommenden Morgen anzurufen und Besichtigungstermine zu vereinbaren. Anschließend las sie die Immobilienseite der Zeitung, fand die Anzeigen aber nichtssagend und viele der angebotenen Wohnungen zu teuer.

Sie wusste immer noch nicht, wie sie Lorenz sagen sollte, dass sie gerade dabei war, aus Berlin wegzuziehen. Im Grunde konnte sie es sich gar nicht vorstellen. Warum soll ich in eine Stadt ziehen, in der ich nicht leben will, dachte sie, das ist doch völlig sinnlos.

Sie wählte die Nummer von Lorenz' Handy, denn sie hatte plötzlich das Bedürfnis, die Dinge sofort mit ihm zu besprechen. Wenn er noch in Italien war, würde das Gespräch teuer werden, doch das war ihr nun egal. Es musste sein. Aber sie erhielt nur die Meldung, dass der Gesprächsteilnehmer zurzeit nicht erreichbar sei.

Sie fluchte und warf sich auf das Bett. Um sich abzulenken, dachte sie über Ove Neuner nach. Warum war der Mann in einem so desolaten Zustand? So wie er und seine Mutter sich verhalten hatten, drängte sich die Vermutung auf, dass er schon längere Zeit nicht mehr in München, sondern bei seinen Eltern in Preetz lebte. Es war offensichtlich, dass er Probleme hatte.

Morgen würde sie mehr darüber wissen. Bruns hatte versprochen, bis zur Dienstbesprechung alle über Neuner verfügbaren Informationen zusammenstellen zu lassen. Island aß einen weiteren Schokoriegel und spülte ihn mit Bier hinunter.

Eigentlich hatte sie Falk Taulow anrufen wollen, um zu fragen, was er über Pekuni und Praas herausgefunden hatte. Aber es war fast Mitternacht, und sie beschloss, bis zum nächsten Tag zu warten. Sie zog sich aus, legte sich ins Bett, öffnete noch eine weitere Dose Bier, die sie auf dem Nachtschrank bereitgestellt hatte, las ein paar Zeilen in der Zeitung, die mit großen bunten Bildern über Stadtteilfeste und Tanzveranstaltungen berichtete, und schlief ein.

17

Sie erwachte davon, dass etwas über ihr Gesicht glitt und raschelnd zu Boden fiel. Mit einem Ruck setzte sie sich im Bett auf und merkte, dass sie in einem Haufen auseinandergefallener Zeitungsblätter lag. Ihr Handy klingelte. Sie griff danach und sah auf die Zeitanzeige. Halb vier.

Es war eine Frauenstimme:

»Petersen, Einsatzzentrale der Kripo. Wir haben eine Meldung über einen Leichenfund an der Seegartenbrücke.«

»Seegarten?«

»Die Anlegestelle beim Schloss, neben dem Schifffahrtsmuseum. Das Haus mit dem komischen Dach gegenüber vom Puff. Sie wissen doch, das Rotlichtviertel unten am Wasser. Vor dem Schifffahrtsmuseum gibt es zwei Holzbrücken. Der Fundort ist an der nördlichen Brücke, die Spurensicherung ist informiert, alles Weitere angeleiert. Also: hinkommen und wohlfühlen!«

»Aha«, antwortete Island nicht besonders geistesgegenwärtig. Sie war augenblicklich wach, hatte aber Schwierigkeiten, auf den Tonfall der offenbar gut gelaunten Kollegin, die sie nicht kannte, mit einem flotten Spruch zu reagieren.

»Was liegt vor?«

Die Frau am anderen Ende der Leitung dehnte ihre Worte.

»Lebloser, sehr wahrscheinlich toter Körper im Wasser.«

»Genauer?«

»Keine Ahnung. Aber die Frau, die uns angerufen hat, um den Fund zu melden, war ziemlich durch den Wind. Sieht wohl übel aus, was da schwimmt.«

Drei Minuten später saß Island im Wagen. Sie würde mindestens eine Viertelstunde von Schönkirchen bis zum beschriebenen Schiffsanleger brauchen, denn sie musste um das letzte Ende der Kieler Förde, die Hörn, herumfahren. Die Straßen waren um diese Zeit völlig ausgestorben. Während sie das Gaspedal durchtrat, ärgerte sie sich darüber, dass sie mit der irrigen Aussicht auf mehrere Stunden Schlaf zwei Dosen Bier getrunken hatte. Sie fühlte sich zittrig und verkatert.

Natürlich war es nicht erlaubt, während einer laufenden Ermittlung dem Alkohol zuzusprechen. Man musste jederzeit dienstbereit sein. Da war Trinken tabu. Die Berliner Mordkommissionen hatten in wöchentlich wechselnder Rufbereitschaft gearbeitet. Das hieß, wenn in Berlin eine Straftat gegen Leib und Leben geschah, gab es immer ein Kommissariat, das rund um die Uhr einsatzbereit war. Die übrigen Kommissariate taten währenddessen ihren normalen Dienst, zu halbwegs zivilen Arbeitszeiten, außer wenn sie einen akuten ersten Sicherungs- oder Auswertungsangriff durchführen mussten.

Bei der Mordkommission Kiel gab es diese Möglichkeit, sich in der Rufbereitschaft abzuwechseln, nicht. Wer hier tätig war, musste sich bereithalten, jederzeit in den Dienst geholt zu werden. Alle Mitarbeiter waren auf eigenen Wunsch bei der Mordkommission. Sie und ihre nächsten Angehörigen mussten mit diesem Leben und dieser Arbeit auf Abruf klarkommen. »Da kann eine Weihnachtsgans schon einmal ungegessen auf dem Tisch stehen bleiben, ein Abend im Kino vorzeitig beendet werden«, hatte Thoralf Bruns gesagt, als er Island über die Kieler Gepflogenheiten aufgeklärt hatte.

»Wenn allerdings Ihre Schwiegereltern Goldene Hochzeit feiern, dann melden Sie sich für diese Nacht ab, und wir rufen Sie auch nicht an.«

Welche Schwiegereltern, dachte Island und biss sich auf die Lippen, während sie die Kaistraße entlangraste.

Vor dem Anleger standen drei Streifenwagen und versperrten den Zugang zum Wasser. Die Streifenpolizisten ließen sie wortlos passieren. Vorne auf der Brücke erkannte sie Bruns, Taulow und Dutzen, die sich über das weiß gestrichene Holzgeländer beugten. Ein Schiff der Wasserschutzpolizei trieb mit abgestelltem Motor in kurzer Entfernung querab zur Brücke. »Brunswik« stand in großen Buchstaben auf der Bordwand. Mit gleißendem Licht erhellten die Scheinwerfer des Schiffes die Wasseroberfläche. An Deck bereiteten sich Taucher auf ihren Einsatz vor.

Es war eine klare Nacht, und am Himmel über dem Ostufer leuchteten Sterne. Vom Wasser wehte feuchte Kälte herauf, und Island schloss ihre Jacke bis zum Hals. Am anderen Ufer lagen die Docks und Kräne der Howaldtswerke zum Greifen nahe. Dumpfes Hämmern drang herüber. Anscheinend waren dort drüben Werftarbeiter in Nachtschicht damit beschäftigt, einen dringenden Auftrag fertigzustellen. Das Innere eines der großen Docks war hell erleuchtet, und ein großer Portalkran bewegte wie in Zeitlupe eine vor dem Nachthimmel kaum sichtbare, tonnenschwere Last.

Wir sind nicht die Einzigen, die hier nachts arbeiten, dachte Island und zog fröstelnd die Schultern hoch, während sie über die Holzplanken voranstolperte.

Die runden Laternen auf der Anlegebrücke waren ausgeschaltet, wahrscheinlich weil die Stadt Strom sparen musste. Island nahm sich vor, Bruns bei Gelegenheit danach zu fragen.

Dutzen und Bruns begrüßten sie einsilbig, während Taulow weiter über das Geländer gebeugt ins Wasser starrte.

»Sieht nicht gut aus«, meinte Bruns.

Island machte einen Schritt auf das Geländer zu und sah hinab. Die hölzerne Anlegebrücke wurde durch runde, schwarz-weiß lackierte Duckdalben aus Stahl flankiert. An einem der Dalben war im Licht der Schiffsscheinwerfer unter der Wasseroberfläche ein Schatten sichtbar, der sich langsam mit der Dünung auf und ab bewegte. Bruns reichte Island eine Taschenlampe. Der schmale Lichtstrahl drang nicht bis zum Meeresboden durch, denn die Ostsee trübten zu dieser Jahreszeit Plankton und andere Schwebstoffe, doch er fiel wenige Zentimeter unter Wasser auf etwas Unförmiges, das sich an einem der Pfeiler verhakt hatte. Island kniff die Augen zusammen, um es zu erkennen. Sie sah etwas Grauenhaftes.

Später, als ihr dieser Anblick immer wieder ohne Vorwarnung und wie aus dem Nichts vor Augen trat, stellte sie sich, um die Bilder zu vertreiben, immer wieder die Frage, was sie daran so schockiert hatte. Sie hatte schon viele grausame Dinge gesehen und sie nach und nach aus ihrem alltäglichen Bewusstsein verdrängt. Aber das unter der Brücke ging ihr noch lange nach. Das Licht der Taschenlampe fiel auf einen wachsfarbenen Rücken. Trotz klaffender Schnitte in die fahle Haut waren Wirbelsäule und Schulterblätter deutlich zu erkennen, ebenso Gesäßspalte und Pobacken. Die Extremitäten waren abgespreizt, aber es war offensichtlich, dass von ihnen kaum mehr als Stümpfe übrig waren, von denen sich Haut und Muskelgewebe in Fetzen lösten. Die kräftige Nackenmuskulatur ging in einen breiten Halsansatz über. Der Kopf fehlte.

Island blies Luft zwischen den Lippen aus.

»Was sagen Sie dazu?«, fragte Bruns.

Sie hatte zuviel sauren Speichel im Mund und musste schlucken.

»Wer hat es gemeldet?«, fragte sie schnell, um nicht zu zeigen, wie schockiert sie war.

»Die beiden da.« Dutzen zeigte auf einen kleinen Unterstand aus Metall, der den Fahrgästen der Fördeschifffahrtslinien Schutz gegen Wind und Regen bot.

Er verzog das Gesicht zu einem angespannten Grinsen.

»Zwei Drittel der Leichen in den letzten Tagen wurden von Pärchen entdeckt, die übrigen von Putzfrauen.«

Island war nicht nach Scherzen zumute.

Auf der Bank unter dem Unterstand hockten zwei Personen. Die junge Frau rauchte, während der Mann ihre Schulter umfasst hielt. Seine Zähne schlugen aufeinander.

»Die beiden wollten sich nach dem Besuch eines Nachtclubs am Alten Markt ein bisschen Seeluft um die Nase wehen lassen. Dabei haben sie aus Spaß oder warum auch immer versucht, unter die Brücke zu klettern. Das geht normalerweise nicht, aber im Moment haben wir Wind aus Südwest. Da wird das Wasser aus der Förde herausgedrückt, und es herrscht extremes Niedrigwasser. Deshalb ragen die Holzbohlen, die die Brücke tragen, heraus. Und da sind sie drauf rumgeturnt und haben die Leiche entdeckt.«

»Wann war das?«

»Um kurz nach drei Uhr.«

Blaulicht flackerte und kam näher. Zwei Wagen der Berufsfeuerwehr fuhren in schnellem Tempo auf den Parkplatz vor der Brücke. Bruns ging hinüber und besprach mit den Männern die Bergung. Sie mussten noch auf Hans-Hagen Hansen und sein Team warten, die wenig später eintrafen.

Um kurz nach vier Uhr legten zwei Taucher ein Netz um den Torso und zogen ihn zum Ufer. Der Leib wurde mit einem Kran der Feuerwehr von Land aus geborgen und auf einer Plastikplane auf den Brückenbohlen abgelegt.

Inzwischen war neben der Gerichtsmedizinerin Professorin Charlotte Schröder auch Henna Franzen auf der Brücke erschienen. Beim Anblick des Körpers fing Franzen hörbar zu würgen an.

»Da muss sie durch«, sagte Dutzen leise. Dann murmelte er: »Was haben wir nur für einen Scheißberuf, dürfen die Sachen aus der Förde angeln, die andere für uns reingeworfen haben.«

Island schwieg. Dutzens unpräzise Art sich auszudrücken, fing an, sie zu ärgern. Was wussten sie über das, was sie vorfanden? Noch absolut nichts. Sie kniete sich neben die Rechtsmedizinerin, die begann, den auf der Plane liegenden Körper zu untersuchen. Island zwang sich erneut, genau hinzusehen. Es war ein Mann. Sein Oberkörper wies auf der Bauchseite großflächige Verletzungen auf. Penis und Hoden waren unversehrt, sahen aber klein und geschrumpft aus.

Das sind nicht viele Hinweise für eine Identitätsfeststellung, dachte Island und knetete an einem zerfaserten Papiertaschentuch in ihrer Jackentasche herum. Bei zerstückelten Leichen gab es immer viele Fragen an die Gerichtsmedizin. Aber Island kannte diese Fragen eher in der Theorie. Im aktiven Dienst war ihr so ein Fund noch nicht untergekommen. Auch wenn man beim Lesen der Zeitungen den Eindruck gewinnen mochte, dass brutale, menschenverachtende Verbrechen in Deutschland an der Tagesordnung waren, so kam es tatsächlich nicht sehr oft vor, dass ein Täter sein Opfer in Teile zerlegte und diese irgendwo verstreute.

Die Rechtsmedizinerin hatte nach wenigen Minuten die vorläufige Inspektion der Verletzungen abgeschlossen.

»Die Abtrennung der Gliedmaßen erfolgte postmortal, also nach dem Ableben«, sagte sie. »Alles Weitere muss ich mir genauer ansehen. Nicht ausgeschlossen ist, dass jemand verhindern wollte, dass wir DNA-Material unter den Nägeln des Toten sicherstellen können. Es wäre günstig, die fehlenden Körperteile zur Verfügung zu haben, aber sicher suchen Sie schon danach.«

Bruns, der neben Island stand, nickte. Die Ärztin gab Anweisungen für den Transport ins rechtsmedizinische Institut und verabschiedete sich.

»Dann Petri Heil«, sagte Dutzen und ging zu seinem Wagen.

18

Kurz darauf war Island unterwegs in die Bezirkskriminalinspektion. Es war halb sechs, als sie auf dem fast leeren Parkplatz ausstieg. In den Büros unterm Dach brannte Licht. Sie dachte daran, wie gern sie einen Kaffee getrunken hätte, auch wenn sie noch keine eigene Kaffeemaschine in ihrem Zimmer hatte, wie anscheinend alle anderen Kollegen. Diese Unterversorgung mit Getränken und Nahrungsmitteln im Dienst war eine merkwürdige Eigenheit der Kieler Mordkommission. Hilf dir selbst, schien das Motto zu sein, jedenfalls was das Essen und Trinken anging. Nur im Keller gab es für alle bei der Kripo Beschäftigten einen Getränkeautomaten mit Kaltgetränken sowie einen kleinen Automaten mit Süßigkeiten der Marke Zahntod.

Als Island davor stand, um sich eine Tafel Schokolade zu ziehen, nahm das Gerät zwar das Geld entgegen, lieferte aber keine Ware. Während sie fluchend die Treppe hinaufstieg, dachte sie darüber nach, wie es ihr schnellstmöglich gelingen könnte, sich eine Kaffeemaschine und das dazugehörige Pulver zu besorgen. Es war ärgerlich, dass sie keinen Mann hatte, den sie damit beauftragen konnte. Er hätte dann auch gleich die Gummistiefel, die Butterbrotdose und das Fahrrad organisieren können.

Ich sollte mich von Lorenz trennen, dachte sie. Was hab ich denn von ihm? Ich sollte mir lieber einen netten, pflegeleichten Mann suchen, der mit den praktischen Dingen des Lebens vertraut ist. Künstler sind nicht das, was hart arbeitende Polizistinnen gebrauchen können. Was Männer angeht, sollte ich endlich erwachsen werden. Oder mir die Kerle gleich ganz sparen.

Sie ging in Franzens Büro und holte sich gegen eine

Spende von fünfzig Cent einen großen Becher tiefschwarzes Gebräu. Dann machte sie sich Stichpunkte für die anstehende Dienstbesprechung.

Bereits um sieben Uhr versammelten sich alle Mitarbeiter der Mordkommission in Bruns' Büro. Es fehlten nur Taulow, der noch mit einer Mannschaft der Wasserschutzpolizei unterwegs war, und Karen Nissen, die gerade telefonierte, um die Versorgung ihrer Kinder für diesen Tag zu organisieren. Karens Mann war auch Polizist. Er hatte zwar großes Verständnis für unregelmäßige Arbeitszeiten und unerwartete Einsätze, musste aber selbst in den Dienst, sodass es an seiner Frau hängenblieb, die Betreuung der Kinder außer der Reihe zu managen.

»Wir werden richtig Stress mit der Presse bekommen, so viel ist sicher«, sagte Dutzen.

»Wie lange können wir die Informationen zurückhalten?«, wollte Island wissen.

»Es ist schon durchgesickert.« Bruns zog die Augenbrauen zusammen. »Die Studios des Norddeutschen Rundfunks haben beste Sicht auf die Seegartenbrücke. Der Einsatz von Wasserschutz und Feuerwehr ist den Journalisten natürlich nicht verborgen geblieben. Die haben längst Aufnahmen gemacht. Ich habe schon diverse Anrufe aus den Redaktionen erhalten. Wir müssen noch heute Vormittag eine Meldung rausgeben, sonst gibt es die wildesten Spekulationen. Innerhalb der nächsten zwölf Stunden sollten wir genug Informationen beisammen haben, um eine Pressekonferenz abhalten zu können. Trotzdem werden wir jetzt nicht in unüberlegte Hektik verfallen. Wichtig ist, dass die vom Wasserschutz den Hafen absuchen. Das Tageslicht erleichtert ihnen sicher den Job.«

»Sind schon Fotos von der Leiche da?«
»Ja, auf Dutzens PC.«
»Die würde ich mir gerne in Ruhe ansehen.«
»Schick ich Ihnen rüber«, versprach Dutzen.
»Und die von dem Toten im Rosensee bitte auch gleich.«
»Klar.«
»Suchen wir jetzt eigentlich nach einem Serientäter?«, erkundigte sich Falk Taulow.
»Wir ermitteln in alle Richtungen«, sagte Bruns. »Es bleibt uns gar nichts anderes übrig.«

Nachdem alle wieder an ihre Arbeit gegangen waren, holte Island sich noch einen Becher Kaffee von Franzen und wählte die Nummer des Hafenkapitäns, um nach ungewöhnlichen Schiffsbewegungen oder nächtlichen Vorkommnissen im Kieler Hafen zu fragen.

Beim dritten Versuch erreichte sie ihn in seinem Büro im Hafenhaus am Bollhörnkai.

»Die vom Wasserschutz haben mich schon informiert«, sagte er in breitestem Norddeutsch. »Mir sind für heute Nacht keine besonderen Vorkommnisse gemeldet worden. Im Hafen ist alles normal.«

»Ich brauche eine Liste aller Schiffe, die Kiel in der letzten Zeit angelaufen haben. Mich interessieren alle, die noch da sind, und die, die den Hafen in den letzten Tagen und Nächten verlassen haben.«

»Lässt sich machen«, sagte der Hafenkapitän. »Aber ich darf Sie daran erinnern, dass eine nicht geringe Anzahl von Schiffen stattdessen den Kanal passiert. Für diese Schiffe ist die Hafenverwaltung nicht zuständig.«

»Besorgen Sie mir auch die Daten dieser Schiffe?«
»Was?«

»Ich brauche die Namen, die Reedereien und die Flaggen, unter denen sie fahren, ferner die Uhrzeiten, zu denen sie die Schleusen passiert haben.«

»Ich hab ja sonst nichts zu tun!«

»Muss ich Sie darauf hinweisen, dass es Ihre Aufgabe ist, die Sicherheit im Kieler Hafen zu garantieren?«

Der Mann brummte etwas Unverständliches und legte auf. Island zog eine Grimasse. Die Mitarbeiterinnen und Mitarbeiter der Berliner Ämter hatten meist auch nicht gerade einen zartfühlenden Ton am Leibe. Da ging es schon mal ruppig zu, auch wenn die meisten dann doch für polizeiliche Ermittlungen Verständnis zeigten. Diese Küstenbewohner hier brauchten sich also nichts einzubilden auf ihre schroffe Dickschädeligkeit. Sie spülte den aufflammenden Zorn mit Kaffee hinunter.

Dann schaltete sie den Computer ein und rief die Bilder der Wasserleichen auf den Bildschirm. Es war eine harte Kost für einen Morgen, der ohne Frühstück begonnen hatte. Trotzdem verstärkte sich ihr Eindruck, dass sie bei den beiden übel zugerichteten Leichen nicht nach Gemeinsamkeiten, sondern nach Unterschieden suchen sollte.

Jasper Klatt war auf brutale Weise zu Tode gekommen: gefesselt und erstickt. Die Wasserratten hatten ihr Werk an ihm verrichtet, sodass der Körper verletzt und entstellt aufgefunden worden war. Bei dem verstümmelten Unbekannten von der Seegartenbrücke dagegen schien viel mehr Gewalt im Spiel gewesen zu sein. Eine Gemeinsamkeit war die Tatsache, dass sie beide im Wasser entdeckt worden waren. Und beide waren männlich. Aber da war die Sache mit dem Süß- und dem Salzwasser. Das mochte eine Bedeutung haben. Nur welche?

Island druckte sich je ein Foto aus und legte sie auf die Briefablage. Sie beschloss, zum Bäcker zu gehen, um Brötchen zu kaufen. Es war nicht abzusehen, dass sie heute Zeit haben würde, irgendwo in Ruhe eine ordentliche Mahlzeit einzunehmen.

Sie war gerade dabei, Handy und Portemonnaie in die Jackentaschen zu stopfen, da klopfte Falk Taulow an ihre Tür. Wortlos legte er Island einen Stapel Fotokopien auf den Schreibtisch. Es waren Informationen über die Werft Pekuni und Praas.

»Wie steht es im Hafen?«, fragte sie.

»Die Jungs vom Wasserschutz sind noch draußen und fischen die Förde ab, erstmal den inneren Bereich, dann weiter draußen.«

»Sollten wir Verstärkung von der Marine anfordern?«

Taulow sah sie erstaunt an: »Das haben wir noch nie gemacht. Jedenfalls nicht, solange ich denken kann. Müssen Sie mit Bruns besprechen.«

»Sagen Sie mal, Taulow, wir fahnden doch nach dem Wagen von Jasper Klatt?«

»Natürlich.«

»Und noch keine Spur?«

»Nein, nichts. Das Land ist groß«, sagte er und fuhr mit der Hand über einen unbestimmten Horizont.

»Van Louns Auto ist ebenfalls noch nicht gefunden?«

»Sie haben es erfasst.«

Island spürte einen dumpfen Schmerz in der Magengegend. War es der Hunger, oder fing sie an, auf die Sprüche ihrer Kollegen mit körperlichen Symptomen zu reagieren? In jedem Fall war jetzt eine Stärkung fällig. Sie zog ihre Jacke über und klopfte bei Bruns. Der telefonierte, deutete aber auf eine große Pappschachtel mit belegten Brötchen, die geöffnet auf seinem Schreibtisch stand. Wie sie dem Tonfall seiner Stimme entnehmen konnte, sprach er mit einer höherrangigen Person, vielleicht dem Oberstaatsanwalt oder einem Beamten im Innenministerium. Sie nahm sich drei Brötchenhälften mit Mettwurst, ging zurück an ihren Schreibtisch und zog ihre Jacke wieder aus.

Während sie kaute, sah sie Taulows Kopien durch. Ein Teil waren Ausdrucke von der Website der Werft, der Rest Presseartikel und Ausschnitte aus Messebroschüren. Auf ihren Internetseiten warben Pekuni und Praas mit Hochtechnologie und absoluter Perfektion bei Planung und Ausführung ihrer Aufträge. Auch wenn es nur Schwarz-Weiß-Kopien waren, konnte sie sehen, dass man am Layout nicht gespart hatte. Auf einer Seite gab es einen kleinen Abriss über die Geschichte der Firma, die sich als Traditionsunternehmen darstellte. Vor wenigen Monaten hatte man das fünfundvierzigste Firmenjubiläum gefeiert und die wichtigsten Ereignisse der Werftgeschichte in einer Chronik zusammengestellt.

Robert Pekuni und Pieter Praas hatten 1960 auf einem Trümmergrundstück zwischen Dietrichsdorf und Mönkeberg einen kleinen Werftbetrieb gegründet. Das Geschäft musste einträglich gewesen sein, denn zehn Jahre später erwarben die Kompagnons das sehr viel größere Grundstück an der Schwentinemündung, auf dem der Betrieb immer noch ansässig war. Während man in den ersten Jahren ganz unterschiedliche Aufträge übernommen hatte, wie Reparaturarbeiten an Fischkuttern, Trawlern und Segelbooten der Marine, hatte man sich später auf den Bau und die Ausstattung von kleinen bis mittelgroßen Jachten spezialisiert. Bis zum Ende der Achtzigerjahre hatte die Firma auch Schiffsausrüstung und Rettungsgeräte geliefert und Schiffe damit ausgestattet. Diese Sparte hatte man inzwischen eingestellt.

Von der Website der Werft gab es Links zu anderen Seiten zum Thema Jachtbau und Segelbedarf.

Island beschloss, bei nächster Gelegenheit selbst noch einmal im Netz zu recherchieren. Sie würde weitere Befragungen auf der Werft durchführen müssen und wollte dafür besser vorbereitet sein als beim letzten Mal.

Nachdem sie die Brötchen aufgegessen hatte, fühlte sie sich etwas gestärkt. Sie warf einen Blick in die Mappe, die Franzen ihr hingelegt hatte. Darin steckten unter anderem der Bericht der Kriminaltechnik über die Spurenlage in der Raisdorfer Wohnung, die Verbindungsdaten von Jasper Klatts Handy- und Festnetzanschlüssen der letzten drei Monate sowie eine Darstellung seiner Bankdaten, die sich Island als Erstes vornahm.

Sein Girokonto war seit Monaten über das Dispolimit hinaus überzogen. Die monatlichen Buchungen umfassten neben Miete und Zahlungen an die Stadtwerke auch einen auffällig hohen Posten für eine medizinische Gesellschaft mit Sitz in Itzehoe. Der Betrag variierte zwischen achtzehnhundert und zweitausend Euro. Das war ungefähr so viel, wie Klatt jeden Monat auf der Werft verdiente. Außerdem belasteten Rückzahlungen für einen Kredit über fünfzehntausend Euro jeden Monat sein Konto. Ersparnisse hatten die Ermittler bisher nicht entdeckt.

Die Handy- und Telefondaten waren derart unauffällig, dass Island die Stirn runzelte. Klatt hatte praktisch nur mit seinem Onkel auf Helgoland, mit seinem Chef beziehungsweise dessen Sekretärin sowie regelmäßig mit einem Raisdorfer Pizzaservice telefoniert.

In der Mappe befand sich außerdem eine Kopie des Gutachtens über die Obduktion von Jasper Klatts Leiche. Island blätterte es durch. Es enthielt kaum neue Erkenntnisse. Der Tod war nach Ansicht der Rechtsmediziner zwischen dem 19. und 22. August eingetreten. Jasper Klatt war vor seinem Tod gefesselt worden. Die Schnur, die man dabei verwendet hatte, war eine einfache Angelsehne, wie man sie in der Sportfischerei zum Angeln von Süßwasserfischen benutzte und wie sie in jedem Geschäft für Angelbedarf erhältlich war. Sie war identisch mit der Sehne, die sie, auf einer Spule aufgerollt, vor der Mommsenhütte im Schilf gefunden hatten. Die Nylonschnur war auf einfache Weise verknotet worden, kein Seemannsknoten und keine andere seltene Knüpfvariante. Eine Selbstfesselung war laut Gutachten ausgeschlossen.

Klatts Mageninhalt hatte aus Weißbrot, Räucherfisch und Rotwein bestanden. Klatt war Nichtraucher gewesen, man hatte keine Drogen im Körper, an Haaren oder Nägeln feststellen können. Als Todesursache war Ersticken angegeben. Ertrinken schlossen die Professoren Schröder und Engel aus. Da die toxikologischen Untersuchungen noch nicht vollständig abgeschlossen waren, war das Gutachten vorläufig.

Sie sah aus dem Fenster. Es war kurz vor acht, und draußen stieg an einem leicht bewölkten Himmel die Sonne über den Hausdächern empor. An einem normalen Tag würde sie jetzt ihren Dienst beginnen. Sie hatte sich daran gewöhnt, dass es während der akuten Phase eines Falles keine normalen Arbeitszeiten gab, und auch an die Tatsache, dass Überstunden für alle bei der Polizei völlig normal waren und es dafür meistens keinen Ausgleich gab. Natürlich war es nicht gerade motivierend, wenn man als Polizeibeamtin immer wieder öffentlich für die Privilegien gescholten wurde, die man angeblich im Übermaß genoss. Besonders bitter war es, wenn gut bezahlte Parlamentarier mit entsprechenden Sprüchen an die Presse traten. Doch daran wollte sie jetzt überhaupt nicht denken.

Hans-Hagen Hansens Bericht über die Spuren in Klatts Wohnung war aufschlussreich und ließ doch Fragen offen. Die DNA der Haare und Hautpartikel, die die Mitarbeiter der Spurensicherung an den Gegenständen im Badezimmer sichergestellt hatten, stimmten eindeutig mit jener der im Rosensee gefundenen Leiche überein. Dies war nur ein weiterer Beweis, dass es sich bei dem Toten um Jasper Klatt handelte. Auch Spuren aus dem Wohnzimmer und vom Teppichboden im Schlafraum waren dem Mann zuzuordnen. Man hatte in der Wohnung aber auch Haare gefunden, die von fremden Personen stammten. Das war nicht erstaunlich, denn welcher Mensch hielt seine Wohnung klinisch rein und empfing keinen Besuch? Ein ungewöhnliches Detail war die Tatsache, dass die Spurenermittler auf dem Bettlaken Spermaspuren gefunden hatten, die nicht von Jasper Klatt stammten. Island wiegte den Kopf. Mussten sie nun davon ausgehen, dass Jasper Klatt schwul gewesen war?

Der Bericht vermerkte weiter, dass im Bad eine kleine Menge Blut am Rand der Duschwanne gefunden worden war. Und auf dem Tisch in der Küche hatte Hansen Kokainpulver nachgewiesen. Island seufzte. Das Konsumieren von Kokain war leider in allen Gesellschaftsschichten sehr viel weiter verbreitet, als man gemeinhin glaubte. Das Pulver auf dem Tisch sagte nichts darüber aus, ob Klatt gelegentlich oder regelmäßig Kokain konsumiert hatte. Es konnte genauso gut einem seiner unbekannten Besucher zuzuschreiben sein. Vielleicht waren es Überreste einer mehr oder weniger normalen Vorstadtparty.

Im Keller hatte man nichts Auffälliges entdeckt. Die Kartons darin waren alle schon einmal benutzt worden, wahrscheinlich zum Transport beim Einzug in die Wohnung. Zum Teil handelte es sich um Warenkartons, die aus verschiedenen Supermärkten stammten, der Rest waren gelbe Faltschachteln, wie man sie bei der Post kaufen konnte.

Auf dem Balkon der Wohnung hatte Hans-Hagen Hansen einen Aschenbecher gefunden. Die Kippen, die darin lagen, hatten sich voll Wasser gesogen. Trotzdem war es gelungen, an ihnen DNA-Spuren zu sichern. Sie stimmten mit der DNA auf dem Bettlaken überein.

Island lehnte sich zurück und zwickte sich nachdenklich in die Unterlippe. Sie erinnerte sich plötzlich wieder an das Foto der blond gelockten Frau, das sie in der obersten Schublade in Jasper Klatts Schreibtisch gefunden hatte. Sie sollten anfangen, nach der Frau zu suchen. Warum hatten sie das nicht längst getan? Sie nahm den Telefonhörer ab und rief bei der Spurensicherung an. Dort waren alle mit dem aktuellen Fall beschäftigt, aber die Schreibkraft versprach, das Foto aus der Asservatensammlung zu holen und es Island umgehend bringen zu lassen.

»Hier ist irrtümlich noch was gelandet«, sagte sie.

»Was denn?«

»Protokolle von einer Hausbewohnerbefragung in Raisdorf.«

»Es wäre gut, wenn wir sie sofort bekämen«, bemerkte Island und legte auf.

Anschließend rief sie im Landeskriminalamt an, um nachzufragen, ob die Auswertung der Festplatte von Klatts Computer inzwischen vorlag.

»Ja«, meinte Bernd Stolte, der zuständige Computerexperte, als sie ihn endlich am Hörer hatte.

»Ein paar heruntergeladene pornografische Bilder und Filme. Nichts Verbotenes dabei. Ein paar Programme und Spiele, illegal kopiert, jede Menge Musikdateien natürlich auch. Das Übliche, völlig im Rahmen, nichts Besonderes.«

»Gar nichts Auffälliges? Was ist mit den Disketten und CDs, die im Schreibtisch lagen?«

»Da sind Sachen aus dem Studium drauf. Hausarbeiten, Materialien für die Diplomarbeit, Statistiken, was man so braucht, wenn man Schiffbau studiert.«

»Und E-Mails? Irgendwas gespeichert?«

»Nein.«

»Nein?«

»Alles deutet darauf hin, dass der PC nicht das einzige Gerät war, das der Tote benutzt hat. Er hatte wahrscheinlich noch einen Laptop oder was Ähnliches. Denn von dem Gerät hier erfolgte der letzte Zugang zum Netz vor drei Monaten. So lange bleibt doch heutzutage niemand offline.«

»Dann wissen wir, wonach wir noch suchen müssen. Kann ich mir den PC und die Speichermedien bei Ihnen mal ansehen?«

»Jederzeit. Sie wissen, wie Sie mich finden?«

Er beschrieb ihr den Weg zum Landeskriminalamt in der Eichhofstraße.

Kaum hatte sie aufgelegt, klopfte es. Franzen lugte zur Tür herein.

»Haben Sie Zeit?«

»Sicher.« Island deutete auf den leeren Stuhl am Fenster. Franzen setzte sich. Island fiel auf, das sie etwas wärmer angezogen war als sonst. Unter einer hellgrünen Kapuzenjacke mit Schulterpolstern trug sie einen rosafarbenen Rollkragenpullover. Ihre schlanken Beine wurden von einer weiten Hose verborgen, die Füße steckten in hellen Turnschuhen mit angedeuteter Plateausohle. Island überlegte, ob das in Kiel gerade hip war oder ob man so vielleicht eher in Dithmarschen herumlief. In manchen Stadtteilen von Berlin konnte man ja auch im Schlafanzug unterwegs sein, ohne weiter aufzufallen.

Franzen bemerkte Islands Blick und sah zu Boden.

»War heute Nacht noch nicht zu Hause, als ich den Anruf bekam, dass ich in den Dienst muss.«

»Kommt vor«, sagte Island und versuchte ein etwas steifes Lächeln.

Mann, dachte sie, ich werde alt und spießig. Oder liegt das daran, dass ich im Grunde selber gern mal wieder ausgehen würde? Ich wüsste aber überhaupt nicht, wohin und vor allem nicht, mit wem. Sie nahm sich vor, Franzen in einer ruhigen Minute zu fragen, was das Kieler Nachtleben heutzutage zu bieten hatte. Jetzt war dafür keine Zeit.

»Was haben Sie herausgefunden?«, fragte sie.

»Ich habe gestern mit Klatts Zahnarzt telefoniert«, begann Franzen.

Island nickte. Sie hatte Franzen schon die ganze Zeit danach fragen wollen.

»Hat nicht viel gebracht«, meinte die Kommissarin. »Der Vater des Zahnarztes und der alte Mommsen haben sich vor Urzeiten bei einer Hochseeangeltour kennengelernt. Seitdem war Mommsen Patient in Neumünster.

Jasper hat er dorthin mitgenommen, seit der bei ihm wohnte.«

»Soviel zur Neumünster-Theorie«, sagte Island. »Es gibt also immer noch keine Verbindungen zum Fall van Loun.«

»Bislang nicht.«

»Was ist mit der Angelhütte? Sind Sie da weitergekommen?«

»Ich habe versucht, den Onkel zu erreichen, aber der ist nicht mehr auf Helgoland.«

»Wieso?«

»Hatte gestern einen Herzanfall und wurde in eine Klinik nach Hamburg geflogen. Er ist zurzeit nicht vernehmungsfähig. Sieht schlecht aus. Vielleicht wird das gar nichts mehr mit dem.«

»War es der Schock über den Tod seines Neffen?«

Franzen zog die Schultern hoch und ließ sie fallen.

»Traurig, ja.« Sie hüstelte und fuhr fort: »Dann habe ich noch den Gutsbesitzer angerufen, auf dessen Ländereien die Angelhütte steht.«

»Und?«

»Graf Adrian Bernd Bodo von Temming, alter Schleswig-Holsteinischer Adel. War nicht besonders redselig. Ich konnte ihm schließlich doch was entlocken. Jaspers Onkel hat die Hütte von den Temmings gepachtet. Seit ewigen Zeiten schon, seit Anfang der Fünfzigerjahre. Mommsen darf dort angeln, soviel er lustig ist. Dem jetzigen Gutsherrn gefällt das nicht. Die Hütte steht mitten im Landschaftsschutzgebiet, und der Herr Graf will sie am liebsten so bald wie möglich abreißen. Doch solange der Onkel die Pacht bezahlt, darf er da fischen. Es hat wohl schon einen Prozess gegeben deswegen. Aber den hat Onkel Mommsen gewonnen. Er darf bis an sein

Lebensende angeln, wie der Vater des jetzigen Gutsbesitzers es ihm zugesichert hat.«

»Ein Streit um Angelrechte ... Nach einem Mordmotiv hört sich das aber nicht an.«

Franzen schüttelte den Kopf, dass ihr roter Haarschopf wippte. »Wegen einer verrotteten Hütte und ein paar Fischen würde man wohl niemanden umbringen.«

Island sah auf ihre Armbanduhr.

»Ich muss noch mal rüber ins LKA. Würde aber gern heute noch mal Helge Pekuni auf der Werft besuchen und ihm weitere Fragen stellen. So gegen vierzehn Uhr. Sind Sie dabei?«

Franzen nickte.

»Danach könnten wir nach Rastorf rausfahren und uns mit von Temming ausführlicher unterhalten«, schlug Island vor.

»Cool«, stimmte Franzen zu. »Ich werde uns anmelden. Wollte schon immer mal einen Adligen aus der Nähe sehen.« Sie hob die Hand und machte eine huldvolle Geste, bevor sie durch die Tür verschwand.

Während Island nach Handy, Notizbuch und Wagenschlüssel kramte, um ins Landeskriminalamt zu fahren, fiel ihr das Schreiben mit dem Wohnungsangebot des Maklers aus der Jackentasche. Sie beschloss, im Maklerbüro anzurufen, und vereinbarte unter dem Vorbehalt, dass sie vom Dienst abkömmlich wäre, einen Besichtigungstermin für eine Wohnung in der Innenstadt für den kommenden Abend. Der Makler schlug vor, ihr gleich noch eine weitere Wohnung zu zeigen, die sich im Nachbarhaus der ersten befand.

Der Wohnungsmarkt in Kiel schien recht entspannt zu sein. Island erinnerte sich noch gut ans Ende der

Achtzigerjahre, als sie den dringenden Wunsch verspürt hatte, aus dem Haus ihrer Tante an der Strandpromenade von Laboe auszuziehen, wo sie zehn Jahre ihres Lebens verbracht hatte. Damals, kurz nach dem Abitur, war es schwierig gewesen, überhaupt einen Besichtigungstermin für eine Wohnung in Kiel zu bekommen. Aber dann hatte sie sich schon wenig später entschlossen, nach Berlin zu gehen und Polizistin zu werden.

In Berlin hatte sie die ersten drei Jahre in einem Wohnheim in Charlottenburg gewohnt. Sie wusste nicht mehr genau, ob das eine schöne Zeit gewesen war. Ihre Mitbewohner waren wie sie angehende Staatsbedienstete gewesen: Bibliothekare, Verwaltungswirte, Finanzbeamte. Die Feste, die sie gelegentlich gefeiert hatten, waren nicht gerade rauschend gewesen. Ihre erste eigene Wohnung hatte sie schließlich in Neukölln gefunden, eine kleine Eineinhalb-Zimmer-Wohnung mit Ofenheizung am Weigandufer. Von dort aus hatte man auf die Grenzbefestigungen sehen und im Kanal die Ratten beobachten können, die sich um eine der bestbewachten Grenzen der damaligen Welt nicht scherten und die Berliner Wasserläufe in allen Himmelsrichtungen bevölkerten. In Neukölln hatte sie sich zum ersten Mal seit ihrer frühen Kindheit wieder richtig zu Hause gefühlt.

Dabei hatte sie es nicht einmal schlecht gehabt bei ihrer Tante Thea in Laboe. Thea Island hatte Olga, wie man so sagte, großgezogen, darum gerissen hatte sie sich allerdings nicht. An einem regnerischen Sommertag hatte Inga Island, ihre Mutter, sich vor dem Werkstor der Howaldtswerke in Gaarden mit der kleinen Olga in den Bus gesetzt und war mit ihr nach Laboe gefahren. Im Haus der Tante angekommen, hatte Olga sich einen Streit der beiden ungleichen Schwestern anhören müssen. Ihre Mutter hatte sie schließlich umarmt, ihr einen trockenen Kuss auf die Wange gedrückt und war weggegangen, ohne sich umzudrehen. Sosehr die damals achtjährige Olga es sich auch gewünscht hatte, ihre Mutter war nie wieder zurückgekommen, um sie abzuholen.

Olga hatte an Theas Rockzipfel gehangen und gleichzeitig versucht, durch Wut und Wohlverhalten die Rückkehr ihrer Mutter zu erzwingen. Als ihr klar wurde, dass ihre Mutter nicht zurückkommen würde, war sie in eine Art Wartelähmung verfallen, die viele Jahre angedauert hatte. Erst viel später hatte Tante Thea ihrer Nichte Olga einen Teil der Geschichte ihrer Mutter erzählt. Die ehemalige Krankenschwester Inga Island, die trotz ihres kleinen Kindes beschlossen hatte, Ethnologie zu studieren, war Anfang der Siebzigerjahre für einige Monate an eine Universität im Süden Chiles gegangen, bevor sie von dort spurlos verschwunden war.

Eines Tages würde Olga nach Chile reisen, um mehr über ihre Mutter in Erfahrung zu bringen, doch jetzt war nicht die Zeit, darüber nachzudenken. Schon lange hätte sie sich mal wieder bei Tante Thea melden sollen. Thea war ihrer Nichte Mitte der Neunzigerjahre nach Berlin gefolgt. Eine pensionierte, ganz und gar nicht ausgelastete Lehrerin, die seitdem zusammen mit anderen schrägen Alten in einem Wohnprojekt im Wedding lebte. Tante Thea war hyperaktiv und überengagiert bei der Lösung von Problemen anderer Leute, sie durften ihr nur nicht zu nahestehen. Zurzeit weilte sie bereits seit einigen Monaten auf einem Biobauernhof an der Oder, um Amphibien zu kartieren und Störche zu zählen.

Island zerknüllte die übrigen Wohnungsangebote und zielte damit nach dem Papierkorb. Warum musste sie ausgerechnet jetzt an ihr Jugendzimmer bei Thea denken?

Dieses große, im Winter schlecht beheizbare, im Sommer glühend heiße Zimmer unterm Dach, mit dem Blick zum Laboer Ehrenmal? Wahrscheinlich, weil sie zu viel über das Wasser nachdachte.

Ihr Handy klingelte. Wieder war nur Schweigen in der Leitung. Sie fluchte und schlug mit der Faust auf die Schreibtischunterlage ein. So eine Nerverei konnte sie in all dem Stress überhaupt nicht gebrauchen. Sollte sich der anonyme Anrufer zum Teufel scheren! Sie hatte keine Zeit, die Handydaten überprüfen zu lassen, und sie wollte auch nicht zu Bruns gehen, um ihm zu sagen, dass sie Anlass hatte, an ihrer momentanen Sicherheit zu zweifeln. Zumal der Anrufer keine Drohungen gegen sie aussprach. Im hellen Licht des Vormittags spürte sie keine Furcht.

19

Wieder klopfte es. Jan Dutzen stand im Türrahmen.

»Da ist jemand, der Sie sprechen will«, schnarrte er.

Hinter ihm stand eine gebeugte Gestalt mit abwesendem Gesichtsausdruck in Jeans und Windjacke. Ove Neuner. In der Hektik des Morgens hatte Island keine Sekunde mehr daran gedacht, dass sie ihn für zehn Uhr zur Vernehmung bestellt hatte. Gestern Nacht hatte Bruns ihr am Telefon versprochen, alle über Neuner verfügbaren Daten für sie zusammenstellen zu lassen. In der allgemeinen Betriebsamkeit, die seit dem neuerlichen Leichenfund ausgebrochen war, hatten sie sich über Neuner aber gar nicht mehr austauschen können. Oder hatten die Kollegen in den einschlägigen Datenbanken keine Einträge über ihn gefunden? Davon musste sie jetzt erst einmal ausgehen. Am liebsten hätte sie laut losgeflucht.

»Ist der Raum frei?«, fragte sie mürrisch.

Dutzen nickte.

Der Verhörraum lag im ersten Stock und hatte ein paar technische Einrichtungen, die die Aufnahme und das Anfertigen eines Vernehmungsprotokolls erleichterten. Unter anderem war er so beleuchtet, dass man die Reaktionen des zu Vernehmenden sehr gut sehen konnte.

»Begleiten Sie Herrn Neuner bitte schon mal hinein, ich bin sofort da.«

Sie ging in Bruns' Zimmer, traf ihn aber nicht an. Dann erkundigte sie sich bei Taulow nach ihm und erfuhr, dass er in die Rechtsmedizin gefahren war, um bei der Obduktion der zweiten Wasserleiche anwesend zu sein.

Sie klopfte bei Franzen und fragte, ob über Neuner schon recherchiert worden sei, was diese unsicher mit einem Kopfschütteln verneinte. Mit den Fäusten in den Hosentaschen ging Island in den ersten Stock. Ohne weitere Informationen über Neuner zu haben, musste sie behutsam vorgehen und sich darauf einstellen, ihn gegebenenfalls wieder vorzuladen, wenn sie mehr über ihn wusste.

Als sie den Raum betrat, saß Ove Neuner aufrecht an seinem Platz und hatte die Hände hinter dem Rücken verschränkt. Sie setzte sich ihm gegenüber und bemühte sich um ein Lächeln, das er in keiner Weise erwiderte.

»Ich kläre Sie zunächst über ihre Rechte und Pflichten auf«, sagte sie. »Sie sind als Zeuge vorgeladen, nicht als Tatverdächtiger. Alles, was Sie in unserem Gespräch sagen, kann vor Gericht verwendet werden.«

Neuner blickte sie erschreckt aus großen Augen an. Er kaute auf seiner Unterlippe und schwieg.

»Ich werde über die Vernehmung ein Protokoll anfertigen, das Sie unterschreiben müssen. Dazu mache ich eine Tonaufnahme.«

Ohne seine Reaktion abzuwarten, betätigte sie das Aufnahmegerät. Neuners Gesicht sah im Neonlicht ungesund fahl aus. Seine Haare waren fransig in die Stirn gestrichen und ließen ihn schmal und abgekämpft aussehen. Er roch nicht mehr so stark nach Alkohol wie am vergangenen Abend, aber so, als hätte er gerade eine Zigarette geraucht.

»Ihr Name lautet?«

»Jens Ove Neuner.«

»Geboren?«

»Vor achtundzwanzig Jahren in Preetz.«

»Datum?«

»20. August.«

»Wohnsitz?«

»München, Geraldiner Gasse 17.«

»Seit wann halten Sie sich in Preetz auf?«

»Seit ein paar Tagen, ich besuche meine Eltern.«

»Seit wann genau?«

»Seit Montag.«

»Dem 5. September?«

Er nickte.

»Bitte antworten Sie, wir machen keine Videoaufzeichnung.«

»Ja.«

»Und in der Zeit vom 19. August bis zum 5. September waren Sie wo anzutreffen?«

»In München.«

»Gibt es dafür Zeugen?«

»Sicher.« Er nickte entschlossen, doch Island blieb nicht verborgen, dass seine Gesichtshaut zu glänzen begann.

»Wie standen Sie zu Jasper Klatt?«

»Er war mein Freund. Jedenfalls während der Schulzeit.«

»Und danach?«

Neuner senkte den Blick. »Nach dem Abi hatte ich kaum noch mit ihm zu tun.«

»Kaum noch?«

»Ich bin nach München gezogen zum Studieren, er nach Bremen. Da habe ich ihn noch einmal besucht. Das war's.«

»Warum ging Ihre Freundschaft auseinander?«

Er sah Island vorwurfsvoll an.

»Man lernt neue Leute kennen, wenn man studiert. Und wir hatten nicht dieselben Fächer.«

»Was haben Sie studiert?«

»Maschinenbau.«

»Wo arbeiten Sie?«

Ove Neuner fuhr sich mit der linken Hand über das Kinn und kratzte sich am Unterkiefer.

»Bin seit drei Monaten arbeitslos.«

»Und davor?«

»Bei der Firma, die die richtig guten Autos baut.«

»Was haben Sie dort gemacht?«

»Ich habe die Büros gereinigt.«

»Seit wann?«

»Seit dem Ende meines Studiums, vor zwei Jahren.«

»Beschäftigt der Autobauer denn eigene Reinigungskräfte?«

»Ich war nicht direkt da angestellt, sondern bei einem privaten Unternehmen. Für vier Euro die Stunde, wenn Sie es schon so genau wissen wollen. Aber es war gar nicht so übel bei denen.«

»Warum sind Sie dann nicht geblieben?«

Er räusperte sich. »Man hat mir gekündigt«, sagte er leise.

»Warum?«

»Ich hatte einen Bandscheibenvorfall und war längere Zeit krankgeschrieben.«

Island sah ihn an, wie er da mit hängenden Schultern vor ihr hockte. Ein heruntergekommenes Muttersöhnchen, dem die große weite Welt nicht gut getan hatte. Plötzlich tat er ihr leid. Wusste seine Mutter, dass er gar nicht in der Entwicklungsabteilung eines Autokonzerns arbeitete? Hatte er seinen Eltern die ganze Zeit weisgemacht, er hätte einen guten Job bei einer erfolgreichen Firma? Sie könnte ihn jetzt fragen, warum er keine bessere Arbeit gefunden hatte in München. Stattdessen erkundigte sie sich: »Wann haben Sie Jasper Klatt das letzte Mal gesehen?«

»Das weiß ich nicht mehr.«

»Gestern sagten Sie mir, auf einer Party bei Ihrer Freundin. Bei Mona Moorberg, geborene Schmidt.«

»Ja. Aber sie ist nicht meine Freundin, nur so eine Bekannte.«

»Haben Sie denn eine feste Freundin?«

»Was soll die Frage? Das geht Sie einen Scheißdreck an.«

»Waren Sie einmal in Jaspers Wohnung in Raisdorf?«

Er sah sie erstaunt an.

»Nein.«

»Wären Sie bereit, eine DNA-Probe abzugeben?«

Mit gebeugtem Nacken verharrte Neuner auf seinem Stuhl. Er betrachtete seine Fingerspitzen und sagte nichts.

»Sie haben mich verstanden?«

»Dazu können Sie mich nicht zwingen. Das ist kein Polizeistaat.«

»Na, ja, das können wir unter Umständen schon.«

Ove Neuner lehnte sich zurück, starrte an die Decke und schwieg.

»Also?«

»Also was?«

»Geben Sie eine Probe ab?«

»Nein.«

»Warum nicht?«

Er lehnte sich nach vorn in die Richtung, in der er das Mikrophon zu vermuten schien, und brüllte:

»Ich verweigere die Aussage!«

Danach sagte er gar nichts mehr.

Auch nicht auf die Fragen, wie er denn mit dem geringen Stundenlohn von vier Euro in München über die Runden gekommen sei und wovon er jetzt eigentlich lebe.

20

Nach dem Gespräch saß Island in ihrem Büro und starrte aus dem Fenster. Ein bedeckter Himmel ließ alles grau in grau erscheinen. Es war schlecht gelaufen, sehr schlecht. Sie hatte einiges falsch gemacht, das hatte sie schon während der Befragung gemerkt, war aber aus ihrer Spur nicht herausgekommen. Sie hatte Neuner laufen lassen müssen, denn bisher hatten sie gegen ihn nichts in der Hand.

Natürlich war das nicht das Ende der Ermittlungen gegen den Mann. Als Nächstes musste sie diese Mona Moorberg auftreiben. Dann würde sie seine Mutter vorladen. Bis dahin durfte nicht allzu viel Zeit vergehen.

Sie ging hinüber zu Taulow und bat um Zugang zum Internet. Der Computer mit Internetanschluss war vollständig vom Intranet der Polizei getrennt. Es durfte eigentlich auch niemand wissen, dass es diesen Computer gab, denn für Kriminelle konnte es von Interesse sein, welche Websites die Kripo besuchte. Trotzdem brauchte auch die Polizei das Internet als Quelle schneller Information. Nach kurzer Zeit hatte Island einiges über Schiffbau, Werften und Luxusjachten gelesen und fühlte sich für die erneute Befragung der Mitarbeiter von Pekuni und Praas einigermaßen gewappnet.

Inzwischen war es halb eins geworden. Aber statt irgendwo zu Mittag zu essen, fuhr sie ins Landeskriminalamt in der Eichhofstraße. Als sie dort ankam, war Bernd Stolte gerade auf dem Weg in die Kantine.

»Kommen Sie mit?«, fragte er.

»Nein«, sagte Island und merkte, dass sie vor Hunger schlechte Laune bekam. »Ich würde gerne, aber ich habe leider keine Zeit.«

»Eine merkwürdige Häufung von Leichenfunden«, sagte Stolte. »Da haben Sie sich ja eine schöne Zeit fürs Einleben bei uns ausgesucht. So stressig wie jetzt ist es lange nicht mehr gewesen.«

Er zeigte ihr Klatts Computer, der zur Analyse mit verschiedenen anderen PCs verkabelt auf einem Tisch in einem der Labore stand, und erklärte ihr ein paar Besonderheiten, bevor er ihn einschaltete. Dann ließ er sie allein, damit sie die wichtigsten Dinge auf der Festplatte und den anderen Speichermedien in Ruhe durchsehen konnte.

»Ich bin in spätestens einer halben Stunde vom Essen zurück. Wenn Sie vorher los müssen, lassen Sie einfach alles so stehen, wie es ist. Es gibt heute übrigens Rouladen mit Salzkartoffeln und Salat. Das kriegt unsere Küche super hin. Kann ich Sie nicht doch überreden, mitzukommen?«

Island seufzte und schüttelte den Kopf. »Nächstes Mal wirklich gern.«

Nach einer Viertelstunde hatte sie sich einen Überblick über die Klattsche Datenwelt verschafft. Es war so, wie Stolte ihr morgens bereits am Telefon gesagt hatte: Der Computer war schon längere Zeit nicht mehr benutzt worden. Das meiste darauf schien tatsächlich aus dem Studium von Schiffbau und Meerestechnik zu stammen. Island überflog Vorlesungsmitschriften, Seminararbeiten und Konstruktionszeichnungen diverser Schiffstypen, die so aussahen, als wären sie mit der Hand gezeichnet und anschließend eingescannt worden.

Seine Diplomarbeit hatte Klatt mehrfach kopiert und gesichert. Sie trug den Titel »Hydromechanische Grundlagen der Faserverbundtechnik« und war gespickt mit chemischen und physikalischen Fachbegriffen. Ob Klatt das Thema zur Zufriedenheit seiner Prüfer gelöst hatte, konnte sie nicht erkennen. Vielleicht sollte sie in einer ruhigen Stunde auf den in der Wohnung sichergestellten Zeugnissen nachsehen, welche Note er in der Abschlussarbeit erreicht hatte. Aber sie bezweifelte, ob das den Fall weiterbringen würde.

Noch einmal warf sie einen Blick auf seinen Veranstaltungsplan für das letzte Studienjahr: »Jachtbau«, »Schiffsfestigkeit« und »Rechnergestützter Jachtentwurf« hatte er belegt und auch noch ein paar Semesterwochenstunden »Einführung in das Studium des Maschinenbaus«. Sie stutzte. Hatte Ove Neuner nicht behauptet, das Studium habe die beiden Schulfreunde entfremdet, weil jeder von ihnen etwas ganz anderes studiert habe? Sie zog ihr Notizbuch aus der Tasche und machte sich einen Vermerk. Bei Gelegenheit würde sie Neuner noch einmal dazu befragen.

Weil sich weitere Erkenntnisse nicht auftaten, die Zeit aber schon vorangeschritten war, schaltete sie den Computer aus und ging zu ihrem Wagen. Über den Ostring versuchte sie die Werft noch rechtzeitig zu ihrer Verabredung mit Franzen zu erreichen, aber ein Stau in Höhe der Franziusallee machte diesen Plan zunichte. Mehrere lehmverkrustete LKWs mit lettischen und litauischen Kennzeichen waren ineinandergefahren und blockierten die Überholspur. Über den kleinen, grauen Ellerbeker Wohnhäusern standen blaue Abgaswolken. Irgendwie sah es hier aus wie auf der Berliner Stadtautobahn, nur dass die Häuschen mit den schmalen Gärten klaustrophobisch eng an der Straße standen und Island sich wieder einmal fragte, wer hier freiwillig wohnte und warum man eine Straße mit so viel Verkehr mitten durch ein normales Wohngebiet geschlagen hatte.

21

Als Island das Werftgelände endlich erreichte, stand Franzen vor dem Eingang zur großen Werkshalle und wippte ungeduldig von den Fersen auf die Zehen.

»Wie war das Essen?«, fragte sie. »Sollte doch heute Rouladen geben.«

»Wahrscheinlich gut, ich hatte keine«, antwortete Island und merkte, dass sich ihre Stimmung im freien Fall befand. »Haben Sie schon was Vernünftiges zu sich genommen?«

»Nein«, sagte Franzen. »Hätte ich gewusst, dass Sie später kommen, wäre ich in die KIBA-Kantine da drüben gegangen.«

Sie deutete nach links auf ein klobiges, altes Backsteingebäude in der Nähe der Kaimauer, das hinter der postmodernen Architektur des Geomar-Zentrums für Meeresforschung hervorragte.

»Die kochen gut bei der Kieler Beschäftigungsgesellschaft. Alles Langzeitarbeitslose, die dort fortgebildet werden. Der Chefkoch ist super. Hat uns mal Essen geliefert für unsere Weihnachtsfeier. Grünkohl mit allem Drum und Dran.«

»Gut«, sagte Island und schluckte ein paarmal gegen ihr Magenknurren, »wenn wir fertig sind, gehen wir rüber. Muss Graf Adrian eben warten.«

Sie betraten das niedrige Werftgebäude, das sich zwischen der Werfthalle und dem Bürocontainer befand, und klopften an die Tür mit der Aufschrift »Kontor«. Weil sich niemand meldete, öffnete Island die Tür. Der Schreibtisch, an dem Marietta Schmidt am Tag zuvor gesessen hatte, sah aufgeräumt und unberührt aus. Sie gingen zum Bürocontainer des Werftchefs hinüber. Schon von draußen war zu hören, dass Helge Pekuni telefonierte.

Als er die Polizistinnen eintreten sah, beendete er das Gespräch und blickte sie misstrauisch an. Obwohl er keine Anstalten machte, ihnen einen Platz anzubieten, zog Island einen der blauen Clubsessel heran und setzte sich. Franzen tat es ihr nach.

»Herr Pekuni«, sagte Island. »Sie wissen, warum wir gekommen sind?«

»Jasper ist tot?« Er faltete die Hände vor seinem Mund und biss sich in die Fingerknöchel.

»Glauben oder wissen Sie das?«

»Ich fürchte es. Warum kommen Sie sonst so hereingetrampelt?«

Island überging seine Bemerkung und sah ihn nur ruhig und aufmerksam an.

»Heute morgen hat man eine Leiche in der Förde gefunden«, sagte er. »Ist das Jasper? Hat er sich umgebracht?«

»Wie kommen Sie darauf?«

Pekuni schüttelte den Kopf und schwieg.

»Sie haben recht, Herr Pekuni, Jasper Klatt ist tot.«

»Nein«, stöhnte der Werftbesitzer. »Oh, nein.«

»Er ist ermordet worden.«

Dem Mann traten Tränen in die Augen. Er drückte die Handflächen gegen seine Lider und atmete schwer.

»Wo ist Ihre Mitarbeiterin Marietta Schmidt?«

»Hat sich krankgemeldet.«

»Wo wohnt sie?«

»Muss drüben in den Akten stehen.«

Er verließ das Zimmer und kam mit einem Papierfetzen zurück.

»Und wir möchten uns mit Ihrem Kompagnon unterhalten. Wo finden wir den?«

»Ich führe die Werft praktisch allein.«

»Praktisch?«

»Pieter Praas ist nur noch finanziell beteiligt. Aus den Tagesgeschäften hat er sich zurückgezogen. Er ist nur noch selten mal hier vor Ort. Das letzte Mal vor einem halben Jahr, als wir einen besonderen Jachtneubau getauft und zu Wasser gelassen haben.«

»Ein Stapellauf?«

»Nein.« Pekuni lächelte plötzlich. »Heutzutage werden sie mit einem Schwimmkran ins Wasser gehievt.«

Island nahm den Zettel, auf den er auch die Adresse des Kompagnons notiert hatte, und legte ihn zwischen die Seiten ihres Notizbuches. Ihr Handy klingelte. Sie stand auf, bedeutete Franzen, ihr zu folgen, und ging zur Tür. Da fiel ihr noch etwas ein.

»Haben Sie auch schon einmal Schiffe für Binnengewässer gebaut?«

»Das machen wir nicht«, sagte Pekuni entschieden. »Unsere Jachten sind alle seegängig und hochseetauglich und entsprechend ausgestattet. Es gibt bei uns keinen Markt für Wannseekapitäne.«

»Aber man kann mit Ihren Schiffen auch Seen oder Flüsse befahren?« Sie sah auf das Display ihres Handys, auf dem wieder einmal die Anzeige »Anrufer unbekannt« leuchtete.

Pekuni zog die Nase kraus, dann lachte er.

»Natürlich. Unsere Schiffe schwimmen in jeder Art von Wasser.«

»Stimmt, war eine dumme Frage!«, meinte Island. »Auf Wiedersehen.«

Noch auf der Türschwelle versuchte sie das Telefongespräch entgegenzunehmen. Es knackte in der Leitung. Dann war ein Knistern zu hören.

»Island!«, brüllte sie in den Hörer. »Melden Sie sich gefälligst, oder ...«

»Dutzen!«, brüllte Dutzen zurück. »Wir haben das Auto gefunden.«

»Super«, sagte Island. »Welches meinen Sie?«

»Klatts Wagen. Er steht auf einem Parkplatz in Plön, Nähe Bahnhof. Die Spurensicherung holt ihn ab.«

»Gut«, sagte sie, »Dann werden wir hoffentlich bald etwas Neues erfahren.«

»Abwarten«, sagte Dutzen.

»Von wo rufen Sie an?«

»Wieso?«

»Ich bekomme Ihre Nummer nicht angezeigt.«

»Aus einer Telefonzelle in Plön, in der Fußgängerzone, wenn Sie es ganz genau wissen wollen. Mein Akku ist leer.«

»Danke, bis später.« Sie beendete das Gespräch.

»Klatts Wagen ist aufgetaucht«, sagte sie zu Franzen. »Gehen wir endlich was essen.«

22

Der Speisesaal der Kieler Beschäftigungsgesellschaft, genannt KIBA, hatte hohe Fenster, die zu Islands stillem Bedauern keinen Blick auf die Schwentinemündung zuließen. Der große Raum war mit Holzstühlen und weißen Tischen ausgestattet und mit Wandmalereien von Windjammern und fliegenden Möwen dekoriert. Es war kurz nach drei, als Island und Franzen sich Tabletts nahmen und in die Schlange der Wartenden einreihten, die vor der Theke um Kuchen und belegte Brötchen anstanden.

»Gibt es noch etwas Richtiges zu Essen?«, wollte Franzen von der jungen, blonden Frau wissen, die an der Kasse saß.

»Mittagessen? Eigentlich nicht mehr«, sagte diese und strich mit der Hand eine Haarsträhne aus den Augen, die unter ihrem weißen, frisch gestärkten Häubchen hervorlugte. »Meret« stand auf einem Namensschild, das sie an ihrem blau karierten Kittel trug.

»Schade«, meinte Island, ohne ihre Enttäuschung verbergen zu können.

»Ich kann ja in der Küche noch mal nachfragen«, schlug die Bedienung vor. Sie ging zu einer Durchreiche und sprach mit einem weiß gekleideten Mann. Als sie zur Theke zurückkam, lächelte sie.

»Pommes Frites und Backfisch könnten wir Ihnen machen.«

»Gern«, sagte Island. »Und bitte zwei Becher Kaffee, einmal mit viel Milch.«

»Ich bringe Ihnen das Essen, wenn es fertig ist.«

Die beiden Kommissarinnen fanden einen freien Tisch und setzten sich.

»Wann befragen wir die übrigen Werftmitarbeiter?«, fragte Franzen.

»Sobald es geht«, meinte Island. »Ich werde Bruns bitten, dass er uns Verstärkung besorgt. Aber solange wir nicht wissen, wonach wir suchen, ist es besser, nicht zu viel Staub aufzuwirbeln. Ich denke, es ist sinnvoller, erst noch einmal mit Marietta Schmidt zu sprechen. Es gefällt mir nicht, dass sie nicht zur Arbeit erschienen ist.«

»Das ist seltsam«, sagte Franzen. »Aber wenn sie was zu verbergen hätte, würde sie sich doch möglichst unauffällig verhalten und weiterarbeiten wie immer.«

»Wissen wir, ob sich die Schmidt wirklich bei ihrem Arbeitgeber abgemeldet hat?«, fragte Island.

Franzen sah sie erschrocken an.

»Das könnte bedeuten, dass sie in Gefahr ist?«

»Langsam, langsam. Ich werde sie anrufen und fragen, was los ist«, sagte Island, zog den Zettel, den Pekuni ihr gegeben hatte, aus ihrem Notizbuch hervor und wählte die Nummer.

»Hallo?« Eine Frau meldete sich mit leiser Stimme.

»Island, hier. Sind Sie das, Frau Schmidt?«

»Ja.«

»Sie haben sich heute auf Ihrer Arbeitsstelle krankgemeldet?«

»Richtig.«

»Sind Sie in der Lage, Besuch zu empfangen?«
»Wenn es sein muss.«
»Wir möchten Ihnen nur ein paar Fragen stellen. Wo sind Sie jetzt?«
»Zu Hause, Schusterstraße 10, in Preetz.«
»Wir kommen gegen Abend. Ist Ihnen das recht?«
»Ja.«
Island verabschiedete sich und legte auf.
»Scheint erleichtert zu sein, dass wir bei ihr vorbeikommen«, sagte sie. »Ich glaube, sie hat uns mehr über den Fall mitzuteilen, als sie uns gestern weiszumachen versuchte.«

In diesem Moment kam die Küchenhilfe mit zwei Tellern. Darauf befanden sich riesige Stücke Backfisch und eine großzügige Menge Pommes Frites. Der Tellerrand war mit Tomaten, Petersilie und Zitronenscheiben dekoriert.
»Wow«, sagte Island.
»Salz und Pfeffer stehen dort«, sagte die Frau. »Den Kaffee bringe ich, wenn er durchgelaufen ist. Guten Appetit.«
Island träufelte Zitronensaft über die Fischstücke. Franzen stopfte sich den Mund mit Pommes Frites voll. Island hatte schon lange nicht mehr mit solchem Appetit eine so große Menge Fisch verspeist.
»Ich hatte den Eindruck, als hätte Pekuni längst gewusst, dass sein Mitarbeiter tot ist«, meinte Franzen schließlich. »Woher kann er die Information gehabt haben?«
»Zeitung, Radio, Frühstücksfernsehen«, sagte Island und streute etwas Pfeffer über die Salatbeilage. »Aber er schien zu glauben, dass der Tote in der Förde Jasper Klatt ist.«

»Vielleicht hat er das nur gesagt, um sich dumm zu stellen?«, vermutete Franzen.

»Oder er weiß es wirklich nicht besser.«

Island sah zu, wie Franzen sorgsam die gebackene Kruste von ihren Fischstückchen abpulte.

»Mögen Sie keine Panade?«

»Nicht so richtig, ich vertrage nicht alles... Zum Beispiel habe ich eine Allergie gegen Mandeln, und fragen Sie mich nicht warum, aber manchmal sind da Mandeln drin in der Panade.«

Die Frau von der Kasse brachte zwei Becher dampfenden Kaffee und ein Kännchen mit Milch.

»Wir haben auch leckeren Kuchen. Oder wollen Sie vielleicht die Nachspeise? Heute gab es Zitronencreme mit Sahne«, sagte sie. »Ist noch was da.«

»Ist die mit Zucker?«, fragte Franzen.

»Nein, mit Süßstoff.«

»Bringen sie uns welche?«

»Gern.«

»Nett, die Leute hier«, sagte Island und wischte sich den Mund mit der Serviette ab.

Franzen nahm einen Schluck Kaffee und nickte.

»Alles Menschen, die lange vergeblich auf Arbeitssuche gewesen sind. Davon gibt es auch in Kiel mehr als genug.«

»Wie überall«, meinte Island.

»In Berlin ist es ja wohl auch richtig krass, zumindest nach dem, was meine Schwester immer so erzählt.«

»Ist sie arbeitslos?«

Franzen nickte. »Als Bühnenbildnerin war das vorprogrammiert. Aber im Moment findet sie nicht mal irgendeinen Aushilfsjob. Sieht übel aus. Sie will demnächst mal nach Kiel reisen, damit sie auf andere Gedanken kommt und wir in Ruhe quatschen können. Ich hoffe, ich finde Zeit für sie.«

Island hatte ihren Kaffee ausgetrunken und sah sich nach den Toiletten um.

»Bin gleich wieder da.«

Als sie zurückkam, stand die Nachspeise auf dem Tisch. Franzen saß über ein Schälchen Zitronencreme gebeugt und hielt den Kopf in ihre Hände gestützt.

»Wo waren wir stehen geblieben?«, fragte Island.

Franzen antwortete nicht.

»Schmeckt der Nachtisch so gut wie das Hauptgericht?«, wollte Island wissen, da sah sie, dass Franzen zitterte.

»Ist Ihnen nicht gut?«

Wieder bekam sie keine Antwort. Stattdessen drehte Franzen ihren Kopf zur Seite und legte ihn auf die Tischplatte. Sie war bleich im Gesicht, ihre Lippen schimmerten blau.

»Was ist los?«, fragte Island.

Die junge Kommissarin krümmte sich über dem Tisch und stammelte unverständliche Worte. Island beugte sich über sie und fühlte ihre Stirn. Die Haut war kalt und schweißnass. Island lief zur Kasse.

»Helfen Sie mir!«

Die Gespräche in der Kantine verstummten. Alle Köpfe drehten sich zu ihnen. Die Frau an der Kasse sprang auf und rannte zum Tisch, auf dem Franzen sich hin und her wand und um Atem rang.

»Wir brauchen einen Arzt! Schnell!«

»Kommen Sie«, sagte die blonde Frau. »Wir bringen sie nach drüben, da kann sie sich hinlegen.«

Gemeinsam packten sie Franzen an den Oberarmen

und zogen sie hoch. Ihr Kopf sackte zur Seite weg, sie schien das Bewusstsein zu verlieren. Zwei Männer kamen ihnen zu Hilfe. Zusammen trugen sie Franzen über den Gang zu einem der Büros. Die Männer betteten sie auf ein altes Sofa, und Island riss ein Fenster auf. Drüben, am anderen Flussufer, sah man die Gebäude der Fachhochschule und der Rehaklinik im milden Nachmittagslicht liegen. Die Küchenhilfe schob Franzen ein Kissen unter die Füße und fühlte ihren Puls.

»Ist sie Epileptikerin?«

»Weiß ich nicht«, sagte Island und durchsuchte fieberhaft Franzens Jackentaschen. »Rufen Sie bitte den Notarzt. Oder kann man nicht diese Klinik da drüben erreichen, damit schnell jemand rüberkommt?«

»Bitte nicht«, murmelte Franzen mit fahrigen Bewegungen. »Ich brauch keinen Arzt. Ich hab das verdammte Insulin im Auto liegen lassen.«

Island fand die Schlüssel von Franzens Wagen und rannte los. Ampullen und Injektionsstift lagen in einer kleinen Kühlbox im Handschuhfach.

»Was muss ich tun?«, rief sie, als sie zurück war.

Franzens Hände bebten so stark, dass sie sich unmöglich selbst etwas injizieren konnte.

»Lassen Sie mich das machen«, sagte die Kassiererin. »Ich habe mal in der Altenpflege gearbeitet.« Mit wenigen Handgriffen schob sie Franzens Pullover hoch und spritzte die geladene Dosis in eine Bauchfalte. Schon nach wenigen Minuten entspannten sich die Gesichtszüge der jungen Kommissarin. Es schien ihr besser zu gehen.

»Muss wieder an meine Kasse«, sagte die Helferin, als klar war, dass keine Gefahr mehr bestand.

»Danke übrigens«, stammelte Henna Franzen.

Die Angesprochene senkte den Kopf, aber sie strahlte über das ganze Gesicht.

»Freut mich, dass ich helfen konnte«, sagte sie und fügte augenzwinkernd hinzu. »Und dass es nicht an unserem Essen lag.«

»Meine Güte, was machen Sie für Sachen!«, entfuhr es Island, als sie in dem Büro mit der schönen Aussicht mit ihrer Kollegin allein war. Franzen lag noch immer rücklings auf dem Sofa. Island zog sich einen Stuhl heran und setzte sich an ihre Seite. Im ersten Moment, als sie ihre Kollegin so hilflos vorgefunden hatte, hatte sie an Asthma gedacht, dann an einen epileptischen Anfall. Für eine Sekunde hatte sie Panik erfasst, dass das Essen verdorben oder gar vergiftet gewesen sein könnte. Das Ganze hatte ihr einen verdammten Schrecken eingejagt. Nun aber überwog die Erleichterung darüber, dass ein wenig Farbe in Franzens Gesicht zurückkehrte.

»Bitte«, flüsterte Henna Franzen, und in ihren Augen standen Tränen, »sagen Sie es nicht den Kollegen. Wenn es jemand erfährt, darf ich nicht weiter Polizistin sein.«

»Quatsch«, sagte Island, »das ist nicht so.«

Aber sie war sich nicht sicher, ob das stimmte. Natürlich gab es hier und da ältere Kollegen, die sich Insulin spritzen mussten, aber Franzen war jung und noch nicht verbeamtet. Ob man sie in den regulären Dienst übernehmen würde, hing unter anderem davon ab, ob sie von ihrer Gesundheit her für tauglich befunden wurde. Und so, wie die Einstellungspolitik für den Polizeinachwuchs aussah, gab es augenblicklich genug Konkurrenz. In Berlin jedenfalls bekamen schon lange nicht mehr alle frischgebackenen Polizisten eine Stelle. Nicht wenige Anwärter mussten sich nach Abschluss ihrer Ausbildung trotz guter

Noten neu orientieren, ihr Glück in anderen Bundesländern oder beim Zoll suchen. Doch auch da waren Arbeitsstellen knapp. Eine chronische Erkrankung war da nicht gerade förderlich.

»Frau Franzen«, sagte Island, »jetzt gehen Sie nach Hause, und ruhen Sie sich heute Nachmittag aus. Können Sie Ihren Wagen fahren, oder soll ich Ihnen ein Taxi rufen?«

»Nein«, sagte Franzen und zog mit einer energischen Bewegung den Oberkörper in die Senkrechte. »Ich will mit zu diesem Adligen. Mir geht es wieder gut. Es lag alles nur daran, dass ich heute nicht so richtig zum Essen gekommen bin. Die vergangene Nacht habe ich nicht geschlafen, gestern Abend ein bisschen privaten Stress gehabt, und heute nur einen Kaffee nach dem anderen getrunken. Kommt bestimmt nicht wieder vor, dass ich nichts zu essen dabei habe und dann das Spritzen vergesse. Ich habe das normalerweise wirklich im Griff.«

Sie sah Island aus großen Augen flehend an. Plötzlich war da Mischas Gesicht: seine jungen, blauen Augen, die sie anstarrten, erst mörderisch kalt, dann erstaunt und zu Tode entsetzt. Mischa war tot. Sie hatte ihn erschossen. Feine Nadelstiche trieben sich bis in ihre Haarwurzeln.

»Frau Island!« Franzens Stimme kam wie aus weiter Ferne. »Bitte schicken Sie mich nicht nach Hause. Wir haben doch so viel zu tun!«

Für einen Moment hockte Island auf der Kante des Stuhles und glaubte zu fallen. Als sie die Fassung wiederfand, war ihr Tonfall viel schroffer, als sie beabsichtigt hatte.

»Nur damit es klar ist: Wenn Sie Drogen nehmen oder sonst irgendwelche Probleme haben, dann sagen Sie es mir! Oder wenden Sie sich an den Polizeipsychologischen Dienst! Tun Sie nicht einfach nichts!«

»Sicher.« Franzen blinzelte irritiert. »Aber ich nehme keine Drogen. Ich spritze nur Insulin.«

Island stand auf und massierte sich die Schläfen. »Entschuldigung«, stammelte sie. »Ich habe gerade eine schlimme Sache erlebt, in Berlin, mit einem Kollegen. Es ist das Schlimmste, was ich je erlebt habe. So etwas darf niemals wieder passieren. Deshalb reden Sie bitte mit mir. Ich will immer wissen, wie es Ihnen geht. Weil es mir nicht scheißegal ist. Verstanden?«

Franzen nickte eingeschüchtert ob der heftigen Reaktion ihrer Vorgesetzten. Dann fragte sie unvermittelt: »Und wie geht es *Ihnen*?«

Island starrte Franzen an. Sie war sich nicht sicher, ob diese Frage ernst gemeint oder nicht die reinste Frechheit war. Doch Franzens Blick war warmherzig und ohne eine Spur von Ironie.

Island zögerte, dann antwortete sie:

»Ich denke viel über Jasper Klatt nach, wie er gelebt hat, wie er gestorben ist. Ich versuche, die Gedanken an die zweite Wasserleiche beiseitezuschieben, denn ihr Bild geht mir nach. Ich bin entsetzt über die Brutalität, mit der der oder die Täter vorgegangen sind. Ich will, dass wir die fassen, die so etwas tun. Und es macht mich rasend, dass wir bis jetzt noch keine einzige brauchbare Spur haben.«

Sie stockte, weil ihr so viele Gedanken durch den Kopf schossen, die sie gerne losgeworden wäre. Es war aber nicht der richtige Augenblick dafür.

Franzen sprang auf und war schon an der Tür.

»Dann lassen Sie uns keine Zeit verlieren und weitermachen!«

23

Als sie in Islands Wagen saßen, rief die Hauptkommissarin bei Bruns an. Sie betätigte die Freisprechanlage, damit ihre Kollegin mithören konnte. Bruns berichtete von der Teambesprechung und davon, dass es um neunzehn Uhr eine Pressekonferenz geben würde.

»Bei der Seegartenleiche konnte die Todesursache noch nicht geklärt werden«, sagte er, »aber Schröder und Engel sind sich einig, dass die meisten schweren Verletzungen nach dem Ableben erfolgten und zwar augenscheinlich dadurch, dass der Körper in eine Schiffsschraube geraten ist. Kopf und Glieder wurden noch nicht gefunden. Unter anderem deshalb ist es schwer zu sagen, woran der Mann tatsächlich gestorben ist. Der Befund der Lunge deutet allerdings auf Ertrinken hin.«

»Er ist ertrunken, und eine Schiffsschraube hat ihn zerhackt?«

»Das ist der derzeitige Stand.«

»Keine Spuren einer Fesselung?«

»Nichts deutet zurzeit darauf hin, dass er gefesselt war, als er ins Wasser gelangte. Aber auch zur Klärung dieser Frage wäre es besser, wenn wir Arme und Beine hätten. Kann leider sein, dass die Schiffsschraube davon nichts übrig gelassen hat.«

»Und die Identität?«

»Es gibt zurzeit keine Vermisstenfälle, die auf unseren Fund passen würden. Bis auf ...« Er räusperte sich. »... van Loun. Ein paar Körpermerkmale stimmen überein. Zum Beispiel ist die Blutgruppe identisch. Aber ich möchte nicht spekulieren, und die DNS-Analyse liegt frühestens morgen vor. Und – kommen Sie voran?«

»Wir fahren nach Rastorf raus und befragen den Gutsbesitzer wegen der Angelhütte«, antwortete Island. »Danach fahren wir zur Werftsekretärin Marietta Schmidt in Preetz, um ihr weitere Fragen zu stellen. Hat man in Klatts Auto irgendwas gefunden, was wir wissen sollten?«

»Scheint so, als sei das Auto sorgfältig gesäubert worden«, sagte Bruns. »Keine Fingerabdrücke am Lenkrad. Keine Fußspuren auf den Matten. Nur ein paar Fasern auf den Sitzen. Die werden untersucht, das kann aber dauern. Verstecktes Blut wurde nicht entdeckt. Im Kofferraum lag das Focksegel eines Bootes. Ein Name steht drauf: Anna-Marie. Wir lassen da mal den Wasserschutz sein Glück versuchen. Ist aber ein ziemlicher Allerweltsname, Anna-Marie.«

»Es lag nicht zufällig ein Laptop im Wagen?«

Bruns lachte: »Nein, auch keine Visitenkarte mit der Telefonnummer des Täters.«

»Alles schon vorgekommen«, brummte Island.

Kurz vor halb fünf fuhren sie über die B202 in Richtung Lütjenburg. Nachdem sie die Schwentine überquert hatten, bog Island nach rechts in einen steinigen Feldweg ein. Die Sonne kam hinter großen, grau-weißen Wolkenbergen hervor und ließ die Dolden dunkler Fliederbeeren an den Büschen zu beiden Seiten des Weges leuchten. Sie fuhren über flache Hügelkuppen auf den Gutshof zu, der hinter dem Wald im Flusstal lag.

Island kurbelte das Autofenster herunter und ließ einen Arm hinaushängen. Der Geruch von frisch gemähtem Gras und Brombeerbüschen wehte herein. Auf der rechten Seite fiel das Gelände steil ab, und durch die Stämme hoher Buchen konnte man die Schwentine in ihrem Bett tief unten glitzern sehen. Sie passierten einige reetgedeckte Katen, in deren Gärten Hunde bellten und

Wäsche wehte. Dann machte der Weg eine Biegung, und sie fuhren direkt auf das breit gestreckte Torhaus des Gutes zu.

»Einfahrt für Unbefugte verboten« stand auf einem Schild, doch Island steuerte unbeirrt durch das mit weiß gekalkten Putzornamenten geschmückte Backsteintor. Zu beiden Seiten des feldsteingepflasterten Hofareals standen Scheunen mit mächtigen Dächern. Eine Allee von gestutzten Linden führte auf das Gutshaus zu. Es war ein weißes, kastenartiges Gebäude, das wie die Scheunen schon einige Jahrhunderte auf dem Buckel zu haben schien.

Island fuhr bis zum akkurat gemähten Rondell vor dem Eingang und parkte neben dem Säulenportal.

Sie sah zu Franzen hinüber, die während der Fahrt schweigend und in sich versunken dagesessen hatte.

»Alles klar?«

»Mir geht's gut«, antwortete Franzen.

Die beiden Polizistinnen stiegen aus. Ein seltsames Geräusch war zu hören, ein helles Fiepen und Glucksen, das Island zunächst nicht einordnen konnte. Gerade wollte sie Franzen fragen, was man auf diesem Hof, der noch landwirtschaftlich genutzt wurde, eigentlich anbaute, da klingelte ihr Handy. Ohne zu zögern nahm sie das Gespräch entgegen. Sie hörte ein Britzeln, dann einen Ton, als wenn ein Computer eingeschaltet und hochgefahren wird.

»Wer ist dran?«, fragte sie.

Es war eine männliche Stimme. Sie sprach schnell und in abgehackten Sätzen. Es schien eine slawische Sprache zu sein, in der der Mann redete, und Island verstand nicht, was er sagte. Für Sekunden stand sie da und lauschte dem melancholischen Klang der Worte. Sie spürte, wie eine

Gänsehaut ihre Unterarme überzog. Denn plötzlich war sie sich sicher, dass er russisch sprach.

»Wie bitte? Ich verstehe Sie nicht! Sprechen Sie deutsch mit mir!«

Der Mann redete weiter.

Sie versuchte es auf Englisch, dann auf Französisch und mit den wenigen Brocken Spanisch, die ihr einfielen. Seine Stimme wurde lauter und lauter, bis sie sich fast überschlug. Dann wurde aufgelegt. Island steckte das Handy zurück in ihre Jackentasche. Ihr Herz schlug im Hals.

Wer war das? Einer von Piotrs Leuten? Wollte Piotr ihr damit sagen, dass sie immer noch auf seiner Abschussliste stand, egal wo sie sich befand? War er so dumm, ihr auf diese Weise Angst einjagen zu wollen?

Aber wenn es nicht Piotr oder einer seiner Schergen war, der hinter diesen mysteriösen Anrufen steckte, wer war es dann?

Franzen sah Island von der Seite an. »Was ist los?«

»Keine Ahnung«, sagte Island, »habe den Anrufer nicht verstanden.«

Mit dem Handrücken wischte sie sich die Schweißtropfen ab, die sich unter ihrem Pony gebildet hatten, und hoffte, dass Franzen ihre Anspannung nicht bemerkte.

»Stimmt was nicht mit meinem Handy. Muss ich mal checken lassen.«

»Die Puten«, sagte Franzen und deutete in Richtung der Scheunen, deren Backsteingiebel in der tief stehenden Sonne leuchteten. »Die machen lustige Geräusche.«

Die beiden Frauen blickten über den weitläufigen Hofplatz. Die Luft war warm und sommerlich. Ein paar Insekten tanzten über dem Rasen des Rondells. Island kam das Ganze vor wie der Gruß aus einer anderen Welt: das Schnattern der Puten in den Stallungen, das Sirren der Abluftgebläse, der Geruch nach Stroh, Geflügelexkrementen und Futtermittel. Sie atmete tief durch, während ihr Herzschlag sich langsam beruhigte.

Diese Idylle ist nur oberflächlich, dachte sie. Irgendwo sind Falltüren eingebaut, die sich öffnen, wenn man die richtigen Fragen stellt.

»Keine Klingel«, stellte Franzen fest und schlug mit dem Klopfring, den ein barockes Engelsgesicht zierte, gegen die Eichenholztür, hinter der augenblicklich Hundegekläff ertönte.

Ein Mann mit kurzem, weißem Haar öffnete. Er trug eine grüne Lodenjacke, eine beigefarbene Cordhose mit Lederaufnähern auf den Knien und dazu rosafarbene Filzpantoffeln. Um seine Beine wuselte jaulend und schwanzwedelnd eine Meute Jack-Russell-Terrier, während ein magerer Golden Retriever über die schwarz-weiß gemusterten Fliesen der Dielen tapste und müde in Richtung der Ankömmlinge schnüffelte.

»Herr von Temming?«

»Ah, die Damen von der Polizei. Ich habe leider fast gar keine Zeit, weil ich Getreide nachfüllen muss.«

»Nur ein paar Fragen ...«

»Gehen wir in mein Arbeitszimmer, da sind wir ungestört.« Jovial fügte er hinzu: »Meine Tochter kommt gleich mit den Kindern nach Hause. Sie lieben Polizeifahrzeuge, aber Ihres ist ja enttäuschend zivil.«

Er führte sie durch eine hallenartige Diele in ein seitlich abgehendes Zimmer, dessen hohe Holzsprossenfenster zum Garten hinausgingen. Von Temming wies auf eine Sitzecke mit vier dunklen Stühlen, deren schmale, mit Schnitzwerk versehene Rückenlehnen an mittelalterliche Folterinstrumente erinnerten. Zu Islands Erstaunen saß es sich darauf äußerst bequem. Von ihrem Platz aus konnte sie durch ein Blätterdach knorriger Korbweiden hindurch die Schwentine sehen, die in kreiselnden Strudeln hinter dem Gutshausgarten dahinfloss.

Das Arbeitszimmer des Grafen enthielt jede Menge modernste Computertechnik. Auf einer langen Arbeitsplatte flimmerten vier Bildschirme. Island erkannte Bildsequenzen aus den Ställen, aufgenommen von Kameras, die sich in kurzen Intervallen automatisch umschalteten. Man sah strohbedeckten Boden, Holzbalken, leer gefegte Stallgassen und Wärmelampen, unter denen sich Puten in Grüppchen scharten. Sie dösten oder reckten ihre Hälse und pickten nach unsichtbaren Dingen.

»Einen richtigen Überwachungsstaat haben Sie hier«, sagte Island.

»Ja«, erwiderte der Graf und lächelte. »Puten sind zartfühlende, empfindliche Wesen. Ich tue alles, damit sie ungestört bleiben. Das hält sie psychisch und physisch gesund.«

»Wie viele Tiere besitzen Sie?«

»Zurzeit sind es fünftausend.«

»Alles eine Sorte?«, fragte Island.

»Interessiert Sie das wirklich?« Von Temming sah geschmeichelt aus.

»Wenn ich ehrlich sein darf, ja, aber leider sind wir nicht wegen der Puten hier.«

»Das habe ich schon vermutet.«

»Wir untersuchen den Mord an Jasper Klatt aus Raisdorf. Wie gut kannten Sie ihn?«

Die kleinen braungefleckten Jagdhunde hatten sich auf einem handgewebten Teppich niedergelassen, von wo aus sie mit blanken, runden Augen die Besucherinnen fixierten. Adrian von Temming kraulte den Kopf des Golden Retrievers, aus dessen Lefzen ein Speichelfaden rann.

»Wie man sich hier so kennt auf dem Land, vom Sehen, ab und zu hat man mal geredet. Ansonsten hatte ich eher mit Herrn Mommsen zu tun.«

»Aber der ist ja schon seit Jahren in einer Klinik.«

»Wie die Zeit vergeht.«

»Sie haben Streit mit Mommsen?«

Die graublauen Augen des Gutsherrn waren aufmerksam auf Island gerichtet. »Wir hatten gegenläufige Interessen. Die von Herrn Mommsen gepachtete Hütte liegt direkt im Schilfgürtel. So etwas ist heutzutage nicht mehr erlaubt. Sie wissen ja, der Umweltschutz. Für alle ökologisch sensiblen Flächen direkt am Wasser, die wir nutzen, müssen wir einen Ausgleich schaffen oder ein Strafgeld an die Untere Naturschutzbehörde des Kreises zahlen. Und weil Günther Mommsen das Recht für sich in Anspruch nimmt, auf Lebenszeit mein Pächter zu sein, muss ich dafür aufkommen, dass er dort angelt. Es ist doch wohl verständlich, dass ich diesen Zustand beenden möchte, oder?«

»Das kann ich nicht beurteilen«, meinte Island. »Hat sich damit schon einmal ein Gericht befasst?«

Der Graf fuhr mit den Fingern über die Knopfleiste seiner Jacke. In die Knöpfe waren Wappen graviert, die einen Fisch und ein Eichenblatt zeigten.

»Ja, es hat einen Prozess vor dem Amtsgericht in Plön gegeben. Günther Mommsen hat vor Urzeiten von meinem Vater die Erlaubnis zur Nutzung der Hütte und zum Angeln erhalten, per Handschlag und vor versammelter Gutsbelegschaft. Er hat sich vor Gericht darauf berufen, dass ein mündlicher Pachtvertrag ebenso gültig ist wie ein schriftlicher, und ist damit durchgekommen.«

»Dann ist es sicher eine Erleichterung für Sie, dass der alte Mommsen gar nicht mehr fischen kann?«

»Ja, aber sein Neffe hat weiter dort geangelt.«

»Und das entspricht nicht dem Pachtvertrag?«

»Doch, das schon. Aber für mich ist es ärgerlich. Der Neffe latscht auf dem Weg zur Hütte über meine Wiesen, zertrampelt das Schilf und hat sogar schon zweimal das Weidetor offen gelassen. Ich durfte dann die Galloways wieder einfangen, bevor sie die Felder meiner Nachbarn verwüsteten oder in den Fluss rannten.«

»Wie wollten Sie den Konflikt lösen?«

Von Temming sah aus dem Fenster, und Island folgte seinem Blick. Ein Graureiher, der auf einem buckligen Ast einer der Korbweiden gelandet war, steckte seinen langen Schnabel unter einen Flügel und sah einen Moment lang kopflos aus.

»Irgendwann hätte er es schon eingesehen.«

»Haben Sie mal daran gedacht, ein bisschen nachzuhelfen?«

»Wie meinen Sie denn das?«

»Haben Sie ihm Geld angeboten?«

Der kleine Zeiger einer Wanduhr, deren Pendel lautlos hin und her schwang, rückte auf die volle Stunde, und es schlug fünf Mal.

»Ja«, sagte der Graf schließlich.

»Hat er es angenommen?«

»Ja. Aber er hat trotzdem weitergeangelt.«

»Herr von Temming, was für einen Wagen fahren Sie eigentlich?«

»Ich habe verschiedene.«

»Welches Auto fahren Sie, wenn Sie zum Beispiel Normalsterbliche in der Stadt besuchen?«

»Ich verstehe Ihre Frage nicht.«

»Noch einmal deutlicher: Benutzen Sie einen Geländewagen, vorzugsweise einen dunklen Pick-up?«

»Natürlich, wenn ich meine Felder kontrolliere oder mit den Hunden unterwegs bin ...«

»Fuhren Sie diesen Wagen auch in den Morgen- beziehungsweise Mittagsstunden des 21. August, einem Sonntag, vor etwas mehr als zwei Wochen?«

Adrian von Temming schwieg. Auf seiner Stirn zeigte sich eine steile Falte.

In diesem Moment klingelte Islands Handy. Sie zögerte, dann ging sie ran.

»Hallo«, sagte eine dunkle Stimme.

»Hallo«, sagte Island und fühlte sich augenblicklich verwirrt und wütend. »Rufst *du* mich ständig an?«

»Warum sollte ich? Aber wo steckst du denn bloß?«, fragte Lorenz.

»In Kiel.«

»Was machst du da?«, fragte er.

»Es passt gerade nicht. Kann ich zurückrufen?«

»Nein«, sagte Lorenz. »Wo immer du bist, ich komme vorbei.«

»Wann?«

»Sofort.«

»Aha.«

»Holst du mich vom Bahnhof ab?«

»Zu viel zu tun.«

»Wie bitte?«

»Geht leider nicht.«

Lorenz schwieg.

»Bist du noch dran?«, fragte sie.

»Olga, was ist los mir dir? Warum bist du nicht in Berlin?«

»Ich werd's dir erklären«, sagte Island. »Aber nicht jetzt.«

»Super«, sagte Lorenz. Er klang ironisch und verletzt. Island schaltete das Handy aus. Ihre Hand war eiskalt.

»Wo waren Sie am Freitag, dem 19. August? Was haben Sie am Samstag, dem 20. gemacht? Was am Vormittag des 21.?«, schmetterte Franzen dem Gutsherren ihre Fragen entgegen.

Island kniff sich in den Unterarm. Sie war zu benommen, um ihre Kollegin zu bremsen.

Von Temming lachte wütend.

»Was, glauben Sie, macht ein Landwirt wohl mitten in der Erntezeit? In der Nase bohren? Wir haben Weizen gedroschen, auf den Schlägen oben bei Bredeneek. Von fünf Uhr morgens bis spät in die Nacht. Fragen Sie meine Angestellten. Und jetzt raus!«

Von Temming stand auf und machte eine unmissverständliche Handbewegung. Franzen und Island folgten ihm wortlos durch die Eingangshalle. Von draußen war Lärm zu hören, Hundekläffen und Kindergeschrei. Durch das Fenster neben der Tür sahen sie, wie ein olivgrüner Nissan hinter Islands Wagen zum Stehen kam. Von der Ladefläche des Geländewagens sprangen Kinder und weitere Jagdhunde, in deren schrilles Bellen die Jack Russells in der Halle einstimmten.

Eine schlanke Frau in maßgeschneidertem Hosenanzug stieg aus dem Nissan und kam die Stufen zum Portal herauf. Als sie die Tür aufstieß und an Island und Franzen vorbeiging, nickte sie nur und verschwand über die Treppe hinauf in den ersten Stock. Die Hunde und die Kinder folgten ihr.

»Wenn Sie noch etwas über mich wissen wollen«,

lachte von Temming bitter, »rufen Sie meinen Freund, den Landrat Paulsen in Plön an.« Dann fügte er flüsternd hinzu: »Und lassen Sie gefälligst meine Familie aus dem Spiel. Meine Tochter und meine Enkelkinder haben damit schließlich nichts zu tun.«

»Lassen Sie meine Familie aus dem Spiel«, echote Franzen, als sie den unebenen Feldweg zurück zur Bundesstraße holperten. »Bleibt uns wohl nichts anderes übrig, als ihn vom Staatsanwalt vorladen zu lassen. Vielleicht hat er vor dem mehr Respekt.«

Island wiegte den Kopf. Sie dachte über etwas anderes nach, nämlich darüber, dass man noch nicht alle Bewohner im Rönner Weg in Raisdorf ausführlich vernommen hatte. Das fragliche Wochenende lag nun schon länger zurück. Je mehr Zeit verstrich, desto weniger waren die Beobachtungen und Aussagen wert, die man jetzt noch bekommen konnte. Am liebsten hätte sie in Berlin angerufen und ihre alte Arbeitstruppe angefordert. Doch sie mochte sich nicht einmal vorstellen, was ihre Kollegen dort wohl über sie sagten oder dachten.

24

Als sie wieder auf die B202 eingebogen waren und auf das Rastorfer Kreuz zufuhren, war es Franzens Handy, das klingelte. Franzen hielt das Gespräch kurz.

»Geht nicht dieses Wochenende«, meinte sie. »Wir haben tierisch viel zu tun. Tut mir echt leid. Ich ruf dich nachher noch mal an, okay?«

Franzen seufzte. »Meine Schwester. Gerade jetzt habe ich keine Zeit für sie.«

»Wo in Berlin wohnt Ihre Schwester?«, fragte Island, um das Schweigen, das entstanden war, zu überspielen.
»Prenzlauer Berg. Coole Gegend. Immer was los da. Nicht so wie hier.« Sie blickte sehnsüchtig über die Felder.
Island setzte den Blinker und bog nach Preetz ab. Blühende Landschaften, dachte sie und gab Gas.

Zehn Minuten später standen sie vor einem Fachwerkhaus in der Innenstadt von Preetz. Im Erdgeschoss befand sich eine Eisdiele, in der Menschen vor dem Tresen anstanden, obwohl sich die Sonne schon wieder hinter Wolken verzogen hatte.
»Wenn wir mit Frau Schmidt fertig sind, gebe ich ein Eis aus«, sagte Island, als sie die Treppen nach oben stiegen. »Sicher haben sie Diäteis«, fügte sie schnell hinzu.
»Super«, sagte Franzen. »Normales Eis tut's aber auch.«
Die Wohnung lag unterm Dach. Auf dem Klingelschild standen zwei Namen: »Schmidt« und »Kemal«.
Marietta Schmidt öffnete und ließ sie eintreten. Die Wohnung hatte schräge Decken und kleine Zimmer mit Mansardenfenstern, durch die nur wenig Licht fiel. Trotzdem wirkten die Räume hell und behaglich. Die Sekretärin lud sie ein, sich hinaus auf den Dachgarten zu setzen, und bot Kaffee an. Von der Terrasse aus, deren schmiedeeisernes Geländer mit Kästen blühender Geranien behängt war, konnte man die Schwentine sehen, die sich als schmales, schnell fließendes Rinnsal zwischen den Häusern der Altstadt hindurchschlängelte. Schwebfliegen standen in der Luft. Es roch nach Sommer und ein wenig nach totem Fisch.
»Nett haben Sie es hier«, sagte Island und nahm einen kräftigen Schluck aus einer dünnwandigen Porzellantasse. »Wohnen Sie schon lange hier?«

Marietta Schmidt sah sie misstrauisch an.

»Entschuldigen Sie«, meinte Island. »Es hat nichts mit dem Fall zu tun, den wir bearbeiten müssen. Ich suche gerade eine Wohnung in Kiel oder in der Umgebung. Haben Sie diese Behausung über einen Makler gefunden?«

Marietta Schmidt schüttelte den Kopf.

»Nein, das Haus gehört den Eltern meines Mannes.«

»Schöne Lage«, lobte Franzen.

»Natürlich«, sagte Marietta Schmidt und blickte hinunter in den Fluss.

»Heißt Ihr Mann Kemal mit Nachnamen, und Sie heißen Schmidt?«, fragte Island.

»Ja, ich habe meinen Namen behalten, auch wenn das bei meinen Schwiegereltern nicht gerade auf Begeisterung stieß.«

Island stellte ihre Tasse auf den weißen Plastiktisch und beugte sich vor.

»Wie lange arbeiten Sie schon für Pekuni und Praas?«

»Vier Jahre.«

»Wie war das Verhältnis zwischen Helge Pekuni und Jasper Klatt?«

Die Frau schien nachzudenken.

»Ich würde es freundschaftlich nennen«, sagte sie zögernd. »Haben sich sehr gut verstanden. Wenn Jasper in der Nähe war, hätte man nie irgendwas Negatives über Pekuni sagen dürfen. Ich meine, sonst lästert man ja schon mal über den Chef, wenn er nicht da ist. Habe ich jedenfalls da erlebt, wo ich meine Ausbildung gemacht habe, in der Uniklinik. Und das finde ich auch völlig normal. Aber die beiden gingen viel zu vertraut miteinander um, als dass man gewagt hätte, mal was Kritisches vom Stapel zu lassen.«

»Haben sie denn auch privat miteinander zu tun gehabt?«

»Sie hatten dieselben Interessen: Schiffe, Segeln, Angeln. Aber darüber hinaus? Keine Ahnung!« Marietta Schmidt brach eine blutrote Geranienblüte ab und zupfte an den Blütenblättern herum.

»Besitzt Helge Pekuni eine eigene Jacht?«

»Er hat zwei Schiffe: einen alten Jollenkreuzer, den er ständig restauriert, um bei Treffen von Oldtimerschiffen mitzusegeln, und ein neues Boot, das er aus Südamerika überführen ließ. Das ist so eine Jacht für Hochseerennen, totales Hightechteil, und richtig, richtig teuer.«

»Heißt eines der Schiffe Anna-Marie?«

»Das alte Holzboot heißt so.«

»Hatte Jasper denn vor, in seinem Urlaub mit Pekuni zu segeln?«

»Weiß ich nicht«, sagte die Sekretärin und blinzelte.

»Genau das glaube ich Ihnen nicht«, sagte Island und sah sie fest an.

Marietta Schmidt griff mit einer Hand in eine Spalte zwischen Balkonkasten und Brüstung und zog ein Päckchen Zigaretten hervor.

»Ich habe gehört, dass sie einen Törn planten«, sagte sie. »Gleich am ersten Wochenende, an dem Jaspers Urlaub begann. Später hätte Pekuni keine Zeit mehr gehabt, weil er die Teilnahme an einer internationalen Messe vorbereitete und dafür auf Reisen war.« Sie steckte sich eine Zigarette an und sog gierig den Rauch ein.

»Und sind die beiden zusammen los?«

»Ich hoffe, nicht!«

»Warum?«

»Weil Jasper tot ist. Und weil ich verflucht noch mal möchte, dass mein Chef damit nichts zu tun hat. Denn wenn ja, geht die Werft den Bach runter, und ich verliere meinen Job.« Sie schnippte die Asche in die Blumenerde.

»Was wissen Sie über Jaspers Tod?«

»Nichts.«

»Warum haben Sie sich heute krankgemeldet?«

»Das geht keinen was an.« Entschlossen drückte sie ihre Kippe im Blumenkasten aus.

»Seit wann wissen Sie, dass Klatt tot ist?«, bohrte Franzen nach.

»Pekuni hat es mir gesagt. Außerdem haben sie im Radio durchgegeben, dass sie eine Leiche im Wasser gefunden haben.«

»Wieso dachten Sie da an Klatt?«

»Meine Güte. Die Polizei fährt überall herum und stellt Fragen. Und Jasper ist verschwunden. Da habe ich eins und eins zusammengezählt.«

»Frau Schmidt«, sagte Island mit eindringlicher Stimme. »Wen wollen Sie schützen?«

Die junge Frau schwieg.

»Können wir mit Ihrem Mann sprechen?«

Frau Schmidt starrte sie an. Ihre Pupillen zuckten wie die Schwebfliegen in der Luft.

»Mein Mann hat nichts damit zu tun!«

»Wer dann?«

»Ove Neuner hat mich angerufen.«

»Woher kennen Sie Herrn Neuner?«

»Wir waren auf derselben Schule.«

»Sie sind aber doch viel jünger als er.«

»Meine Schwester war mit ihm in einem Jahrgang.«

»Wie heißt Ihre Schwester?«

»Jetzt heißt sie Moorberg. Mit Vornamen Mona.«

»Adresse?«

»Wilhelm-Raabe-Straße 110.«
»Wann haben Sie denn mit Neuner gesprochen?«
»Er hat mich gestern Abend angerufen. Hatte Mona zu Hause nicht erreicht. War total fertig, völlig durcheinander. Hatte anscheinend getrunken. Ove erzählte, dass man Jaspers Leiche gefunden hat und dass man ihn verdächtigt, damit was zu tun zu haben.«
»Und?«
»Fragen Sie ihn doch selber.«
»Ist das alles, was Sie uns sagen können?«
»Ja.«
»Wenn Ihnen noch irgendetwas einfällt, rufen Sie mich bitte an.« Island reichte der Frau ihre Karte.
»Kripo Berlin?«, fragte die verwirrt.
»Nein, Kripo Kiel«, sagte Island. »Ich habe noch keine neuen Visitenkarten, aber die Handynummer ist gleich geblieben.«
Während sie die Treppe hinunterstiegen, entschied Island: »Wir fahren sofort zu dieser Mona. Eis essen können wir ein andermal.«
Franzen nickte ergeben.

»Dieser Pekuni hat uns die geplante Segeltour komplett verheimlicht«, sagte Franzen auf dem Weg in die Wilhelm-Raabe-Straße. »Könnte er nicht einer der beiden Männer gewesen sein, die am Sonntag bei Jasper Klatt geklingelt haben? Vielleicht wollte er ihn abholen? Oder nachsehen, warum er nicht wie verabredet zum Boot gekommen war?«
»Eine von vielen Möglichkeiten«, meinte Island. »Hätte Pekuni ein Motiv gehabt, seinen Freund und Mitarbeiter zu beseitigen?«
»Eifersucht«, sagte Franzen prompt.

»Aber warum sollte er eifersüchtig gewesen sein, und auf wen?«

»Vielleicht auf die Frau oder den Mann, mit dem Klatt am Freitagabend verabredet war.«

»Wir wissen zu wenig, als dass wir darüber spekulieren sollten«, meinte Island. »Wir kennen noch nicht alle Personen, mit denen Klatt zu tun hatte. Wir hatten noch keine Zeit, uns die Werft richtig vorzunehmen. Und wo ist der ominöse Laptop?«

»Jasper Klatts angeblicher Nichtmehr-Freund, dieser Neuner, scheint wirklich ein komischer Vogel zu sein. Wir sollten ihn aus der Reserve locken.«

Inzwischen waren sie in der Wilhelm-Raabe-Straße angekommen. Über dem Postsee ging die Sonne unter. Das Wasser glitzerte im Gegenlicht. Ein Schwarm Blesshühner stieg über dem See auf und flog mit unbeholfenem Flügelschlag eine Kurve, bevor die Tiere auf der schimmernden Wasseroberfläche landeten.

Das Wasser, dachte Island, das Wasser hat eine Bedeutung. Aber welche?

Das Haus mit der Nummer 110 war ein schmales Reihenhaus aus den Fünfzigerjahren. An den Nachbarhäusern zur Linken und zur Rechten war im Lauf der Jahre viel herumgebastelt worden. Man hatte ausgetauscht, was man austauschen konnte: Fenster, Türen, Dachpfannen, Schornsteine. Die Nummer 110 war dagegen vergleichsweise schlicht, mit alten Holzfenstern und einer Eingangstür, die einen Anstrich vertragen hätte.

Sie klingelten.

Mona Moorberg öffnete, als hätte sie auf Besuch gewartet.

Sie trug ein naturfarbenes Leinenkleid und eine helle

Strickjacke. Mit ihren rot gefärbten Haaren, die sie in einer Steckfrisur über dem Hinterkopf zusammengetürmt hatte, sah sie so elegant aus, als wolle sie gerade ausgehen. Moorberg bat sie in ein kleines Wohnzimmer, das mit Grünpflanzen vollgestellt war.

Trotz der gefärbten Haare hatte Island sie sofort erkannt. Sie war die Frau auf dem Foto, das sie im Schreibtisch des Toten gefunden hatte.

»Wir ermitteln im Mordfall Jasper Klatt. Sie kannten ihn?«

Die Frau setzte sich auf einen der Rattansessel, sah sie aus dunkel geschminkten Augen an und nickte.

»Ein Schulfreund.« Die Stimme der Frau war dunkel und rau.

»Wann haben Sie ihn das letzte Mal gesehen?«

»Vor ein paar Monaten.«

»Bei welcher Gelegenheit?«

»Wohl beim Einkaufen, aus der Ferne.«

»Sie sind mit einem Mann namens Ove Neuner befreundet?«, fragte Island.

»Befreundet?« Moorberg zuckte die Schultern.

»Wann haben Sie ihn zuletzt gesehen?«

»Vor zwei, drei Wochen.«

»Bei welcher Gelegenheit?«

Die Frau legte den Kopf in den Nacken und hielt sich eine Hand an die Stirn. »Was soll ich Ihnen sagen?«

»Die Wahrheit.«

»Meine Güte«, sagte die Rothaarige und sortierte ihre Frisur. »Ich bin verheiratet.«

»Ja, und?«

»Mein Mann ist Tischler, er arbeitet auf Messen, da baut er die Stände auf. Er ist oft wochenlang unterwegs.«

»Und?«

»Ich bin nicht so drauf, dass ich dann zu Hause sitze und fernsehe.«

»Was heißt das?«

»Ich habe ab und zu ein bisschen Zerstreuung.«

»Und haben Sie sich schon mal mit Ove Neuner oder Jasper Klatt zerstreut?«

»Ja.«

»Genauer?«

Moorberg zögerte.

»Ove war in Preetz und rief mich an. Er wollte an seinem Geburtstag nicht allein sein. Da haben wir uns verabredet.«

»Wo haben Sie sich getroffen?«

»In der Wohnung von Jasper Klatt.«

Island und Franzen warteten gespannt auf weitere Ausführungen der Befragten, aber die fing stattdessen an loszuwettern.

»Nun sehen Sie mich nicht so an! Ich langweile mich manchmal. Dann treffe ich mich eben mit Männern. Was ist dabei? Ove war zu Besuch bei seinen Eltern. Da konnten wir nicht hin. Hier ging auch nicht, weil mein Mann jederzeit aufkreuzen konnte.«

Sie trat an die Fensterbank. Mit spitzen Fingern sammelte sie tote Fliegen zwischen den Blumentöpfen auf und ließ sie in ihre Handfläche fallen. Sie öffnete die Balkontür und warf die Fliegen auf die Terrasse. Dann setzte sie sich wieder.

»Jasper hatte Ove seinen Wohnungsschlüssel gegeben, weil er Urlaub hatte und für ein paar Tage zum Segeln gefahren war. Ove sollte so lange nach dem Rechten sehen. Also haben wir uns eben da getroffen.«

»Wann war das genau?«

»Habe ich ja schon gesagt: an Oves Geburtstag, einem Samstag.«

»Datum?«

»20. August.«

»Uhrzeit?«

»So gegen halb neun hat Ove mich abgeholt, und etwa zwei Uhr nachts war ich wieder zu Hause.«

»Gibt es Zeugen?«

»Sind Sie wahnsinnig? Ich hoffe, nicht! Ove ist der Einzige, der Ihnen sagen kann, dass ich dort war.«

»Wie gut kannten Sie Jasper Klatt?«

»Von der Schule. Wir hatten die Leistungskurse zusammen: Sport und Mathe. Ich mochte ihn. Aber Jasper mochte jeder. Er sah gut aus und war freundlich zu fast allen.«

»Kannte Ihr Mann ihn auch?«

»Nein. Wenn der irgendwas erfährt, erschlägt er mich.«

»Wie war das Verhältnis zwischen Jasper Klatt und Ove Neuner?«

»Sie waren Kumpel, seit sie zwölf waren.«

»Was hat die beiden verbunden?«

»Das Angeln vielleicht?«

»Was noch?«

Moorberg zögerte. In ihrem Gesicht rangen Misstrauen und Trauer. Schließlich sagte sie: »Die beiden hatten irgendein Ding am Laufen. Es war was Geschäftliches. Sie waren beide nicht gerade gut bei Kasse. Jasper, weil er seinen Onkel in dieser schweineteuren Klinik untergebracht hatte, und Ove sowieso. München ist ein teures Pflaster. Als Ove sich bei mir meldete, war er nervös, warum, weiß ich nicht. Das war das erste Mal, dass schlechte Stimmung zwischen ihm und Jasper herrschte. Aber Ove wollte mit mir nicht darüber reden.«

»Ging es um Drogen?«

Die Frau rutschte in ihrem Sessel unruhig hin und her.

»Nein, das glaube ich nicht. Ove kokst ab und zu mal was. Das hat er sich in München angewöhnt. Will damit großstädtisch rüberkommen. Kann sich das Zeug natürlich überhaupt nicht leisten. Aber ihr Ding hatte mit was anderem zu tun. Mit irgendwelchem alten Krempel, den sie irgendwo vertickt haben.«

»Was waren das für Sachen?«

»Keine Ahnung, leider. Vielleicht Klamotten, Schuhe, Uhren, was weiß ich?«

Island betrachtete durch die Grünpflanzen hindurch das letzte Glimmen des Sonnenuntergangs über dem See.

»Wir haben in Jaspers Schreibtisch ein Foto von Ihnen gefunden, aus dem Jahr 2000. Was war damals?«

Mona Moorberg rieb sich mit dem Handrücken einen Tropfen von der Nase. Ihre Augäpfel waren mit roten Äderchen durchzogen, der Blick verwaschen.

»Das war unser ›Summer of Love‹.«

»Sie waren mit Klatt zusammen?«

»So hätte er es wohl nicht genannt.«

»Sondern?«

»Wir waren uns eine Zeit lang mal etwas näher gekommen. Aber das ist lange her.«

»Waren Sie jemals in Jaspers Angelhütte?«

Moorberg schüttelte den Kopf.

»Nein. Ich hätte einiges dafür gegeben, dass er mich dorthin mitgenommen hätte. Hat er aber nie.«

Als sie ins Auto stiegen, bemerkte Island, dass Franzen schwitzte.

»Was ist los?«, fragte sie besorgt. »Sollen wir was essen?«

»Quatsch«, sagte Franzen. »Es ist nicht der Zucker! Es ist wegen Neuner. Jetzt haben wir was gegen ihn in der Hand. Er hat einen Wohnungsschlüssel und war am Samstag in Klatts Wohnung. Das ist doch bestimmt sein Sperma, das dort gefunden wurde. Deshalb wollte er keine Speichelprobe abgeben. Er hat uns in jedem Fall was vorgelogen.«

»Hat er wohl«, sagte Island und überlegte, ob es im Wagen nicht doch irgendwo noch etwas Essbares gab, das sie Franzen anbieten konnte. Im Handschuhfach musste noch ein Schokoriegel sein. Aber sie zweifelte, ob das für ihre Kollegin das Richtige war.

»Trotzdem reicht es für eine Festnahme nicht aus. Wir brauchen was Konkretes. Sonst müssen wir den Knaben gleich wieder laufen lassen.«

»Aber wir haben doch jede Menge Spuren von ihm in der Wohnung des Opfers.« Die junge Kommissarin wischte sich mit einem Taschentuch die Schweißperlen vom Gesicht.

»Ist Jasper Klatt in seiner eigenen Wohnung getötet worden?«, fragte Island und steckte den Zündschlüssel ins Schloss.

»Wohl nicht«, sagte Franzen kleinlaut. »Sieht jedenfalls bisher nicht so aus.«

Island fingerte am Schlüssel herum, ohne den Wagen zu starten. Die Scheinwerfer der vorbeifahrenden Autos blendeten im Rückspiegel. Sie dachte darüber nach, ob sie nicht verpflichtet war, Franzen zu einem Arzt zu bringen. Was sollte sie tun, wenn sie erneut zusammenbrach? Anderseits war Henna Franzen eine erwachsene Frau, die wohl gelernt hatte, mit ihrer Krankheit umzugehen.

»Was wissen wir über Klatts Wochenende vom 19. bis zum 21. August?«, fragte Island und fasste dann selbst zusammen: »Am Freitagabend hat Jasper Klatt eine Verabredung, für die er sich, laut Aussage von Helge Pekuni, ein bisschen in Schale wirft. Die Nachbarin sieht den jungen Mann am selben Abend gegen halb sieben auf dem Parkplatz vor dem Haus. Samstagnacht hört dieselbe Nachbarin Geräusche in Klatts Wohnung. Was sich mit der Aussage von Mona Moorberg decken würde, sie habe dort mit Ove Neuner, der einen Wohnungsschlüssel besitzt, ein Schäferstündchen gehabt. Am Sonntag beobachtet die Nachbarin zwei Männer. Einer ist jung, was immer das aus der Sicht der Dame heißen mag, und sportlich gekleidet.«

»Helge Pekuni«, meinte Franzen. »Wir sollten der Nachbarin ein Foto von ihm zeigen.«

»Bleibt noch der ältere Mann mit dem Hund«, fuhr Island fort. »Er trägt Jäger- oder Anglerkluft. Der Hund, der auf der Ladefläche seines Geländewagens wartet, ist ein Golden Retriever.«

»Adrian von Temming.«

»Jedenfalls besitzt der Graf beides: so einen Wagen und so einen Hund. Er wirft etwas in den Briefschlitz. ›Letztes Angebot! 5000 Euro und der Fall ist erledigt‹. Ein paar Geldscheine für die Beilegung des Streits um die Angelhütte. Da ist Klatt wahrscheinlich schon tot. Die Nachbarin ist bisher die letzte Person, die ihn lebend gesehen hat. Nehmen wir also an, dass Jasper Klatt an diesem Freitagabend in die Angelhütte fährt. Schließlich hat er Angelutensilien in sein Auto geladen, als ihm der Hund der Nachbarin in die Quere kommt.«

In diesem Moment gingen im Haus der Moorbergs alle Lichter zur Straße hin aus. Island beobachtete die Eingangstür in der Erwartung, dass die Frau vielleicht herauskommen würde, aber nichts dergleichen geschah.

»Vielleicht wollte Jasper Klatt ein Nachtangeln veranstalten?«, schlug Franzen vor.

»Möglich.« Island nickte. »Klatt bleibt jedenfalls nicht allein in seiner Hütte. Da ist noch eine Person, nennen wie sie seinen Gast. Eventuell hat er ihn irgendwo abgeholt oder unterwegs mitgenommen. Oder er kommt zu Fuß oder per Fahrrad über die Felder. Klatt isst ein Fischbrötchen und trinkt Rotwein. Der Gast isst oder trinkt mit ihm. Dabei fasst er die Weinflasche an, vielleicht um einzuschenken. Später wischt er die Flasche ab, um die Fingerabdrücke daran zu beseitigen. Er lässt auch die Gläser verschwinden, aus denen getrunken wurde.«

»Aber was passiert sonst noch in der Hütte?«, rätselte Franzen. »Was ist mit der angebrochenen Kondompackung?«

Island überlegte laut: »Das Einzige, was wir wissen, ist, dass Klatt gefesselt wird und tot oder noch lebendig ins Wasser gelangt. Die unbekannte Person räumt auf, beseitigt alle Spuren, nimmt Klatts Wagen und fährt damit nach Plön.«

»Halten Sie es denn für ausgeschlossen, dass Ove Neuner bei Klatt in der Hütte war?«

»Bisher gibt es keine Indizien, die beweisen, dass er dort gewesen ist«, meinte Island. »Trotzdem sollten wir uns um eine Hausdurchsuchung bei Neuners Eltern bemühen, wegen des möglicherweise dort versteckten Laptops. Er könnte Auskünfte über die sogenannten Geschäfte geben. Vielleicht finden wir auch irgendetwas anderes, mit dem wir Neuner auf die Pelle rücken können.«

»Wir fragen ihn einfach, warum er gelogen hat!« Franzen hatte rote Flecken im Gesicht, die Island sich mit der Aufregung über den Fall erklärte. Es beruhigte sie zu sehen, dass Franzen nicht mehr schwitzte. Island wählte

Bruns' Nummer, wurde aber auf Taulows Apparat weitergeleitet.

»Bruns ist in der Pressekonferenz, die vor ein paar Minuten begonnen hat«, sagte Taulow.

»Staatsanwalt Lund wahrscheinlich auch?«

»Soll ich ihn ans Telefon holen?«

»Ich bitte darum.«

Es dauerte drei Minuten, dann hatte sie Harald Lund am Apparat. Sie schilderte ihm mit kurzen Worten den Stand ihrer Ermittlungen.

»Das ist ausreichend für eine Durchsuchung. Ich bereite die nötigen Papiere vor und lasse die Wache in Preetz informieren. Die soll Ihnen zwei Streifenwagen schicken. Wann kann der Zugriff erfolgen?«

»Sofort. Wir stehen praktisch schon vor der Tür.«

25

Wenige Minuten später hielten die beiden Polizistinnen vor dem Haus mit der akkurat geschnittenen Buchsbaumhecke im Seebadweg 13. Hinter der Jalousie im Wohnzimmer brannte Licht. Sonst waren alle Fenster dunkel.

Während sie warteten, griff Island ins Handschuhfach.

»Wollen Sie was Süßes?«, fragte sie unsicher. »Oder ist das keine gute Idee?« Sie wusste nicht viel über Diabetes, aber sie hatte den Eindruck, als ob ihre Kollegin regelmäßiger essen sollte, als sie es tat.

»Doch«, antwortete Franzen. »Gern.«

Ein paar Minuten lang saßen sie schweigend da, während Franzen den angebotenen Schokoriegel auspackte und verspeiste. Plötzlich näherte sich Blaulicht. Über

Hausfassaden und Dächer zuckten neonblaue Streifen. Im Haus auf der anderen Straßenseite wurden Vorhänge auseinandergeschoben, und Köpfe erschienen. Ein Polizeiwagen machte vor der Einfahrt eine Vollbremsung. Aus der Ferne näherte sich eine Polizeisirene.

»Was tun die Deppen? Sind die bekloppt?«

Island sprang aus dem Auto und riss die Fahrertür des ersten Streifenwagens auf. Zwei junge Beamte starrten sie erschrocken an.

»Sind Sie verrückt?«, schrie sie. »Geben Sie den anderen durch, sie sollen sich unauffällig nähern, verdammt! Dann bequemen Sie sich in den Garten und umstellen das Haus. Wir gehen jetzt sofort rein.«

Sie winkte Franzen, ihr zur Haustür zu folgen. Dort angekommen, drückte sie die Klingel und trat von der Eingangstreppe zurück. Im Flur ging Licht an. Jemand kam auf die Glastür zu. Reflexartig griff Island zur Waffe, ließ sie aber ebenso schnell wieder los. Die Tür wurde geöffnet, und Ilse Neuner schaute mit ängstlich verwirrtem Gesicht heraus.

»Ist Ihr Sohn zu Hause?«

»Hat sich ein bisschen hingelegt.«

»Bitte gehen Sie ins Wohnzimmer und bleiben Sie dort«, sagte Island.

Ilse Neuer wandte sich um. Ihr Schultern hingen hinab wie bei einer sehr alten Frau.

Im oberen Stock war ein rumpelndes Geräusch zu hören. Mit einem Satz war Island auf der Treppe, Franzen folgte ihr. Für den Bruchteil einer Sekunde zögerte Island.

»Bleiben Sie zurück«, rief sie Franzen zu und stieß die Tür auf. Das Zimmer lag im Dunkeln. Aber schon beim Betreten des Raumes war ihr klar, dass das Fenster offen war. Schemenhaft erkannte sie die Leiter zum Boden, die auch diesmal unter der Luke an die Wand gelehnt stand. Sie machte ein paar Schritte auf das Fenster zu und sah hinaus. Etwa zwei Meter unter ihr schimmerte grau und rechteckig das Flachdach der Garage. Sie fand die Lampe am Bett und knipste sie an, dann lauschte sie. Franzen schob den Kopf zur Tür herein.

Island bedeutete ihr, das Fenster zu sichern, während sie selbst so schnell sie konnte die Leiter zum Boden hinaufkletterte. Oben war es stockdunkel. Ein kühler Luftstrom auch hier. Sie riss das Feuerzeug, das sie seit dem Kauf der Zigaretten mit sich herumtrug, aus der Hosentasche. Im Schimmer der Flamme sah sie, dass der Dachboden bis auf das Gerümpel leer war.

»Schnell«, sagte sie, »nach unten. Er ist durch das Fenster raus.«

Sicherheitshalber warf sie noch einen Blick in den angrenzenden Raum, augenscheinlich das Elternschlafzimmer. Nur eine Seite des Doppelbetts war bezogen. Neuners Vater schlief wohl unten im Erdgeschoss, weil er die Treppen nicht mehr hinaufkam. Island sah in den Schrank und hinter das Bett, dann lief sie die Treppe hinunter.

Am Ende des Flurs lag die Küche. Island warf einen Blick hinein. Da hörte sie ein Geräusch: ein dumpfes Poltern, als ob etwas zu Boden gestürzt wäre. Sie griff nach ihrer Waffe. Mit der Pistole in der Hand schob sie die Tür zum Wohnzimmer auf. Ilse und Peter Neuner saßen stumm am Esstisch seitlich des Krankenbetts vor dem Fenster und starrten sie an. Auf dem Teppich lag ein zerbrochener Teller, der dem Gelähmten offenbar aus den Händen gerutscht war.

»In den Garten!«, rief Island ihrer Kollegin zu.

Sie rannten am Haus entlang zur Garage. Zwei der Streifenpolizisten, die vor der Haustür Stellung bezogen hatten, folgten ihnen. In der Garage hörten sie das Brummen eines Motors, doch als Island am hölzernen Tor rüttelte, um es aufzureißen, war es abgeschlossen.

»Bringt er sich um?«, fragte Franzen entsetzt.

»Wir müssen da rein!«, schrie Island und hämmerte mit den Fäusten gegen das Holz. Sie lief um die Garage herum und entdeckte eine Eisentür, die ebenfalls verriegelt war. Neben der Tür war ein kleines, mit einem dunklen Vorhang verhängtes Fenster. Durch einen Spalt war zu sehen, dass drinnen Licht brannte.

Island trat gegen die Tür. Der Motor in der Garage heulte auf. Sie nahm einen Stein vom Wegrand auf und zerschlug die Scheibe. In diesem Moment geschah etwas, womit sie nicht gerechnet hatte. Mit einem ohrenbetäubendem Krachen flog das Garagentor aus den Angeln, und ein brauner Volvo schoss heraus. Ehe einer der Anwesenden imstande war zu handeln, befand sich der Wagen auf der Straße und schleuderte mit kreischenden Reifen über die Fahrbahn. Er streifte den Zaun des Nachbargrundstückes und riss ihn auf halber Länge um. Dann raste er davon.

Während Island und Franzen ihre Waffen in die Halfter steckten, kamen die beiden anderen Polizisten den Plattenweg entlang. Offensichtlich hatten sie den Außeneingang zum Keller auf der Rückseite des Hauses bewacht.

»Mist!«, rief Island. »Wir haben es vermasselt.«

»Wohin flüchtet er?«, fragte Franzen.

»Fordern Sie Verstärkung an, und durchsuchen Sie das Haus«, rief Island und rannte zu ihrem Wagen.

Sie wendete auf der Auffahrt des Nachbargrundstückes und fuhr dabei fast die beiden Menschen um, die in Bademäntel gehüllt in den Garten gelaufen waren. Fassungslos mussten sie mit ansehen, wie Island einen Pfosten streifte und den Rest des Zaunes mitriss. Sie fuhr bis zur Einmündung der nächsten Straße, aber dort war von dem flüchtigen Pkw nichts mehr zu sehen. Sie hielt an, schaltete den Motor aus und kurbelte das Fenster herunter. Von weitem hörte sie das Motorengeräusch eines Fahrzeuges, das sich mit großer Geschwindigkeit entfernte. Sie startete ihren Wagen und bog nach rechts ab. Der Weg führte wieder auf den See zu. Da ahnte sie, wohin Ove Neuner unterwegs war, und beschleunigte. Mit hundert Stundenkilometern raste sie die Wilhelm-Raabe-Straße entlang.

Der braune Volvo stand auf dem mit weißen Steinchen ausgelegten Stellplatz vor dem Haus mit der Nummer 110. Sie bremste scharf, griff ihre P6 Sauer & Sohn und schlich durch den schmalen Garten auf das Haus der Moorbergs zu. Hinter eine Bambusstaude geduckt konnte sie auf die Terrasse und das Fenster des Wohnzimmers sehen, das keine Vorhänge hatte. Mona Moorberg stand unter dem Schirm einer roten Makrameelampe und gestikulierte. Ove Neuner hatte seinen Rücken der Terrassentür zugewandt. Er hielt ein Messer in der Hand und schien auf die Frau einzureden. Island schätzte die Entfernung bis zur Terrassentür auf fünf Meter. Der Türrahmen bestand aus sprödem, verwittertem Holz.

Island fasste den Entschluss, sofort zu handeln und nicht auf ihre Kollegen zu warten. Sie rannte auf die Terrassentür zu und trat die Scheibe ein. Krachend landete sie auf einem Sisalläufer, der über den Holzboden rutschte. Neuner brüllte etwas Unverständliches. Er machte einen Satz auf Mona Moorberg zu und packte sie am Kopf. Ihr Haarknoten löste sich, rote Strähnen fielen über ihre Schultern. Da drückte er ihr die Klinge an die Kehle.

»Neuner, machen Sie keinen Unsinn«, flüsterte Island.

»Ich stech sie ab!« Seine Stimme zitterte.

»Ove, was haben Sie vor?«

»Geh weg! Hau ab!« Sein Blick war der eines gefangenen Tieres. Er machte eine schnelle Handbewegung, und ein dünner Faden Blut rann von Monas Kinn über den Hals. Der Ausschnitt ihres Kleides bekam einen roten Fleck, der schnell größer wurde. Sie war völlig regungslos und starrte Island mit schreckgeweiteten Augen an.

»Was wollen Sie von Frau Moorberg?«

»Her mit der Waffe!«

Island ging in die Knie, sicherte die Pistole und legte sie langsam auf den Boden.

»Entsichern!«, schrie er. »Und zu mir rüberschieben.«

Ihr blieb nichts anderes übrig, als seinem Befehl zu folgen. Neuner riss die Waffe an sich und richtete sie sofort auf den Kopf seiner Geisel.

»Ich gehe jetzt mit ihr raus. Wenn Sie mich daran hindern, ist sie tot.«

»Warum machen Sie das? Sie sind doch kein Mörder!«

Ove Neuner antwortete nicht. Stattdessen bewegte er sich rückwärts durch den Flur und hielt Mona dicht vor seinem Körper.

Island folgte ihnen mit erhobenen Händen.

»Neuner, Sie bringen sich nur noch mehr in Schwierigkeiten. Lassen Sie Ihre Freundin gehen«, sagte sie.

»Sie hat mich an die Polizei verraten.«

»Hat sie nicht, sie …«

Neuner hob den Arm und schoss in die Zimmerdecke. Vom Rückstoß überrascht schwankte er für den Bruchteil einer Sekunde. Mona schrie. Island wurde schwarz vor Augen. Mit zitternden Händen stützte sie sich an der Wand des Flures ab.

Neuner zog sein Opfer bis zur Haustür. An den Haaren schleifte er die Frau an seinem Wagen vorbei bis zur Straße. Island folgte ihnen, bis sie vor ihrem Golf standen.

»Die Schlüssel«, sagte er. So langsam wie möglich griff Island in ihre Jackentasche und warf ihm die Autoschlüssel zu. Sie fielen klirrend zu Boden. Neuner zwang Moorberg, sie aufzuheben, ohne die Pistole von ihrer Schläfe zu nehmen. Island musste zusehen, wie er die Frau auf den Fahrersitz drückte, sich hinter sie auf die Rückbank warf und auf sie einschlug. Ruckend setzte sich das Fahrzeug in Bewegung. Island rannte neben dem Auto her, bis es Fahrt aufgenommen hatte und die Straße entlang in nördlicher Richtung in die Dunkelheit verschwand.

So schnell sie konnte lief sie zu Neuners Wagen. An dem Volvo fehlten ein Kotflügel und die vordere Stoßstange, ansonsten sah er fahrtüchtig aus. Zu ihrem Erstaunen war er verriegelt, aber drinnen steckte der Schlüssel im Zündschloss. Sie wickelte ihre Jacke ums Handgelenk, schlug die Scheibe ein, öffnete die Fahrertür und startete den Wagen. An den Vorderrädern gab es ein schabendes Geräusch, aber es gelang ihr, zurückzusetzen und auf die Straße einzubiegen. Beim Fahren merkte sie, dass der Wagen stark nach rechts zog. Trotzdem beschleunigte sie auf siebzig Stundenkilometer.

Wohin mochte Neuner sein Opfer bringen?

Wo glaubte er vor der Polizei in Sicherheit zu sein?

Fieberhaft dachte sie darüber nach, während sie durch die ausgestorbenen Straßen fuhr. Am Ortsausgang hatte sich an der Steigung nach Pohnsdorf eine Wagenschlange gebildet. Rot leuchteten die Rücklichter. Auf der Gegenfahrbahn war nicht ein einziges Fahrzeug zu sehen. Das war kein gutes Zeichen. Sie zögerte drei Atemzüge lang, dann fuhr sie auf der linken Fahrspur an den stehenden Wagen vorbei. Hinter der Hügelkuppe sah sie es. Ein roter VW Golf lag an den Stamm einer hundertjährigen Eiche geschmiegt auf dem Dach. Lange bevor sie das Kennzeichen erkennen konnte, wusste sie, dass es sich um ihr Auto handelte. Oder besser um das, was davon übrig war.

26

Als Island und Franzen gegen Mitternacht in der Bezirkskriminalinspektion ankamen, saß Bruns noch immer in seinem Arbeitszimmer. Eines der Telefone klingelte, doch er ignorierte es.

»Gehen Sie nach Hause«, sagte er zu Henna Franzen, »Versuchen Sie zu schlafen, und kommen Sie morgen nicht vor acht Uhr in den Dienst zurück!«

Die junge Kommissarin nickte erschöpft. »Ich nehme ein Taxi nach Hause, mein Wagen steht noch auf der Werft.«

»Sie haben Kraftstoff eingespart?«, fragte Bruns. »Das ist ja vorbildlich.«

Franzen blinzelte Island verstohlen zu und verschwand.

Dann bat Bruns Island, vor seinem Schreibtisch Platz zu nehmen, und schenkte ihr wortlos einen Becher Kaffee ein. Sie fuhr sich mit steifen Fingern über die Augenlider, die wie Feuer brannten, und bemühte sich, Haltung zu bewahren. Bruns griff in seinen Schreibtisch und zog eine Dose mit Keksen hervor.

»Nehmen Sie einen. Hat meine Frau gebacken.«

»Danke. Ein andermal gern.«

Bruns nahm einen großen, mit Schokolade überzogenen Keks, der die Form einer Pistole hatte, und biss beherzt hinein.

»Was Neues von Frau Moorberg?«, fragte Island. »Kommt sie durch?«

»Sie ist operiert worden und liegt auf der Intensivstation.«

»Und Neuner?«

»Bleibt verschwunden. Die Eutiner Bereitschaftsstaffel durchkämmt die Gegend zwischen Preetz und der B404. Haben Sie eine Ahnung, zu wem er unterwegs sein könnte?«

Island blies Luft zwischen den Lippen aus.

»Ich weiß es nicht.«

»Ist er der Mörder von Jasper Klatt?«

Island wiegte den Kopf.

»Noch sehe ich das Motiv nicht. Der Laptop, der auf dem Dachboden seiner Eltern lag, ist zur Auswertung beim LKA. Er wird uns sicher Hinweise bringen.«

Sie trank einen Schluck Kaffee und merkte, dass ihr das Gebräu zu dieser späten Stunde ganz und gar nicht gut bekam. Magensäure malträtierte die Magenwände und brannte tief unten in der Speiseröhre.

»Was haben Sie herausgefunden?«, wollte sie wissen. »Gibt es eine Verbindung zum Fund an der Seegartenbrücke?«

Der Erste Hauptkommissar nahm noch einen Keks, einen Sheriffstern mit knallbunten Streuseln, lehnte sich in seinem Schreibtischstuhl zurück und kaute bedächtig.

»Wir hatten, wie Sie, einen arbeitsreichen Nachmittag. Die Pressekonferenz über den Fall in Neumünster war mehr als chaotisch. Wie zu erwarten, tobt die Journaille. Zwei mysteriöse Wasserleichen innerhalb so kurzer Zeit, das gab es in Kiel schon lange nicht mehr. Aber auf das entscheidende Ergebnis der DNA-Analyse, ob es sich bei der Seegartenleiche nun um van Loun handelt oder nicht, warten wir nach wie vor. Keiner hat Leichenteile entdeckt, niemand hat einen Mann in die Förde fallen sehen.«

»Und Klatts Wagen in Plön?«, erkundigte sich Island. »Sind die Kollegen da weitergekommen?«

»Klatts Opel Kombi hat spätestens seit dem 22. August auf dem Parkplatz am Bahnhof gestanden. Die Mitarbeiterin einer Immobilienfirma hat an dem Montag Aufnahmen von einem Haus gemacht, das sich neben dem Bahnhof befindet und zum Verkauf steht. Auf einem der Fotos ist eindeutig das Heck des Wagens abgelichtet. Im Wagen war ja sauber gemacht worden. Es gibt jedenfalls keine Hinweise, dass Klatts Leiche damit transportiert worden ist.«

»Dann hat der Täter den Wagen benutzt, um vom angenommenen Tatort, der Angelhütte an der Schwentine, wegzukommen?«

»Wahrscheinlich ja.«

»Um eine falsche Spur nach Plön zu legen?«

»Sieht so aus«, Bruns zuckte die Schultern. »Vielleicht ist er dort in den Zug gestiegen. Wir sollten versuchen, Fahrgäste zu finden, denen in der Zeit vom 19. bis zum 22. August etwas aufgefallen ist. Kollegen könnten mit Fotos von Ove Neuner in den Pendlerzügen nachforschen. Viele Leute fahren regelmäßig mit einem Wochenendticket aus dem Umland nach Kiel zum Einkaufen, ins Kino oder zu sonstigen Zerstreuungen. Möglicherweise erinnert sich jemand an Neuner.«

»Das halte ich für zwecklos«, sagte sie. »Taulow hat mich gerade angerufen. Er war mit Dutzen zusammen in Preetz und hat Neuners Eltern und Nachbarn ausgequetscht.«

Wider besseres Wissen nahm sie noch einen Schluck Kaffee und zog die Kopie eines handschriftlichen Vermerks hervor, die Taulow ihr in die Hand gedrückt hatte, bevor er den Gang entlang zu weiteren wichtigen nächtlichen Aufgaben geeilt war. »Keine Zeit«, hatte er gerufen und ihr die Entzifferung seiner Sauklaue überlassen.

»Sofern ich Taulows Aufzeichnungen richtig lese«, sagte sie, »hat Ove Neuner für Freitag, den 19. August, ein Alibi. Er war mit seiner Mutter bis zum Ladenschluss um zwanzig Uhr im Gewerbegebiet Raisdorf einkaufen und daran anschließend bis halb elf in der Villa Fernsicht essen, was der Wirt angeblich bezeugen kann. Als Mutter und Sohn nach Hause kamen, war Vater Neuner aus dem Bett gestürzt, in das man ihn am Nachmittag gesteckt hatte. Mutter Neuner alarmierte den Notarzt, und Ove Neuner begleitete seinen Vater ins Krankenhaus Preetz, wo er untersucht wurde. Gegen drei Uhr nachts nahmen Vater und Sohn ein Taxi nach Hause, weil keine Notwendigkeit bestand, stationär im Krankenhaus aufgenommen zu werden. Am Samstag hat Ove Neuner von zehn Uhr morgens bis sieben Uhr abends im Garten seiner Eltern gearbeitet, was die Nachbarn gestört hat. Sie haben sich den ganzen Tag über die Geräusche von Rasenmäher und Motorsäge aufgeregt und darüber Protokoll geführt, weil sie gegen Neuners Anzeige wegen Ruhestörung erstatten wollten, was sie dann aber doch nicht getan haben. Gegen zwanzig Uhr ist Ove Neuner geduscht und geföhnt aufgebrochen, um Mona Moorberg zu seiner kleinen Geburtstagssause abzuholen. Frau Moorberg hat ja behauptet, von halb neun bis etwa zwei Uhr nachts mit Ove Neuner zusammen gewesen zu sein, was sich mit den Beobachtungen der Nachbarin von Klatt deckt. Als Neuner junior nach Hause kam, ging es seinem Vater wieder schlechter, und er hat bis zum Morgen an dessen Bett gesessen. Am Sonntag hat er wiederum von halb neun morgens bis zur Dämmerung die Nachbarn seiner Eltern mit Gartenarbeit zur Weißglut gebracht. Wenn das alles stimmt, kann er wohl kaum zu Wein und Fischbrötchen in der Angelhütte im Schwentinetal gewesen ein, und für eine kleine Zugreise von Plön nach Preetz hat er auch keine Zeit gehabt. Aber völlig ausgeschlossen ist es natürlich trotzdem nicht, die Nachbarn könnten sich geirrt, seine Mutter ihm ein falsches Alibi gegeben haben.«

Bruns goss sich selbst den letzten Rest Kaffee aus der Thermoskanne ein und spülte damit einen weiteren Keks hinunter.

»Warum ist Neuner heute abgehauen?«, fragte er.

»Das würde ich ihn auch gern fragen«, antwortete Island.

Mit einer inzwischen vertrauten Handbewegung strich sich Bruns seine nicht vorhandene Haarsträhne aus dem Gesicht. Unvermittelt sagte er: »Ich möchte Ihnen nicht zu nahe treten, Frau Island, aber Sie sehen fix und fertig aus. Gehen Sie nach Hause, und entspannen Sie sich. Morgen sieht der Fall vielleicht schon anders aus.«

Bruns sollte auch lieber schlafen, statt sich mit Keksen vollzustopfen, schoss es ihr durch den Kopf, aber sie stand nur schweigend auf und schob den Stuhl an seinen Platz zurück. Bruns räusperte sich.

»Was ich noch vergessen habe«, sagte er, »es haben zwei Leute für Sie angerufen. Ein Makler, der Ihre Termine für morgen Abend leider absagen muss, und ein Herr Pahl. Er sagte, er habe Sie mobil nicht erreicht. Einer Ihrer Kollegen aus Berlin hätte ihm gesagt, er solle es hier versuchen.«

Island nickte müde. Sie hatte das verfluchte Handy ausgeschaltet, denn es hatte unentwegt geklingelt, während sie der verletzten Mona Moorberg Erste Hilfe geleistet hatte. Erst nach einer Ewigkeit war der Rettungswagen am Unfallort eingetroffen. Zum Glück hatten zwei Lkw-Fahrer geistesgegenwärtig die Straße abgesperrt, sodass keine weiteren Fahrzeuge oder Personen zu Schaden gekommen waren. Mona Moorberg hatte in ihrem blutverschmierten Kleid dagelegen und sich mit zitternden Händen wie eine Ertrinkende an Islands Jacke festgekrallt.

»Lorenz Pahl«, murmelte Island. »Hat er gesagt, ob er schon in Kiel ist?«

»Er lässt Ihnen ausrichten, er sei im Hotel Astor abgestiegen und würde an der Bar auf Sie warten.«

»Wann war das?«

»Vor etwa einer Stunde.«

»Danke«, sagte sie und ging zur Tür. Ihre Beine waren schwer, wie nach einem Marathonlauf. »Nicht ganz mein Tag heute.«

»Geht uns allen mal so.«

Bruns gähnte.

Sie zog die Schultern zusammen und nickte.

»Ist übrigens eine feine Bar da oben im Astor«, sagte Bruns.

»Tatsächlich?«

»Der Fördewasser de luxe ist super, hat es aber auch ziemlich in sich.«

»Merk ich mir für andermal«, sagte Island und zog den Reißverschluss ihrer Jacke zu.

Sie rief ein Taxi, ließ sich zum Hotel Astor fahren und nahm den Aufzug in den neunten Stock. Während der Fahrt sah sie ihr Gesicht im getönten Fahrstuhlspiegel und wäre am liebsten auf der Stelle umgekehrt. Würde

Lorenz sie überhaupt wiedererkennen? Sie roch nach Blut und Schweiß. Die Tränen stiegen ihr hoch. Sie erinnerte sich daran, wie dieser Tag angefangen hatte: auf einer kalten Anlegebrücke an der nachtschwarzen Kieler Förde, mit dem verstümmelten Torso eines Mannes, den niemand vermisste und von dem sie immer noch nicht wussten, wer er war. Seitdem hatte sie außer ein paar Mettwurstbrötchenhälften aus dem Vorrat ihres Chefs und einer Portion Fisch und Pommes in der Kantine der Kieler Beschäftigungsgesellschaft nur unzählige Becher Kaffee zu sich genommen. Sie hätte einen von Bruns' Polizeikeksen essen sollen, auch wenn sie fand, dass seine Frau einen seltsamen Humor besaß.

Nervös strich sie sich die Haare hinter die Ohren. Gleich würde sie Lorenz treffen, den Mann, in den sie sich vor eineinhalb Jahren verliebt hatte. Sie wusste nicht, wie es zwischen ihnen stand, und konnte sich nicht einmal mehr daran erinnern, wie lange sie ihn nicht gesehen hatte. Es waren nur Wochen gewesen, wenige Wochen, die ihr Leben so sehr verändert hatten, wie sie es sich niemals hätte vorstellen können. Sie presste die Lippen aufeinander und hoffte, dass sie vor Lorenz nicht in Tränen ausbrechen würde.

Die Fahrstuhltür öffnete sich, und als sie die Treppe zum obersten Stock hinaufstieg, musste sie sich am Geländer festhalten, weil ihre Knie zitterten. Hinter einer Glastür erklangen Latino-Rhythmen, ein Stück der legendären Afro Cuban Allstars aus dem Buena Vista Social Club. Der Raum war in gedämpftes Licht getaucht. Durch die großen Fenster sah Island tief unten die Lichter der Stadt, viele tausend helle Punkte, die in alle Himmelsrichtungen bis zum Horizont reichten. Wie in einer dieser neuen, coolen Bars in den oberen Stockwerken des

Europacenters, dachte sie. Nur dass man hier statt auf den Turm der Gedächtniskirche auf den Kieler Rathausturm schaute.

Plötzlich war Olga so müde, dass sie glaubte, den Boden unter den Füßen zu verlieren. Aber während sie sich auf der Suche nach Lorenz zwischen Menschenkörpern hindurchschob, die sich auf einer überfüllten Tanzfläche im Takt der Musik bewegten, fühlte sie doch, dass die Last des Tages ein wenig von ihrer Seele glitt.

Dann sah sie ihn. Er saß mit dem Rücken zu den Tanzenden auf einem Barhocker und sprach mit einer blondierten Frau, die am Tresen auf ihren Cocktail zu warten schien. Die Frau beugte den Oberkörper vor, lachte und berührte dabei wie zufällig mit ihren lackierten Fingernägeln seinen Arm. Lorenz schüttelte sich vor Lachen. Seine Haare waren viel kürzer, als Olga sie in Erinnerung hatte, die Haut an Hals und Nacken leuchtete sonnengebräunt. Wie eine Schlafwandlerin ging sie auf ihn zu, und als hätte er ihre Anwesenheit bemerkt, drehte er sich zu ihr um, und sie sahen sich an. Er stand auf, legte seine Arme um ihre Schultern, und sie spürte die Wärme seines Körpers durch ihre Lederjacke dringen. Sie schmiegte sich an ihn und versuchte den Gedanken zu ignorieren, dass in diesem Moment ihre neue P6, die Bruns ihr vor Verlassen der Dienststelle ausgehändigt hatte, im Halfter auf ihrer Hüfte zu sehen war.

So standen sie da, bis sich die blonde Frau unsanft an ihnen vorbeischob. Island sah sie nur aus den Augenwinkeln, aber sie erkannte sie trotzdem. Es war die Moderatorin des Privatsenders, die ihr in der Pressekonferenz am Vortag so unangenehm aufgefallen war. Die Blondine schlenderte hinüber zu einer Eckcouch, auf der sich zwei junge Männer mit Bierflaschen in den Händen fläzten, warf sich in einen soeben freigewordenen Ledersessel und starrte zu Olga hinüber.

Ist es nur ein großer Zufall, dachte Island, oder ist Kiel einfach ein elendiges, kleines Nest?

»Mensch, Olgadina«, sagte Lorenz leise und schenkte ihr sein charmantestes Lächeln. »Was machst du bloß in dieser hippen Stadt am Meer?«

Sie blieben nicht mehr lange in der Bar. Bevor sie gingen, warf Island einen Blick aus den Fenstern, die zum Ostufer hinausgingen. Unter ihnen breitete sich das Panorama des nächtlichen Kieler Hafens aus. Ein Kreuzfahrtschiff lag vor dem Norwegenterminal, ein Frachter im Schatten des Bollhörnkais. Bei HDW, der »Howaldtswerke Deutsche Werft«, war, wie schon in der vergangenen Nacht, ein großes Dock in grelles Flutlicht getaucht. Aus ihm ragten die noch unfertigen Aufbauten eines großen Schiffes hervor, das man mit grauen Planen vor den Blicken der Öffentlichkeit schützte. Sie nahm sich vor, einen ihrer Kollegen zu fragen, was für Schiffe dort drüben gebaut wurden. Dabei fiel ihr ein, dass sie endlich einen Termin festlegen sollten, um die Mitarbeiter von Pekuni und Praas zu vernehmen.

Lorenz legte seinen Arm um ihre Hüfte und führte sie zur Fahrstuhltür. Sie kamen in dieser Nacht nicht mehr dazu, sich über ihre sogenannte »Beziehung« zu unterhalten, denn nach einer heißen Dusche, die sie zusammen genossen, fielen sie auf das weiche Hotelbett. Island legte den Kopf an Lorenz' Brust, schloss die Augen und war innerhalb von drei Atemzügen eingeschlafen.

27

Der Mann stand im Windfang und lauschte. Im Haus war es still. Nur die Brise, die vom Hafen heraufwehte und den vertrauten Geruch von Seetang und Schiffsdiesel den Hügel hinauftrug, spielte leise mit den Blättern des Nussbaums vor dem Küchenfenster. Lars Larssen bückte sich schwerfällig, zog die Lederstiefel über, deren Sohlen mit Metallplättchen beschlagen waren, und warf die Tür hinter sich ins Schloss.

Es war Zeit, das Haus zu verlassen, denn bald würden die Kinder aus dem Bus steigen und die Mühlenstraße heraufkommen. Dann dauerte es nicht mehr lange, bis Marie sich von ihren Kollegen in der Bäckerei am Probsteier Platz verabschiedete, auf ihr Fahrrad stieg und sich ebenfalls die Steigung bis zur ihrem Bungalow hinaufkämpfte.

Es war höchste Zeit für ihn aufzubrechen, denn er legte keinen Wert darauf, einem von ihnen zu begegnen. Er wollte nicht gefragt werden, wie sein Tag gewesen war, und er wollte nicht wie immer um Geld oder Aufmerksamkeit angegangen werden. Er wollte seine Ruhe, und die fand er nur an einem einzigen Ort.

Larssen stapfte durch den verwilderten Garten, der wie ein Vorwurf über sein tägliches Nichtstun dalag, bog um die Ecke und schlug den Weg zum Hafen ein. Während er die Straße mit dem Namen Blauer Blick hinunterging, mit dem charakteristischen Klacken seiner Stiefel, denn er zog das eine Bein etwas nach, zündete er sich trotz des Gegenwindes eine Zigarette an, hustete und spuckte auf die grauen Platten des Bürgersteiges.

Von hier oben konnte man bis hinüber ans andere Ufer der Förde sehen, wo vor Falckenstein ein Baggerschiff seit Tagen dabei war, die Fahrrinne von eingeschwemmtem Sand zu befreien. Karl Ludwigsen, der Hafenmeister, hatte ihm vor zwei Tagen einen Kasten Bier in seinen Schuppen geliefert, weil Ludwigsen die Wette, wie lange das Baggerschiff noch auf der Falckensteiner Seite der Fahrrinne arbeiten würde, verloren hatte. Anscheinend gab es dort in diesem Jahr mehr Sand zu entfernen als jemals zuvor. Larssen lächelte in sich hinein. Von den Strömungen vor der Laboer Hafeneinfahrt wusste er eben mehr als andere, denn er hatte Muße, sie zu betrachten.

Beim Einbiegen in die Hafenstraße meinte er, hinter sich Schritte zu hören, aber als er sich umdrehte, sah er nur ein Schild mit der Aufschrift »Neubau von 25 Eigentumswohnungen mit Meerblick«, das im Gebüsch eines unbebauten Grundstücks steckte und im Wind hin und her pendelte. Er schaffte die letzten Meter bis zu seinem Ziel in Höchsttempo, unter anderem deswegen, weil von den zwanzig Flaschen Bier immerhin noch sieben auf seine durstige Kehle warteten. Larssen fingerte nach dem Schlüssel, der zwischen zwei losen Brettern hinter der Regenrinne steckte, zog ihn heraus und steckte ihn ins Schloss. Die Türangeln quietschten. Das taten sie schon seit Längerem, aber er musste sich nicht darum kümmern, denn weder Marie noch die Kinder kamen jemals hierher, und deshalb meckerte auch niemand, wenn er nicht sofort zum Ölkännchen griff, um Abhilfe zu schaffen.

Er stieg über die Holzschwelle, die nur noch auf einer Seite befestigt war und die er irgendwann einmal wieder festnageln wollte. Aber nicht heute und auch nicht in den nächsten Tagen. Hier in seinem Schuppen war er der Herr über sich und seine Zeit, niemand würde ihn zu irgendetwas zwingen.

Draußen war es noch hell, doch hier drinnen herrschte schon abendliches Zwielicht. Er zog die Jacke aus und hängte sie an den Haken am Eingang. Ohne Licht zu machen, ging er hinüber zur Nische, in der der Kühlschrank leise summte, und öffnete die Tür. Der Schein der Kühlschrankbeleuchtung fiel auf sein Haar, das weiß war und ihm bis auf die Brust reichte. Du bist nicht mehr der Jüngste, ging ihm durch den Kopf. Aber was hieß das schon? Die besten Jahre waren vorbei. Was waren eigentlich seine besten Jahre gewesen? Die Jahre in München, als er nach einigen Erfolgen, mit dem nötigen Geld ausgestattet, Marie kennengelernt und zu seiner Frau gemacht hatte? Oder etwa die Zeit, seit seine Kinder zur Welt gekommen waren und sie in das verfluchte Haus auf dem Berg gezogen waren, in dem ihm das Trinken verboten war und seine Frau sich unaufhaltsam in eine keifende Furie verwandelt hatte? Sie machte keinen Hehl daraus, wie sehr sie es bereute, ihrem Mann aus München an die Ostsee gefolgt zu sein.

Larssen nahm eine Flasche Bier aus dem Kühlschrank und öffnete den Bügelverschluss. Es zischte. Ein wunderbares Geräusch, auf das er den ganzen Tag gewartet hatte. Er nahm einen tiefen Schluck, zog einen Stuhl heran und setzte sich an die Werkbank, die vor dem Fenster stand. Sie war mit Glaskolben, Tiegeln und Reagenzgläsern vollgestellt. Auf den Regalen, die die Wände des Raumes bis unter die hohe Decke ausfüllten, verstaubten Messgeräte und Stapel bedruckten und handbeschriebenen Papiers, Relikte seiner goldenen Zeit. Doch statt wie früher nach Schwefel, Kautschuk oder Kleber roch es jetzt nach den Bierresten in den Altglasflaschen, die auf der Spüle neben dem Kühlschrank standen.

Das Bier tat gut, es war herb und kühl, und es brachte die Entspannung, auf die er gehofft hatte. Er würde noch ein paar Flaschen leeren und mit Schnaps nachspülen. Leise summte er vor sich hin und blickte hinaus über das Wasser, das sich in der Abendbrise kräuselte und die rostrote Farbe einer im Westen liegenden Wolkenbank spiegelte.

Er zog die Zeitung hervor, die er sich zu Hause in den Hosenbund gesteckt hatte und faltete sie auseinander. Gleich wenn er sich ein neues Bier holte, würde er zum Lesen Licht machen und einfach seinen Gedanken nachhängen.

Er ging zum Kühlschrank, beugte sich nach vorn und griff nach einer gut gekühlten Flasche. Plötzlich hörte er ein leises Knacken der Bodendielen, das nicht in die vertraute Geräuschkulisse des Feierabends passte, spürte einen Lufthauch und roch etwas Ungewöhnliches, das er nicht einordnen konnte. Abrupt hielt er in der Bewegung inne und drehte den Kopf zur Seite, lauschte angestrengt.

Noch ehe er sich umdrehen konnte, spürte er etwas an seinem Hals. Es war kühl und glatt, und es brachte einen unerwarteten, heißen Schmerz. Überrascht und schockiert griff er sich an die Kehle und versuchte das Ding festzuhalten, das sich in die Haut grub und ihm die Luft nahm. Doch es gelang ihm nicht. Im nächsten Augenblick wurde er an seinen Haaren gepackt und nach vorn gedrückt.

Die Wärme und der Geruch eines fremden Körpers, der sich auf seinen Rücken presste, ließ ihn erstarren. Er versuchte sich vorzubeugen und nach hinten auszutreten. Aber das Gewicht des Angreifers, den er immer noch nicht sehen konnte, ließ es nicht zu, während der Schmerz an seinem Hals heißer und stärker wurde. Mit aller Kraft stemmte er sich hoch und musste würgen. In dem Moment drückte sich etwas Hartes gegen seine Wirbelsäule und schob ihn nach vorn auf den Rand der Werkbank zu. Schmerz, der fremde Geruch und das Licht des Abendhimmels verschmolzen zu einem unerträglichen Ganzen, das ihm vollständig den Atem raubte.

Erst später, als es fast vorbei war, wusste er, dass das erst der Anfang gewesen war.

28

Island erwachte um halb sechs. Als sie unter der Dusche stand, fiel ihr ein, dass sie in der Nacht bereits geduscht hatte, zusammen mit Lorenz. Sie duschte noch einmal sehr heiß und ließ sich zum Abschluss kaltes Wasser über die Haut laufen. Dann trocknete sie sich ab, ging ins Zimmer und betrachtete missmutig ihre auf einen Haufen geworfenen Kleidungsstücke. Sie roch an ihrem Hemd. Es stank und war fleckig. Lorenz hatte sich in die Bettdecke gerollt und schnarchte. Sie nahm das Sweatshirt, das er am Vortag getragen hatte, zog es über und schlüpfte in ihre Hose. Anschließend riss sie ein Blatt Papier aus ihrem Notizbuch, malte ein Herz darauf und schrieb: »Mach Dir einen schönen Tag! Ich ruf Dich mittags an. Vielleicht können wir zusammen was essen gehen. Kuss, Olga.«

Dann ging sie zum Taxistand vor dem Hotel und ließ sich zu einer Leihwagenfirma am Exerzierplatz fahren, die schon geöffnet hatte. Sie mietete einen PS-starken Passat und bat, die Rechnung an die Bezirkskriminalinspektion zu schicken. Sie versuchte, nicht an ihren alten VW zu denken, der als Wrack in der kriminaltechnischen

Untersuchungsstelle des LKA stand. Sie würde sich ein neues Auto kaufen müssen. Dafür würde sie trotz Dienstversicherung ein paar tausend Euro selbst investieren müssen.

Mit dem Leihwagen fuhr sie nach Schönkirchen, um sich umzuziehen. Es war kurz vor sieben und noch ganz still in der Pension. Kaffeeduft zog durchs Treppenhaus. Sie schloss ihr Zimmer auf und sah als Erstes den Briefumschlag. Ein weißes Kuvert ohne Adresse und Absender. Sie legte es aufs Bett, und während sie sich umzog, starrte sie es an. Dann nahm sie den Umschlag und hielt ihn gegen das Licht der Nachttischlampe. Es schien nur ein einzelnes Blatt Papier darin zu stecken, und sie öffnete ihn vorsichtig. Ein Zeitungsausschnitt fiel heraus. Sie erkannte das Bild. Es zeigte sie selbst zusammen mit dem Polizeipräsidenten von Berlin in der Polizeihistorischen Sammlung am Tempelhofer Damm. Es war bei der Langen Nacht der Berliner Museen gewesen, vor vier Jahren. Da hatte sie Besuchergruppen durch die Sammlung geführt und von ihrer Arbeit bei der Kripo berichtet.

»Die Leiterin des Kommissariats 5 erzählt spannende Geschichten«, stand unter dem Foto. Damals hatte sie noch richtig lange Haare gehabt und vergnügt in die Kamera gelächelt. »Wir dürfen die Öffentlichkeitsarbeit nicht vernachlässigen«, hatte der Polizeipräsident zu ihr gesagt und ihr eine Hand auf die Schulter gelegt. »Insbesondere dann nicht, wenn unsere Mitarbeiter so gut aussehen«, hatte er leise hinzugefügt und mit der Hand ihren Rücken getätschelt.

Das alles schoss ihr durch den Kopf, während sie auf den Artikel starrte. Jemand hatte mit einem roten Edding einen Kreis um ihren Kopf gezogen. Die rote Farbe war über ihrem Gesicht verlaufen. Es war ein Fadenkreuz.

Island nahm das Papier, knüllte es zusammen und warf es auf den Boden. Ihr Herz klopfte weit oben im Hals. Ihre Hände zitterten.

Sie stand auf und spähte durch das Fenster. Draußen war nichts zu sehen als der leere, gepflegte Garten, in dem immer noch der blau-weiß-rote Wimpel wehte. Sie müsste das Ganze in die Kriminaltechnische Untersuchung bringen. Aber dann würde sie auch Erklärungen dazu abgeben müssen, und sie wusste nicht, was sie den Kieler Kollegen sagen sollte:

Ich habe einen Menschen erschossen und werde bedroht, aber ich weiß nicht, von wem?

Sie beschloss, erst einmal einen Kaffee zu trinken. Außerdem hatte sie Hunger. Sie sperrte das Zimmer ab und ging in den Frühstücksraum. Die Wirtin, die gerade die Tische deckte, grüßte sie mit einem Nicken.

»War gestern jemand hier und hat sich nach mir oder meinem Zimmer erkundigt?«, fragte Island.

»Nicht dass ich wüsste«, sagte die Wirtin. »Aber ich frag noch mal meinen Mann.«

Nach wenigen Minuten brachte sie eine große Thermoskanne Kaffee, ein kleines Kännchen mit Vollmilch und einen Korb mit zwei Brötchen.

»Mein Mann weiß auch nichts von einem Besuch für Sie«, sagte sie bedauernd.

Auf der Fensterbank lagen die Kieler Nachrichten. Bevor Island einen Blick hineinwarf, schnitt sie die Brötchen auf, belegte sie mit Wurst und Käse und schlang sie hinunter. Dazu trank sie einen Becher Kaffee mit Milch. Weil sie immer noch nicht satt war, ging sie in die Küche und bat um weitere Brötchen und mehr Milch.

Die Wirtin meinte lächelnd: »Seeluft macht hungrig.«

Während Island zwei weitere Brötchen verspeiste, sah

sie die Zeitung durch. Der Leichenfund an der Seegartenbrücke war die Hauptschlagzeile. Im Regionalteil gab es einen ausführlichen Artikel darüber. Island konnte sich die Pressekonferenz am vorangegangenen Abend bildhaft vorstellen. Trotz bohrender Nachfragen der Presseleute hatten Bruns und Lund ganze Arbeit geleistet und wirklich nur so wenig Details wie möglich mitgeteilt. Dem Redakteur der Kieler Nachrichten war offensichtlich nichts anderes übrig geblieben, als sich in wilden Spekulationen zu üben.

Weiter unten auf der Seite gab es Fotos und kurze Statements von Passanten in der Kieler Innenstadt, die man befragt hatte, ob sie sich nach den Vorfällen in Kiel noch wohl und sicher fühlten. Einige gaben zu, Angst zu haben und lieber mit dem Bus statt mit einem der Fördeschiffe zur Arbeit zu fahren.

»Ich gehe nicht mehr am Strand spazieren«, wurde eine ältere Dame zitiert.

»Ohne meinen Hund verlasse ich nicht das Haus«, verkündete eine junge Frau mit Nasenpiercing.

»Ich schwimme trotzdem weiter im Meer.« Der Mann, der das gesagt hatte, kam Island bekannt vor. Sie betrachtete das Gesicht auf dem Foto genauer und erkannte den Ganzjahresschwimmer, mit dem sie in der Badeanstalt in Heikendorf das zweifelhafte Vergnügen gehabt hatte. Sein Kommentar schien ihr von allen der vernünftigste zu sein, wenngleich sie seine Begeisterung für kaltes Ostseewasser nie teilen würde.

Bevor sie losfuhr, ging sie noch einmal auf ihr Zimmer und packte eine Garnitur Unterwäsche, einen Pullover und eine Jeans in eine Plastiktüte und legte sie in den Kofferraum ihres Leihwagens. Auch wenn sie nicht mit

Lorenz darüber gesprochen hatte, wie lange er in Kiel bleiben wollte, so hoffte sie doch, dass er nicht heute schon wieder abreisen würde. Sie mussten Zeit finden, um in Ruhe miteinander zu reden. So zwischen Tür und Angel, mitten in einer heiklen Ermittlung, konnte es eigentlich nur schiefgehen.

Wenn sie ehrlich war, wollte sie am liebsten gar nicht mit ihm reden. Viel lieber würde sie mit ihm im Bett liegen, sich an seinen warmen Körper schmiegen, ausschlafen und dann mit ihm zusammen in einen Zug oder in ein Flugzeug steigen, um wegzufahren. Nach Berlin, Venedig, Pisa oder ans Ende der Welt.

29

Um kurz vor acht stieg sie die Treppe zu ihrem Büro hinauf. Über den Dächern der Stadt war der Himmel wolkenlos. Es wird Herbst, dachte Island, dieses besondere Septemberlicht und dazu der Geruch welker Blätter in der Luft. Ein arbeitsreicher Tag lag vor ihr. Bevor die morgendliche Dienstbesprechung begann, blieb ihr gerade noch Zeit, die Jacke in den Schrank zu hängen, sich durchs Haar zu streichen und einen Blick auf den Schreibtisch zu werfen.

Der Bericht über die Untersuchung von Jasper Klatts Opel Astra war gekommen. Das Segel, das im Kofferraum gelegen hatte, gehörte definitiv zur Segelausrüstung der Anna-Marie, deren Eigner Helge Pekuni war. Die Fasern, die am Fahrersitz hafteten, bestanden aus gekämmter und gebleichter Baumwolle, die schon viele Male eine Kochwäsche durchlaufen hatte. Das Material stammte wahrscheinlich von einem weißen Kittel, wie man ihn in Krankenhäusern, Arztpraxen oder Apotheken trug. Auf der Fußmatte des Fahrersitzes hatte man Gräsersamen gefunden, wie sie auf der Wiese an der Angelhütte vorkamen, außerdem Partikel aus den weiblichen Blütenständen des schmalblättrigen Rohrkolbens. Laut Auskunft des Sachverständigen kamen diese Pflanzen im Schilfgürtel an der Schwentine vor. Der Fund bestätigte also die Vermutung, dass der Fahrer des Wagens kurz vor Fahrtantritt durch Wiese und Schilf bei der Angelhütte gegangen war.

Island ließ sich mit dem Städtischen Krankenhaus verbinden und fragte nach dem Befinden Mona Moorbergs. Die Frau habe einen Schädelbruch, einen Lungenriss sowie mehrere Knochenbrüche an den Beinen erlitten und sei in einem stabilen, wenngleich immer noch kritischen Zustand, berichtete der Oberarzt. Eine Vernehmung schloss er bis auf Weiteres aus.

Danach rief Island bei Bernd Stolte an, dem Computerexperten im Landeskriminalamt.

»Wann gehen wir mal zusammen in der Kantine essen?«, fragte er. »Heute gibt es zum Beispiel gebackene Forelle mit Salzkartoffeln und Salat.«

»Bald«, antwortete sie, »wenn es Labskaus gibt.«

»So was mögen Sie?« Stolte klang entsetzt.

»Nicht wirklich.« Island musste lachen.

»Gott sei Dank, ich dachte schon …«

Dann schilderte er, was er über die Daten auf der Festplatte des sichergestellten Laptops herausgefunden hatte. Während sie sich eifrig Notizen machte, pfiff sie leise durch die Zähne, denn das Ergebnis barg einige Überraschungen. Anschließend ließ sie sich im Vorraum der Toilette kaltes Wasser über die Handgelenke laufen.

Gleich fühlte sie sich frischer und energiegeladener. Ihre Gedanken waren klarer. Vielleicht war an dem Eisschwimmen im Meer doch etwas dran und sie sollte es irgendwann einmal ausprobieren? Auf dem Weg zur Dienstbesprechung begegnete ihr Dutzen, der verschlafen aussah und sie einsilbig grüßte.

Alle Stühle im Besprechungszimmer waren besetzt, denn die Mordkommission wurde durch ein Dutzend Mitarbeiter des Kommissariats 11 der Kieler Kripo unterstützt. Trotz der vielen Menschen herrschte angespanntes Schweigen. Alle warteten auf den Ersten Hauptkommissar. Island lehnte sich an eine der Fensterbänke und verschränkte die Arme unter der Brust. In ihrem Rücken stand eine vernachlässigt aussehende Grünpflanze, deren herabhängende Blätter ihren Nacken kitzelten. Sie stellte fest, dass es eine Dieffenbachie war. Dieffenbachien gehören zu den Giftpflanzen, dachte Island. Irgendwie passend, dass so eine hier im Besprechungszimmer der Mordkommission steht. Wenn die erzählen könnte, was sie schon alles gehört hat in ihrem Pflanzenleben. Aber irgendjemand sollte das arme Ding mal wieder gießen.

Karen Nissen kam herein und sprach leise mit Jan Dutzen, der amüsiert lächelte. Bruns betrat mit ernstem Gesicht den Raum und blieb mangels Sitzgelegenheit vor dem Tisch stehen. Dann skizzierte er kurz die Ereignisse der vorangegangenen Nacht. »Ove Neuner ist nach wie vor verschwunden«, erklärte er. »Wir wissen nicht, wohin er geflohen sein könnte. Möglicherweise ist er auf dem Weg nach München, wo er seinen ersten Wohnsitz hat. Genauso gut kann er sich aber noch irgendwo in der Nähe aufhalten. Dutzen und Taulow haben heute Nacht mehrere Stunden lang die Eltern und deren Nachbarn befragt, von ihnen aber keine Hinweise auf seinen Aufenthaltsort erhalten. Die bundesweite Fahndung läuft. Wir hoffen, dass die Presse uns bei der Suche nach dem Flüchtigen unterstützt. Ungünstigerweise hat Neuner die Dienstwaffe unserer Kollegin Island an sich gebracht. Bei seiner Festnahme ist höchste Vorsicht geboten.«

»Warum ist er abgehauen?«, wollte Karen Nissen wissen.

Island räusperte sich und ergriff das Wort.

»Die vom Landeskriminalamt haben den Laptop, der auf dem Dachboden von Neuners sichergestellt wurde, untersucht. Er hat nachweislich dem Ermordeten Jasper Klatt gehört. Dabei hat man Dateien gefunden, die belegen, dass Klatt mit verschiedenen Dingen im Internet gehandelt hat. In erster Linie Ausrüstungsgegenstände für Segel- und Sportboote.«

Sie sah auf den Zettel, auf den sie ein paar Stichworte geschrieben hatte.

»Leuchtpistolen und -munition, Schwimmwesten, Tabletten zur Desinfektion von Wasser, Treibanker, Paddel, Taschenlampen, Kälteschutzdecken, Angelruten, Harpunen für Sportfischer sowie Satellitennavigationsgeräte älterer Bauart. Im Moment wissen wir noch nicht genau, ob das Internetgeschäft und der Mord miteinander zu tun haben könnten und welche Rolle der flüchtige Ove Neuner bei der ganzen Sache gespielt hat. Als Verkäufer tritt im Netz ein gewisser Ove Klatt in Erscheinung. Wenn Ove Neuner und Jasper Klatt schon ihre Namen verbunden haben, liegt es nahe, dass sie auch ansonsten zusammengearbeitet haben.«

»Woher hatten sie den Kram?«, fragte Jan Dutzen.

»Genau das ist zu untersuchen. Es handelt sich in jedem Fall nicht um Neuwaren. Manche dieser Sachen wurden als neuwertig angeboten, waren aber schon etliche Jahre alt, was die Fotos im Netz beweisen. Einige der vertriebenen Marken gibt es nämlich gar nicht mehr.«

»Vielleicht stammen sie von der Werft, auf der Klatt gearbeitet hat«, mutmaßte Franzen.

»Den Werftheini knöpfen wir uns jetzt endlich mal vor«, sagte Dutzen entschlossen und schob seinen Stuhl zurück, als wollte er sofort losstürmen.

»Das wäre doch seltsam, wenn die Dinge von dort stammten«, warf Bruns ein. »Hätten sie das nicht gemerkt, dass ihnen Sachen abhandengekommen sind?« Er machte ein zweifelndes Gesicht.

»Vielleicht hat Pekuni den Diebstahl mitbekommen, aber trotzdem die Polizei nicht eingeschaltet«, meinte Franzen.

»Weil er seinen Liebling sonst längst hätte rausschmeißen müssen«, feixte Dutzen.

»Oder der Verkauf geschah mit Zustimmung des Chefs«, warf Taulow ein.

»Um Geld für die Entsorgung zu sparen, zum Beispiel.«

»Es hat keinen Sinn zu spekulieren«, meinte Island. »Wir werden heute Vormittag das Werftgelände durchsuchen, nachdem der Staatsanwalt grünes Licht gegeben hat.«

Alle redeten durcheinander, sodass Bruns Schwierigkeiten hatte, sich verständlich zu machen. Er hob eine Hand und wartete, bis man ihm zuhörte.

»Kommen wir zu weiteren Neuigkeiten. Der Tote vom Seegarten ist identifiziert.«

Island sah gespannte und skeptische Mienen.

»Die Rechtsmedizin hat die DNA bestimmt«, fuhr Bruns fort. »Sie stammt mit der üblichen Wahrscheinlichkeit solcher Untersuchungen vom Nachtclubbetreiber van Loun.«

Ein Raunen ging durch das Zimmer.
»Hängt das mit dieser Werftgeschichte zusammen?«
»Haben die Mordfälle miteinander zu tun?«
»Warum sollten sie?«
»Ausgeschlossen ist es ja wohl nicht.«
Bruns machte eine beschwichtigende Geste.
»Es gibt noch mehr. Man hat van Louns Auto gefunden. Es steht auf einem Parkplatz im Hafen von Göteborg. Außerdem wissen wir jetzt, dass van Loun in hohem Maß unter Alkohol- und Drogeneinfluss stand, als er zu Tode kam. Er hatte mindestens zwei Promille im Blut und eine nicht zu unterschätzende Menge Kokain.«
»Er war auf einer der Schwedenfähren!«
»Jemand hat ihn über Bord gehen lassen!«
»Aber wer hat seinen Wagen in Göteborg von der Fähre gebracht?«
»Das weitere Vorgehen ist klar«, kürzte Bruns jede weitere Diskussion ab. »Wir werden die Besatzungen der infrage kommenden Fährschiffe befragen und die schwedischen Kollegen um Amtshilfe ersuchen.«
Als die Kripobeamten wenig später auseinandergingen, war die Ermittlung in ein schnelleres Fahrwasser geraten. Nun ging es darum, nicht ins Trudeln zu kommen. Die Anspannung, unter der alle standen, war deutlich spürbar. Vielleicht konnten sie den schnellen Erfolg erzielen, den sich alle wünschten. Machten sie jedoch einen Fehler, würde alles aus dem Ruder laufen.

30

Um zehn Uhr an diesem Morgen brach in der Blumenstraße in der Kieler Innenstadt, unbeachtet von Anwohnern und Behördenmitarbeitern, ein Konvoi von Fahrzeugen auf, um der Werft Pekuni und Praas in Kiel-Wellingdorf einen unangemeldeten Besuch abzustatten. In einem der Wagen saßen Olga Island, Henna Franzen und Thoralf Bruns, in einem anderen Jan Dutzen, Falk Taulow und Karen Nissen. Es folgten zwei Fahrzeuge mit Mitarbeitern der Kripo Kiel, die sich in ihrem Alltag mit Schmuggelkriminalität im Kieler Hafen befassten, sowie das Einsatzmobil der Spurensicherung.

Etwa zwanzig Minuten später fuhren sie durch das schmiedeeiserne Tor, über dem der Schriftzug »Pekuni und Praas, Werft seit 1960« prangte, und hielten vor der großen Werkshalle. Die Tore standen offen und gaben den Blick auf eine eingerüstete Jacht frei. Es war dasselbe Boot, das Island bei ihrem ersten Besuch vor zwei Tagen gesehen hatte. Frisch abgezogen schimmerte der hölzerne Rumpf im hellen Licht der Lampen.

Island und Bruns gingen zum Büro von Helge Pekuni, während die übrigen Polizisten damit begannen, die Lager mit den Ausrüstungsteilen für Jachten zu inspizieren, sich alle Inventarlisten und Inventurberichte der letzten Jahre vorlegen zu lassen und bei dieser Gelegenheit auch Abfall und Schrott jedweder Art zu sichten, deren man auf dem Grundstück habhaft werden konnte, um sie zu fotografieren und, falls nötig, zu beschlagnahmen.

Helge Pekuni empfing Island und Bruns hinter seinem Schreibtisch stehend. Diesmal fragte er sie nicht, ob sie einen Kaffee wollten. Stattdessen polterte er los: »Sie haben einen Durchsuchungsbeschluss? Was glauben Sie denn, was Sie hier finden werden? Ist doch Bullshit! Sie halten uns ohne Grund von unserer Arbeit ab! Dafür verlange ich eine Entschädigung.«

Island ignorierte seine Einwände, hielt ihm den Durchsuchungsbeschluss unter die Nase und kam sofort zur Sache.

»Im Kofferraum von Jasper Klatts Wagen haben wir ein Segel mit der Aufschrift Anna-Marie gefunden. Soweit wir wissen, besitzen Sie ein Boot mit diesem Namen.«

Pekuni zog den Reißverschluss seines Troyers zu und verschränkte die Arme vor dem Körper.

»Jasper und ich sind manchmal zusammen rausgefahren«, sagte er. »Wir mussten schließlich auch unsere Neubauten testen und dafür im Training bleiben. Die Anna-Marie ist eine meiner beiden privaten Jachten, auf die ich manchmal Geschäftskunden einlade, um ihnen unsere Qualitätsstandards auf dem Wasser zu präsentieren.«

»Ihre Sekretärin Marietta Schmidt hat ausgesagt, dass Sie vorhatten, am fraglichen Wochenende mit Klatt zu segeln. War auch ein Kunde dabei?«

»Nein. Manchmal skippern wir einfach so zum Spaß. Weil der richtige Wind weht. Weil es herrlich ist, auf dem Wasser zu sein. Weil Segeln der schönste Sport der Welt ist und die Kieler Förde ein traumhaftes Revier. Aber davon haben Sie anscheinend keine Ahnung!«

»War denn an dem Wochenende Segelwetter?«, erkundigte sich Island.

»Der Sonntag war ein heißer Sommertag, und es herrschte Flaute«, antwortete Pekuni leise.

»Sie erinnern sich also gut an diesen Tag? Warum?«

Helge Pekuni blickte zu Boden und arbeitete mit der Fußspitze ockerfarbene Lehmbrocken in den blauen Teppich ein.

»Ich hatte frei und wollte nach Schleimünde rüber.«

»Allein?«

Er schüttelte den Kopf.

»Jasper wollte mitkommen. Deshalb hatten wir am Freitag die Fock in seinen Wagen geladen. Er wollte das Segel am Sonntag mit nach Laboe bringen, zum Liegeplatz der Anna-Marie.«

»Und gab es eine kleine Ausfahrt?«, fragte Bruns, der bis jetzt schweigend zugehört hatte.

»Wir waren für acht Uhr früh auf der Jacht verabredet. Aber Jasper kam nicht. Ich versuchte, ihn anzurufen, aber er war nicht erreichbar. Und er meldete sich auch nicht bei mir, um den Törn abzusagen.«

»Und da sind Sie zu seiner Wohnung gefahren und haben nachgesehen?«, fragte Island.

»Ohne das Focksegel konnte ich nichts machen«, antwortete Pekuni. »Jasper war sonst immer sehr zuverlässig. Deshalb bin ich nach Raisdorf gefahren und habe an seiner Tür geklingelt. Ich dachte, er hätte verschlafen oder sei vielleicht krank geworden. Aber er hat nicht aufgemacht, und sein Wagen stand nicht auf dem Parkplatz. Da dachte ich, ihm sei irgendwas dazwischengekommen, bin ins Büro gefahren und habe stattdessen gearbeitet. Ich war schon etwas enttäuscht, zumal er sich dann seinen ganzen Urlaub über nicht gemeldet hat. Er ist auch nie an sein Handy gegangen, und bei seinem Festnetzanschluss war der Anrufbeantworter ausgeschaltet.«

»Warum haben Sie uns das nicht früher erzählt?«

Pekuni zuckte mit den Schultern.

»Ich dachte, das geht nur mich und ihn etwas an.«

»Herr Pekuni«, sagte Bruns. »Sie werden verstehen, dass wir das alles noch einmal präziser hören wollen ...«

Der Werftbesitzer sah nun fahl und elend aus. Er nickte resigniert.

Die weitere Befragung dauerte eine Stunde. Sie klopften Pekunis Aussagen über das fragliche Wochenende noch einmal in allen Einzelheiten ab, notierten Namen von Menschen, mit denen er zwischen Freitagabend und Montagmorgen zu tun gehabt hatte oder die ihn bei seiner Arbeit gesehen hatten. Sie fanden keine Widersprüche.

»Ist Ihnen auf der Werft in der letzten Zeit sonst irgendetwas aufgefallen?«, fragte Bruns.

Pekuni lehnte sich in seinem Stuhl zurück und blickte zur Lampe hinauf.

»Ich denke die ganze Zeit darüber nach. Wer hat wann was gesagt oder getan? Aber ich finde nichts, was mit Jaspers Tod in Zusammenhang stehen könnte.«

»Sind Ihnen in den vergangenen Monaten Gegenstände abhandengekommen?«

»Was meinen Sie damit?«

»Fehlen Ihnen zum Beispiel Treibanker, Kälteschutzdecken, Schwimmwesten, Leuchtpistolen oder ähnliche Dinge?«

»Das sind doch alles Sachen, die wir gar nicht im Programm haben.«

»Nein?«

Pekuni schien nachzudenken.

»Bis auf die Schwimmwesten, die sich die meisten Skipper selbst besorgen, gehört alles, was Sie genannt haben, zur Ausstattung von Rettungsinseln. Und solche Inseln stellen Pekuni und Praas seit Ende der Siebzigerjahre nicht mehr her. Wir hatten mal eine Abteilung, die Rettungsinseln baute, lange vor meiner Zeit, aber das Geschäft lohnte sich nicht mehr. Jetzt beziehen wir dieses Equipment für unsere Neubauten von Firmen in Hamburg, Rostock oder Stralsund. Da lassen wir sie bei Bedarf auch warten.«

Pekuni gab bereitwillig Auskunft zu allen Fragen, die ihm gestellt wurden. Während des Gesprächs zog er den einen oder anderen Ordner aus den Regalen hervor und gewährte der Polizei Einblick in Firmenbilanzen, Kalkulationen und Einkaufslisten.

»Um es noch mal zusammenzufassen: Was machen Sie mit den Inseln, die Sie beim Refit einer Jacht ausbauen?«, fragte Thoralf Bruns.

»Für die Wartung von Rettungsinseln gibt es genaue gesetzliche Bestimmungen. Eine neue Insel muss nach drei Jahren das erste Mal gewartet werden. Danach ist sie jedes Jahr der Inspektion bei einem Fachbetrieb zu unterziehen. Nach zwölf Jahren ist sie nicht mehr zugelassen und muss ausgetauscht werden. Wir achten darauf, dass die Schiffseigner diese Vorschriften einhalten, und weisen sie gegebenenfalls darauf hin.«

»Wenn aber die Zulassung abgelaufen ist, also nach zehn, zwölf Jahren?«, wollte Island wissen.

»Ich sage es gerne noch einmal: Nach zwölf Jahren ist eine Insel unbrauchbar und muss durch eine neue ersetzt werden.«

»Dann kauft man eine neue?«

»Selbstverständlich.«

»Was aber passiert mit denen, die ausgemustert werden?«

»Sie werden entsorgt.«

»Von Ihnen?«

»Wenn ein Kunde das wünscht, ja.«

»Wie geht das vonstatten?«

Helge Pekuni warf Island einen langen Blick zu.

»Die Inseln befinden sich in Plastikcontainern oder in Packtaschen. Sie werden ausgebaut und in einen Müllcontainer geworfen. Alles Weitere ist Sache der Müllbeseitigungs- und Recyclingfirma.«

»Sind diese Müllcontainer frei zugänglich?«

»Nein, natürlich nicht. Sie stehen in der Werkshalle, bis sie abgeholt werden.«

»Wir stellen diese Fragen nicht ohne Grund.«

»Das kann ich mir denken, aber ich weiß nicht ...«

»Ist es möglich, dass ein Mitarbeiter Ihrer Firma sich an diesen Containern bedient haben könnte?«

Pekunis Blick wurde unruhig.

»Wen meinen Sie?«

»Hatte Jasper Klatt Zugang zu den Containern?«

»Jasper? Natürlich hatte er Zugang, aber warum sollte er sich mit Müll abgeben?«

»Um damit Geld zu verdienen?«

»Mit Rettungsschrott?«

»Warum nicht?«

»Das ist lächerlich. Er war kein Idiot.«

Die beiden Polizisten schwiegen und sahen Helge Pekuni an. Der schlug mit der Faust auf die Schreibunterlage, auf der eine Rennjacht des America's Cup abgebildet war.

»Wenn er so etwas getan hat, dann ohne mein Wissen. Beim leisesten Verdacht hätte ich ihn sofort angezeigt und rausgeschmissen.«

»Aber es ist nicht grundsätzlich ausgeschlossen, dass er Dinge aus den Containern, sagen wir mal mitgenommen hat?«, bohrte Island weiter.

Helge Pekuni verneinte energisch. »Das kann ich mir nicht vorstellen. Das kann einfach nicht sein.«

Island ging über den Vorplatz und betrat die Werkshalle. Dutzen stand nachdenklich neben der aufgebockten Jacht und betrachtete den gemaserten Rumpf, der, von Seepocken, Algen und Muscheln gereinigt, darauf wartete, mit Bootslack oder Farbe versiegelt zu werden. »Vega« prangte in goldglänzenden Buchstaben auf einem geschnitzten Schild am Heck.

»Haben Sie hier was gefunden?«, fragte Island.

»Nein, nichts«, sagte Dutzen. »Dort sind die Stahlbehälter, in denen sie den Müll sammeln. Sie sind praktisch leer. Wenn Sie mich fragen, sieht es so aus, als sei hier vor kurzer Zeit sehr gründlich aufgeräumt worden.«

Island ging zu den großen grauen Metallkisten und warf einen Blick hinein. In einer lagen Kabel und dünne, verrostete Rohre, in der daneben befanden sich Lackreste. Der Boden eines weiteren Containers war mit leeren Farbdosen bedeckt.

»Wir müssen jemanden zu der Recyclingfirma schicken und die genauen Modalitäten der Müllabholung und -entsorgung erfragen. Wann haben sie zuletzt Schrott abgeholt, und was ist damit geschehen?«

»Hat Bruns schon angeordnet.« Dutzen grinste.

»Gut.«

Plötzlich fiel ihr etwas ein. Sie erinnerte sich daran, dass die Arbeiter bei ihrem Besuch vor zwei Tagen mit einer Seilwinde einen größeren, hellen Gegenstand von Deck gehievt hatten. Was war damit geschehen? Sie beschloss, noch einmal bei Pekuni nachzufragen.

Helge Pekuni saß am Schreibtisch, rauchte und zuckte zusammen, als sie das Büro betrat.

»Das Schiff in der Halle, die Vega, was ist das für ein Auftrag?«

»Die Jacht hatte ein Leck. Wir machen eine Generalüberholung. Die Vega ist ein älteres Schiff, Baujahr 1969. An diesen alten Damen ist immer was zu tun.«

Pekuni schwitzte. Island fragte sich, warum.

»Was ist eigentlich mit der Rettungsinsel des Schiffes passiert?«

»Wir haben sie zur Wartung nach Rostock geschickt.«

»Der Name der Firma?«

»Tüxen AG, Warnemünde.«

»Wo ist eigentlich Marietta Schmidt?«, fragte Island, während sie sich den Namen der Firma notierte.

»Immer noch krankgeschrieben«, erwiderte Pekuni.

»Was fehlt ihr?«

»Das weiß ich nicht.«

Pekuni wirkte hilflos, wie er an seinem fast leer geräumten Schreibtisch saß. So als wartete er darauf, dass ihm jemand sagte: Ihre Tätigkeit hier ist beendet, gehen Sie nach Hause.

»Sie führen die Werft allein?«

»Ja, seit mein Vater tot ist und Pieter Praas sich zurückgezogen hat.«

»Wann war das?«

»Vor ungefähr zwei Jahren.«

»Und wo erreiche ich Herrn Praas?«

»Im Winter auf Gran Canaria. Den Sommer verbringt er in seinem Haus auf dem Land. Wenn Sie Glück haben, ist er noch nicht nach Spanien abgereist. Seine Adresse hatte ich Ihnen bereits gegeben.«

»Wann haben Sie Herrn Praas zuletzt gesprochen?«

»Ende Juli, zur Fertigstellung unserer jüngsten Rennjacht, war er hier und hat mitgefeiert. Danach haben wir gelegentlich miteinander telefoniert. Aber auch das ist schon mehrere Wochen her.«

Draußen traf Island auf Bruns, der gerade im Begriff war, in die Bezirkskriminalinspektion zurückzufahren.

»Schon was von der Recyclingfirma gehört?«, fragte sie.

»Nein.«

»Ich werde dem Seniorchef der Werft, diesem Pieter Praas, einen Besuch abstatten«, sagte sie. »Hätte ich schon längst tun sollen.«

Thoralf Bruns Blick wurde ernst.

»Machen Sie das, aber verrennen Sie sich nicht. Die Durchsuchung der Werft hat keinerlei Ergebnisse gebracht. Wahrscheinlich stammten die Sachen, mit denen Klatt gehandelt hat, aus ganz anderen Quellen. Wir wirbeln hier nur unnützen Staub auf. Die Stadt Kiel ist auf ihre ortsansässigen Firmen angewiesen, besonders, wenn es Traditionsunternehmen sind. Erst vor wenigen Wochen hat Pieter Praas bei einer Feierstunde im Rathaus die goldene Ankernadel der Stadt Kiel erhalten. Ich lasse Ihnen den Zeitungsartikel gern raussuchen.«

»Nett von Ihnen«, sagte Island wenig beeindruckt.

31

Pieter Praas wohnte in der Nähe von Felde am Westensee. Island gab die Adresse in das Satellitennavigationsgerät ein und ließ sich von der Computerstimme über den Ostring und den Theodor-Heuss-Ring durch Kiel lotsen. Wegen der vielen Lkw ging es mal wieder nur stockend voran. Island fluchte und schlug auf das Lenkrad ein.

Hinter dem Ortsschild von Felde überquerte sie die Bahngleise und bog wenig später links ab. Die asphaltierte Straße ging zwischen den Feldern in einen Sandweg über und führte durch ein Waldgebiet mit Ferienhäusern. Die Sonne schien, und durch die Bäume hindurch sah Island den Westensee. Der Weg endete an einer dichten Buchenhecke, die nur von einem weiß gestrichenen Holztor unterbrochen wurde, an dem ein Schild mit der Aufschrift »Privat« prangte. Durch das Tor sah sie ein reetgedecktes Haus mit einer breiten, doppeltürigen Garage, vor der ein schwarzer Landrover stand.

»Sie haben Ihr Reiseziel erreicht«, verkündete die Computerstimme, aber Island schaute trotzdem noch einmal in ihrem Notizbuch nach. Wohnte der Werftbesitzer am Ende der Welt, in einer Ferienhaussiedlung? Und konnte es wirklich sein, dass fast jeder, der hier irgendwo auf dem Land lebte, einen Geländewagen fuhr? Automatisch notierte sie das Rendsburger Kennzeichen.

Sie stieg aus und sah sich nach einer Klingel um, fand aber keine. Das Tor war verschlossen und zusätzlich mit einem Vorhängeschloss gesichert. Sie nahm noch einmal ihr Notizbuch hervor und wählte die Nummer von Praas.

Es dauerte lange, bis sich eine verschlafene Männerstimme meldete.

»Bitte?«

»Island, Mordkommission Kiel. Spreche ich mit Herrn Pieter Praas?«

»Ja.«

»Ich stehe vor Ihrem Gartentor. Wären Sie so freundlich, mich reinzulassen?«

»Warum?«

»Weil ich mit Ihnen sprechen muss.«

»Dann tun Sie es doch.«

»Ich ermittle im Mord an Ihrem Werftmitarbeiter Jasper Klatt.«

Der Mann am anderen Ende der Leitung schwieg.

»Sind Sie noch dran?«, fragte Island.

»Sie kommen ungelegen.«

»Lassen Sie mich bitte trotzdem rein?«

»Sie müssen schon warten, bis ich Sie abhole«, schnarrte die Stimme.

In einem Fenster im Dachgeschoss bewegte sich die Gardine. Danach geschah etwa zehn Minuten lang nichts. Sie ballte die Hände in ihren Taschen. Auf dem Land gab es Gutsbesitzer und das einfache Volk. Praas zählte sich offenbar zu den Ersteren. Wenn man hier draußen hinter dichten Hecken lebte und sich auf seinem Grund und Boden verschanzte, verleitete das wohl zu Umgangsformen des vorvergangenen Jahrhunderts.

Gerade als sie noch einmal die Nummer von Praas wählte, wurde die Haustür geöffnet, und ein Mann kam den Weg entlang auf das Tor zu. Er hatte einen weißen Bademantel an und trug etwas über der Schulter. Es war ein Jagdgewehr. Er ließ sich ihren Dienstausweis zeigen, bevor er das Tor aufschloss.

»Vor wem haben Sie Angst?«

»Vor niemandem«, sagte der Mann. »Ich bekomme selten Besuch, da darf ich mich wohl vergewissern, um wen es sich handelt.«

Island nickte. »Sie wohnen allein?«

»Das ist meine Sache«, sagte Pieter Praas.

»Sicher.«

Schweigend gingen sie auf das Haus zu. Es war ein Fachwerkhaus mit Rosenbüschen zu beiden Seiten der Eingangstür und runden Gaubenfenstern im verwitterten Reetdach.

»Ehrlich gesagt, ist es mir unangenehm, dass ich Sie am helllichten Tage im Bademantel empfange«, sagte Pieter Praas, als sie den Eingang erreichten. »Aber ich saß gerade in der Wanne. Sie müssen nicht denken, dass ich immer so herumrenne.«

»Kein Problem«, sagte Island. Ich kriege ganz andere Sachen zu sehen, dachte sie, immerhin ist der Bademantel blütenweiß und riecht nach Aftershave, und er ist nicht vollgekotzt oder mit Blut bespritzt, und es stecken auch keine abgeschnittenen Ohren in den Taschen, wie neulich bei der Verhaftung eines Psychopathen in Neukölln.

Praas führte sie um das Haus herum. Der Boden aus Muschelschalen knirschte unter ihren Sohlen. Auf der Rückseite des Gebäudes, zum See hin, gab es eine windgeschützte und sonnenbeschienene Terrasse, auf der Blumenkübel mit Buchsbäumchen und ein paar Holzmöbel standen. Draußen auf dem See steckten dünne Holzpfähle im Wasser, an denen Netze befestigt waren. Ein Schwarm Gänse flog langsam auf das Ufer in Richtung Marutendorf zu.

»Sehr schöne Aussicht haben Sie hier«, sagte Island.

»Deshalb sind Sie ja nicht gekommen!« Praas setzte sich in einen Holzsessel und bedeutete ihr, Platz zu nehmen. Das Jagdgewehr legte er vor sich auf den Tisch. Es war eine alte, gut gepflegte Repetierbüchse mit Zielfernrohr.

»Was wissen Sie über Jasper Klatt?«

»Herr Klatt war der Neffe meines langjährigen Mitarbeiters Günther Mommsen«, sagte Praas nach einer Weile, in der er umständlich in seinen Taschen herumgekramt hatte. »Herr Mommsen hatte seinerzeit nach einem Job für seinen Neffen gefragt. Herr Klatt hat daraufhin in seinen Semesterferien ab und zu für uns gearbeitet. Mein Kompagnon Pekuni hat ihn später fest eingestellt. Soweit ich weiß, arbeitete er ganz vernünftig.«

»Er ist tot.«

»Ja, das tut mir leid, besonders für den alten Mommsen, denn er hat den Jungen praktisch großgezogen.«

Aus der Tasche seines Bademantels zog Praas schließlich statt eines blutigen Ohrs eine Packung Zigarillos. Er hielt sie Island auffordernd hin.

»Nein danke«, sagte sie.

Praas zündete sich einen Zigarillo an, nahm einen tiefen Zug und lehnte sich im Holzstuhl zurück.

»Seit wann hat Herr Mommsen für Sie gearbeitet?«

»Mommsen kam Anfang der Sechzigerjahre als junger Bootsbauer zu uns.«

»Wissen Sie von seiner Erkrankung?«

»Irgendwas mit den Atemwegen, ja. Er hat immer stark geraucht. Da muss einen das nicht wundern.«

Island nickte. Am liebsten hätte sie Praas entgegnet, dass er selbst ja ebenfalls rauche. Stattdessen fragte sie: »Als was war Herr Mommsen bei Ihnen beschäftigt?«

»Er hat alles gemacht, was anfiel: Malerarbeiten, Lackieren, mit Holz konnte er sehr gut umgehen. Manche haben ihn ›Goldfinger‹ genannt, weil er auch die kniffeligsten Dinge hinbekam. Später hat er eine eigene Abteilung übernommen. Damals, als wir noch Rettungsinseln gebaut haben.«

Plötzlich war aus dem Inneren des Hauses ein Geräusch zu hören. Es war ein lautes Gluckern, und Island schloss daraus, dass jemand das Wasser aus einer Badewanne ablaufen ließ.

Praas bemerkte Islands verwunderten Blick.

»Meine Putzfrau«, erklärte er.

Island nickte irritiert. Wie war die Person, die oben im Haus das Wasser abließ, hierhergekommen? Außer dem Landrover hatte kein weiterer Wagen vor dem Haus oder in der Auffahrt gestanden. Stammte die Putzfrau aus dem Ort und war zu Fuß oder mit einem Fahrrad durch Feld und Flur gekommen? Warum hatte sie das Gartentor so sorgfältig hinter sich abgeschlossen? Es lag ihr auf der Zunge, Praas danach zu fragen. Doch dann verwarf sie den Gedanken wieder.

»Bis wann haben Sie auf der Werft Rettungsinseln gebaut?«

»Bis 1982. Es gab zu viel Konkurrenz, vor allem von ausländischen Anbietern, da hat es sich einfach nicht mehr gelohnt. Wir haben die Inseln noch bis 1994 gewartet, das gehörte zum Service, aber dann war dieses Kapitel für unsere Firma abgeschlossen. Wir haben die Werft in anderen Bereichen erfolgreich weiterentwickelt, besonders im Bau von Schiffsrümpfen aus Polyester. Deshalb stehen wir heute so gut da.«

Island behielt ihn fest im Auge.

»Sind jemals Schiffe in Seenot geraten, die Ihre Inseln an Bord hatten?«

Praas sah sie erstaunt an. »Wie kommen Sie darauf? Ich weiß nicht, was das mit dem Tod von Klatt zu tun haben soll ...«

Island seufzte. »Wahrscheinlich nichts. Ich habe bisher bei der Kripo in Berlin gearbeitet. Da hatten wir nicht so viel mit maritimen Fragen zu tun. Ich arbeite mich gerade erst ein in diese ganzen Feinheiten an der Küste.« Sie rang sich ein Lächeln ab.

Pieter Praas nickte bedächtig, blies Rauch in die Luft und sagte: »Es mag Seenotfälle gegeben haben. Sicher. Ich kenne aber keinen Fall. Wir haben jedenfalls nie eine Reklamation erhalten, falls Sie das meinen.« Er drückte seinen Zigarillo im Aschenbecher aus.

»Was würden Sie dazu sagen, wenn ein Skipper sein

Schiff mit einer älteren Insel ausrüstet? Die er, nehmen wir einmal an, irgendwo gebraucht gekauft hat.«

»Dagegen ist nichts einzuwenden, sofern sie regelmäßig gewartet wurde und nicht älter ist als zwölf Jahre.«

»Wir haben Hinweise darauf, dass Jasper Klatt mit Zubehör solcher älteren Inseln gehandelt hat. Auch mit anderem gebrauchtem Jachtzubehör, GPS-Geräten zum Beispiel. Wo könnte er sich denn solche Dinge beschafft haben?«

Praas zog die Stirn in Falten.

»Ich habe keine Ahnung.«

»Was denken Sie?«

»Dazu denke ich gar nichts. Haben Sie einen konkreten Verdacht?«

Island wiegte den Kopf.

»Sagt Ihnen der Name Ove Neuner etwas?«

»Nie gehört. Wer ist das?«

»Ein Mann, dem wir gerne ein paar Fragen gestellt hätten.«

»Dann tun sie das.« Praas lächelte jovial.

Island lächelte schweigend zurück.

»Haben Sie eigentlich einen Waffenschein?«, fragte sie dann.

»Was denken Sie?«, fragte er.

Auf dem Rückweg durch den Wald grübelte Island immer noch darüber nach, wer bei Pieter Praas im Haus gewesen sein mochte. Praas hatte sie zu ihrem Wagen begleitet und das Tor sorgfältig hinter ihr verschlossen. Die sogenannte Putzfrau hatte sie nicht zu Gesicht bekommen. Hatte er zusammen mit dieser Person in der Badewanne gesessen, als sie, Island, bei ihm angerufen hatte? Soweit sie wusste, war der Werftbesitzer kinderlos und verwitwet. Sie wurde den Eindruck nicht los, dass er mehr über die Machenschaften von Jasper Klatt wusste, als er zugegeben hatte.

Bevor sie auf die Autobahn fuhr, wählte sie Lorenz' Nummer. Er ging sofort an den Apparat.

»Wo bist du?«, wollte er wissen.

»Auf dem Land«, sagte Island und blickte über die Leitplanke hinweg auf den Schilfgürtel des Flemhuder Sees. »Leider dienstlich.«

Und leider ohne dich, wollte sie sagen, aber es kam ihr nicht über die Lippen.

»Wann gehen wir essen?«

Sie sah auf die Uhr. Es war kurz nach halb eins.

»Wie wäre es um drei?«

»Wie soll ich es so lange aushalten?«, fragte er.

»Ohne Essen?«

»Nein, ohne dich.«

Sie musste lachen.

»Wo treffen wir uns?«, erkundigte er sich.

»Wie wäre es in der Seeburg? Das ist ein Restaurant am Wasser, in der Nähe der Kunsthalle. Findest du dorthin?«

»Sicher.«

»Bis dann!«

»Kiel ahoi«, sagte Lorenz, bevor er auflegte.

»Ahoi«, echote Island und trat aufs Gaspedal.

32

Die außerplanmäßig auf die Mittagszeit verlegte Dienstbesprechung um dreizehn Uhr verlief chaotisch, denn ständig wurde jemand zum Telefon gerufen. Bruns berichtete von den Fortschritten im Fall van Loun. Die Befragung von Bordpersonal und Passagieren der Stena-Line war vorbereitet worden. Jeden Abend um sieben legte eines der beiden Schiffe, die Stena Scandinavica oder die Stena Germanica, vom Schwedenkai in Kiel ab, um am nächsten Morgen den Hafen von Göteborg zu erreichen. Im Fokus der Untersuchung waren die Fahrten zwischen dem 5. und dem 7. September.

Nach kurzem Zögern hatte die Reederei die betreffenden Passagierlisten übermittelt. Und tatsächlich waren die Kollegen von der Kripo fündig geworden: Van Loun hatte am Montag, dem 5. September, am Schalter in Kiel eingecheckt und seinen Wagen als einer der letzten Reisenden an Bord gefahren. Er hatte eine Zweibettinnenkabine der Komfortklasse gebucht und sein Ticket bar bezahlt. Die Frage, ob er allein gereist war oder sich auf dem Schiff mit jemandem getroffen hatte, war noch nicht zu klären gewesen. Die Videobänder, die die Überwachung der Schalterhalle und der Schiffsdecks dokumentierten, waren von der Reederei bisher nicht an die deutsche Polizei ausgehändigt worden. Angeblich waren die Aufnahmen längst automatisch gelöscht.

Staatsanwalt Lund versuchte bislang vergeblich, Licht in die Angelegenheit zu bringen. Immerhin lagen inzwischen die Namen der Kabinennachbarn van Louns vor. Aber es war schwierig, die Reisenden aufzutreiben, um ihnen Fragen zu stellen, denn sie hatten sich längst in alle skandinavischen Winde verstreut.

Die schwedische Polizei hatte mittlerweile herausgefunden, dass der Wagen van Louns am 6. September auf einem der Autodecks der Stena Scandinavica verlassen vorgefunden worden war. Man hatte ihn von dort abschleppen lassen und auf einem Parkplatz im Göteborger Hafen abgestellt. Inzwischen war das Fahrzeug wieder nach Kiel verschifft worden, um von der Kriminaltechnischen Abteilung untersucht zu werden.

Als Bruns auf den Fall Jasper Klatt und die Ergebnisse der Durchsuchung der Werft zu sprechen kam, machte er ein mürrisches Gesicht.

»Wir wissen bisher nicht, wo sich Klatt und Neuner die Dinge, mit denen sie gehandelt haben, beschafft haben«, sagte er. »Die Vermutung, dass die Sachen von der Werft Pekuni und Praas stammen könnten, hat sich bislang nicht bestätigt. Der Betreiber der Website, auf der der Schrott angeboten wurde, gab uns alle noch vorhandenen Daten heraus. Aber Pech gehabt: Es wurde eine nicht existierende Scheinadresse benutzt. Weder wissen wir, wo Klatt und Neuner die Dinge gelagert haben, noch von wo aus sie sie an die Kunden verschickt haben.«

»Und die Kundendaten?«, fragte Dutzen. »Wer hat die Sachen gekauft?«

»Diese Informationen wurden gelöscht.«

»Was?«

»Da war ein Hacker am Werk. Das LKA versucht, zusammen mit dem Websitebetreiber die entsprechenden Angaben zu rekonstruieren. Bis dahin tappen wir, was die Kunden angeht, im Dunkeln.«

»Mist«, sagte Franzen leise.

»Wir brauchen was Konkretes, dem wir nachgehen

können«, sagte Bruns. »Wo sind die Sachen versteckt? Ist Neuner vielleicht dort untergetaucht?«

Mit schüchterner Stimme meldete sich Karen Nissen zu Wort: »Vielleicht haben die beiden die Sachen ja im Netz ersteigert, ein bisschen abgewartet und später dann weiterverhökert.«

Bruns machte eine abwehrende Handbewegung. »Solange wir bei diesen Fragen nicht weiterkommen, müssen wir uns auf die persönlichen Beziehungen von Jasper Klatt konzentrieren. Mit wem war er befreundet? Hatte er eine ernsthafte Liebesbeziehung? Mir ist das ganze Bild dieses Menschen noch viel zu vage. Die meisten Leute haben ihn als gut aussehend, attraktiv und sympathisch geschildert. Wo ist die Bruchstelle in seiner Biografie? Warum beschaffte er sich auf diese Weise Geld? Wir haben hier noch gar keine Ermittlungsergebnisse.« Er sah Island scharf an, als sei es ihr anzulasten, dass diese Fragen noch nicht geklärt waren. Island starrte die gegenüberliegende Wand an und biss sich auf die Unterlippe.

»Klar, da sollten wir dranbleiben«, räumte sie dann ein. »Was war zum Beispiel zwischen Helge Pekuni und seinem Lieblingsmitarbeiter? Was ist Pekuni für ein Mensch? Geht es ihm wirtschaftlich so rosig, wie er vorgibt? Natürlich fahnden wir auch weiter nach Ove Neuner, der sich allein schon durch sein panisches Verhalten verdächtig gemacht hat, aber ...«

»Ein Verdächtiger, der Ihnen entkommen ist, Frau Kollegin.« Dutzen machte eine angedeutete Verbeugung in ihre Richtung.

Unbeirrt fuhr sie fort: »Aber wir sollten uns außerdem noch etwas anderes fragen. Nämlich, ob es darüber hinaus jemanden gibt, der Grund hatte, sich an Klatt zu rächen. Es ist doch möglich, dass irgendwer durch die alten, mangelhaften Rettungsgerätschaften zu Schaden gekommen ist. Ich würde in diesem Zusammenhang gern die Frage klären, ob es in der letzten Zeit einen Unfall auf See gegeben hat, bei dem Menschen schwer verletzt wurden oder gar zu Tode gekommen sind.«

»Wie sollen wir das herausfinden?«, wollte Henna Franzen wissen.

»Seenotfälle in aller Welt?« Wieder einmal lachte Dutzen spöttisch. »In welchem Zeitraum sollen wir da suchen? Und wo, glauben Sie, sollte es geschehen sein? Wenn jemand vor Australien aus einem Ruderboot gefallen ist, der eine von Jasper Klatt verkaufte Schwimmweste getragen hat und von einem Hai gebissen wurde, kommt der dann nach Kiel und tötet ihn?«

»Können Sie das ausschließen?«, beharrte Island.

Dutzen rollte genervt die Augen. »Bloß weil Sie jetzt in Kiel sind, müssen Sie doch nicht glauben, dass man alles, was hier passiert, vom Wasser ableiten kann oder gar vom großen, großen Meer.«

»Danke für den Hinweis«, sagte Island trocken. »Dann weiß ich ja Bescheid.«

Dutzen nahm einen Kugelschreiber aus der Brusttasche seines Hemdes und klickte damit herum.

In die entstehende Pause sagte Bruns:

»Bleiben wir bei den Fakten. Wir haben eine flüchtige Person: Ove Neuner. Er ist labil, nimmt Drogen und ist arbeitslos. Bei seinem Freund Jasper Klatt hat er Schulden, die er nicht zurückzahlen kann. Er hat eine wie auch immer geartete Beziehung zu Mona Moorberg, einer Exfreundin von Klatt. Die beiden Männer könnten zusammen in die Angelhütte gefahren sein, um Wein zu trinken, oder auch einfach, um zu angeln. Dort geraten sie in Streit wegen des Geldes oder wegen der Frau. Der Streit eskaliert. Neuner fesselt seinen Freund und wirft ihn in den Fluss.«

»In dem er nicht ertrinkt, sondern erstickt?«, fragte Island.

Franzen nickte aufgeregt. »Vielleicht hatte er Angst vorm Wasser, und in seiner Panik setzte sein Herz aus.«

Island schüttelte den Kopf. »Niemand hat etwas davon erzählt, dass Jasper Klatt Angst vor Wasser hatte. Er hat leidenschaftlich gern gefischt. Wenn sich ihm die Gelegenheit bot, ging er segeln.«

»Vielleicht hatte er im Wasser einen Asthmaanfall. Sein Onkel hat ja auch eine Lungenkrankheit.« Dutzen hüstelte theatralisch.

»Konnte die Obduktion das belegen?«

»Die Leiche war zu stark verwest.«

»Eben.«

»Vielleicht hat sein Freund ihn mit einer Plastiktüte erstickt und ihn dann ins Wasser geworfen.« Franzen ließ nicht locker.

»Kein Gutachten belegt das.« Island merkte, dass sie wütend wurde. »Neuner hat für den infrage kommenden Zeitraum ein Alibi. Außerdem hatte er schon mal einen Bandscheibenvorfall und konnte deshalb nicht mehr putzen. Könnte er dann einen achtzig Kilo schweren Mann durchs Schilf schleifen?«

»Ist es bewiesen, dass er immer noch was an den Bandscheiben hat?«, hielt Falk Taulow dagegen. »Schließlich arbeitete er doch im Garten seiner Eltern.«

»Wenn wir ihn eingefangen haben«, sagte Dutzen, »drehen wir ihn so lange durch die Mangel, bis er gesteht.«

»Macht man das so in Kiel?«, hörte Island sich fragen und wusste gleichzeitig, dass sie es besser nicht gesagt hätte. Im Raum herrschte eisiges Schweigen.

33

Als Island um kurz nach drei einen Parkplatz auf dem Gehweg vor dem Institut für Meereskunde fand, nur eine Minute vom Restaurant in der Seeburg entfernt, dachte sie immer noch über die Dienstbesprechung nach. Alle, die am Morgen motiviert und unter Hochspannung ihre Arbeit begonnen hatten, wirkten mittlerweile enttäuscht und abgekämpft. Die Diskussion war auf Nebenkriegsschauplätze abgeglitten. Es fehlte die Offenheit, gemeinsam im Team in alle möglichen oder auch unmöglichen Richtungen zu denken. Zum jetzigen Zeitpunkt der Ermittlungen, wo sich nichts konkretisieren ließ, war das außerordentlich kontraproduktiv. Was ihr zu schaffen machte, war, dass sie nicht genau wusste, warum die Stimmung in der Gruppe so umgeschlagen war. War es die Enttäuschung darüber, auf der Werft nicht fündig geworden zu sein? Oder steckte dahinter irgendetwas anderes, was sie nicht einschätzen konnte, weil ihr wichtige Informationen fehlten?

Island betrat das Restaurant, dessen Gastraum in der ersten Etage über der Wasserpromenade lag, und hielt nach Lorenz Ausschau. Er saß an einem Fenstertisch und schaute über die Förde. Unten am Ostseekai lag eine Dreimastbark und wiegte sich kaum sichtbar in der Hafendünung. An der Kiellinie, wie die Promenade am Wasser genannt wurde, waren Spaziergänger und Skater unterwegs. Also gab es doch noch Kieler, die ohne Angst vor einem psychopathischen Serienmörder den warmen Herbsttag genossen.

Lorenz umarmte sie zur Begrüßung.

Die Bedienung eilte herbei und brachte die Speisekarten.

»Gibt es noch Mittagessen?«, fragte Olga.
Die Kellnerin nickte.
Olga bestellte ein Jägerschnitzel mit Pommes Frites, Lorenz wollte unbedingt Fisch essen und nahm kanadischen Wildlachs mit Reis und Salat.
»Regionale Spezialitäten«, stichelte Olga Island. »Wenn man schon hier ist, muss man Fisch essen, auch wenn er aus Kanada importiert ist.«
»Genau.« Lorenz lachte vergnügt.
»Was hast du heute so gemacht?«
»Habe ausgeschlafen und war gemütlich frühstücken, in einem Café in der Nähe des Hotels. Da gab es sehr guten Flavoured Coffee.«
Olga zog eine Grimasse. Kaffee mit künstlichem Aroma war nicht ihr Fall. Er erinnerte sie an eine Dienstreise in die USA vor ein paar Jahren. Sie fand es albern, dass es seit einiger Zeit auch in Deutschland modern war, Kaffee mit Karamell- oder Zimtaroma zu sich zu nehmen. Bald würde es Kaffee mit Espresso- oder Mokkaaroma geben, dazu halbfette Milch mit Vollmilchgeschmack.
»Ich habe ausführlich Zeitung gelesen«, erzählte Lorenz fröhlich. »Dann bin ich nach Falckenstein gefahren zu einem Strandspaziergang. Sehr nett. Man läuft an der Ostsee entlang und sieht den großen Pötten hinterher, die am Leuchtturm vorbeifahren. Jede Menge Surfer waren draußen, und es haben wirklich noch Leute gebadet. Nur du hast mir gefehlt zu meinem Glück.«
Die Serviererin brachte die Getränke, ein Mineralwasser für Olga und ein Bier für Lorenz.
»Und wie bist du zum Strand gekommen? Mit dem Bus?«
»Äh, nein.«
»Wie dann?« Sie sah von ihrem Mineralwasser auf.

Lorenz strahlte.

»Ich bin mitgenommen worden.«

Sie merkte, wie die Kohlensäure in ihrer Nase brannte.

»Sag jetzt nicht, von der Frau von gestern Abend.«

»Na, doch! Habe sie heute Morgen beim Frühstücken zufällig wiedergetroffen. Sie war auch in diesem Café, Exlex oder wie das heißt. Ist anscheinend ein angesagter Laden.«

»Gesetzlos.«

»Was?«

»Exlex heißt gesetzlos oder außerhalb des Gesetzes.«

Er stellte sein Bier auf den Bierdeckel zurück und wischte sich mit dem Zeigefinger über die Oberlippe. Sein Blick verfinsterte sich.

»Moment mal, Frau Kommissarin. Ich komme hierher, und du hast null Zeit für mich. Da darf ich ja wohl noch mit anderen Menschen sprechen, oder was?«

Olga spürte, wie sich ihr Magen zusammenzog.

»Du kannst reden, mit wem du willst, aber nicht mit der Presse. Und nenn mich nicht Frau Kommissarin!«

»Presse?«

»Die Frau arbeitet bei einem Privatsender. Sie macht Berichte über unseren aktuellen Fall. Hat sie dich irgendwas gefragt, zum Beispiel, woran ich gerade arbeite?«

Lorenz sah sie fragend an, dann legte er los:

»Hör mal, meine Schöne. Du bist nicht der Mittelpunkt der Welt. Für mich ja, sicher, aber nicht für alle Menschen unter der Sonne. Ich habe mich ganz harmlos mit der Frau unterhalten, während sie einen Vanillekaffee und ich einen mit Haselnussaroma trank. Danach sind wir an den Strand gefahren und ein Stück zusammen spazieren gegangen. So what?«

»Und? Worüber habt ihr geredet?«

»Jedenfalls nicht über dich. Sorry, wenn ich dich enttäuschen muss. Wir haben über Kunst geredet und darüber, dass wir beide in Kreuzberg wohnen. Solche Sachen eben.«

»Solche Sachen ...«

Das Essen wurde serviert. Es sah gut aus und roch verführerisch, aber Island war der Appetit vergangen. Sie stocherte in den Pommes herum und schob dann den Teller von sich.

»Komm, nun sei doch nicht sofort beleidigt, bloß weil ich einmal mit einer Frau am Strand spazieren gehe, wenn du keine Zeit hast!«

Island funkelte ihn an. Sie hatte sich auf das Essen mit ihm gefreut, aber jetzt hatte sie große Lust, den Teller an die Wand zu werfen.

»Ist mir egal, mit wem du unterwegs bist, bitte schön. Aber ich komme in Teufels Küche, wenn es rauskommt, dass du mit einer Pressetante wie auch immer geartete Informationen ausgetauscht hast.«

»Dann bist du nicht einmal mehr eifersüchtig?«, fragte er, und auf seiner Stirn erschien eine tiefe Falte.

»Ach, ich meine doch ...«

Sie starrten sich an.

Plötzlich lachte Lorenz los, sodass die Kellnerin aufmerksam wurde und zu ihnen herüberschaute.

»Scheiße«, sagte Island, »tut mit leid, es ist gerade alles ein bisschen viel.«

»Pass auf«, sagte Lorenz, »ich bestelle uns beiden jetzt ein schönes Stück Torte, und dann erzähle ich dir von Siena und Florenz und von Venedig. Da müssen wir zusammen hinfahren! Ich habe dort unglaublich tolle Leute kennengelernt.«

Er rief nach der Kellnerin und orderte Milchkaffee

und Himbeertorte. Und während am Tresen der Milchaufschäumer fauchte, verspeiste er in Windeseile seinen Lachs mit sämtlichen Beilagen, während er in die glühendsten Schilderungen der italienischen Landschaft, des wunderbaren Essens und der entspannten Mentalität der Menschen verfiel.

Torte und Kaffee wurden gebracht, und während Island im heißen Getränk rührte, beobachtete sie Lorenz beim Reden. Er hatte Milchschaum an der Oberlippe und sprühte vor Kraft und Lebensfreude. Sie hingegen fühlte sich müde und kaputt. Wenn ich mir etwas wünschen dürfte, dachte sie, wären es ein paar Gramm Unbekümmertheit, Mut und jugendliche Frische, die ich mir intravenös spritzen würde, damit ich aufstehen und weitermachen kann. Und sie sah sich an dem Braun seiner Augen fest und dachte für einen Moment an nichts als an diese Farbe.

»Und die Villa Massimo in Rom. Dort für ein Jahr zu arbeiten, das wäre ein Traum!«, plapperte er aufgekratzt. »Wenn ich nach Kiel ziehe, kann ich mich auf ein Landesstipendium dafür bewerben. Ich glaube, ich hätte dabei gute Chancen.«

Island biss vor Schreck in ihre Kuchengabel. Hatte sie richtig gehört? Hatte er gesagt, er wolle nach Kiel ziehen? Sie kam nicht dazu, irgendetwas darauf zu antworten, denn ihr Handy klingelte.

Es war Jan Dutzen.

»Ein Bauer aus Probsteierhagen hat angerufen. Da liegt ein Toter in der Hagener Au, querab von Laboe. Fahren Sie selber raus, oder soll ich Sie irgendwo abholen?«

»Ich komme selbst, danke.«

Jan Dutzen beschrieb ihr den Weg.

Sie sah Lorenz tief in die Augen.

»Lass uns nachher drüber reden, ja? Ich muss schon wieder los. Es tut mir wirklich ...«

Er nahm ihre Hände und zog sie zu sich heran.

»Schon gut«, sagte er. »Ich warte auf dich. Und denk dran, Darling, egal ob du deinen Mörder schnappst oder nicht, heute Abend schläfst du bei mir!«

Sie strich ihm durch das blonde, strubbelige Haar und ging hinaus. Er sollte sie gefälligst nicht »Darling« nennen, das war theatralisch und albern und einer Hauptkommissarin nicht angemessen. Aber der Klang seiner Stimme ließ die feinen Härchen auf ihren Unterarmen flimmern. Plötzlich war die Müdigkeit wie weggeblasen. Sie war wach, ihre Gedanken waren klar. Sie dachte: Eine weitere Leiche, in einem Bach, also in Süßwasser. Das ist kein gutes Zeichen. Das bedeutet, dass das Töten noch nicht zu Ende ist. Wenn wir nicht endlich eine Spur finden, wird es weitergehen.

34

Hinter dem Dorf Lutterbek, das sie gegen halb fünf erreichte, lagen ein paar Gehöfte in der sattgrünen, leicht hügeligen Landschaft. Eines wurde in den örtlichen Kartenwerken mit Feldscheide bezeichnet, ein anderes, das ein paar hundert Meter weiter in Richtung der Steilküste und abseits der Landstraße lag, trug den Namen Hohenstein. Dort, zwischen den Scheunen und Wirtschaftsgebäuden, standen die Wagen ihrer Kollegen.

Island parkte neben einer Hecke. Im Schatten eines Birnbaumes wartete Franzen auf sie.

»Da hinten ist es«, sagte sie.

Zusammen gingen sie über eine von Pferdehufen zertretene Koppel, die von einem niedrigen Holzlattenzaun begrenzt wurde. Von der Höhe, auf der sie standen, konnte man bis nach Laboe blicken. Wie ein drohender Finger ragte das Ehrenmal für die Toten der Seekriege in den blauen, wolkenlosen Himmel. Unten, in einem weiten, flachen Tal, schlängelte sich die Hagener Au durch feuchte Wiesen und Pferdeweiden. Dort unten standen Bruns, Taulow und Dutzen und betrachteten etwas am Boden Liegendes. Island und Franzen kletterten über den Zaun und bahnten sich einen Weg durch das ungemähte Gras zu ihnen hinab.

Hinter einer engen Biegung des Flüsschens hatte sich eine Sandbank gebildet, und dort lag ein Körper, um den sich die Mitarbeiter der Spurensicherung in ihren weißen Schutzanzügen wie ein Insektenschwarm scharten. Als sie die Stelle erreicht hatten, sah Island, dass es ein mittelgroßer, kräftiger Mann war. Sie schätzte sein Alter auf sechzig bis siebzig Jahre. Seine langen, weißen Haare klebten an einem unrasierten Hals. Der Mann war nackt. Die Hände waren auf dem Rücken gefesselt und die Knie zusammengeschnürt. Island fiel auf, das sein linkes Bein vom Hüftansatz bis zum Fußgelenk mit verwachsenen hellen Narben überzogen war.

»Verdammt«, sagte sie und presste die Zähne aufeinander.

Bruns hielt die Arme vor der Brust verschränkt, massierte mit Daumen und Zeigefinger sein Kinn und nickte stumm.

Dutzen und Taulow redeten leise miteinander. Karen Nissen stand etwas abseits und sprach mit einem Mann in Jeans und blauer Arbeitsjacke, der sich am Hinterrad seines Traktors abstützte.

Henna Franzen hockte sich nieder und starrte die Leiche an.

Bruns räusperte sich. »Sieht aus wie bei dem Toten in der Schwentine«, sagte er. »Dieselbe Art der Fesselung. Und auch wieder im Wasser abgelegt.«

»Fast zu ähnlich«, murmelte Island, kniete sich neben Franzen und betrachtete den Toten. Er schien noch nicht lange im Wasser gelegen zu haben, denn die Haut war zwar runzelig, aber nicht aufgedunsen. Die Augen waren geschlossen. Wären da nicht die brutale Fesselung und am Hals ein brauner Striemen, über dem sich dunkle Stellen abzeichneten, hätte man meinen können, er würde friedlich schlafen.

»Das ist anders.« Sie deutete auf die violette Verfärbung, die sich unterhalb des Adamsapfels bis zum Genick zog.

»Warten wir die Obduktion ab«, meinte Bruns.

»Wie lange ist er tot?«, fragte Island.

Ein junger Gerichtsmediziner, den Island noch nicht kannte und der sich an der Leiche zu schaffen machte, nuschelte ein paar unverständliche Worte, die Bruns für alle anderen laut wiederholte.

»Noch keine vierundzwanzig Stunden. Todeseintritt gestern Abend oder in den frühen Nachtstunden.«

»Wer hat ihn entdeckt?«

Dutzen wies auf einen Feldweg, in dessen unterem Teil nahe der Au breite Reifenprofile zu erkennen waren.

»Der Bauer von Hohenstein, mit dem Nissen gerade spricht, hat ihn gefunden«, sagte er. »Er kam mit dem Traktor den Weg von der Feldscheide herunter, um Pfähle für einen Zaun zu setzen.«

»Fundort gleich Tatort?«

»Noch unklar. Der Bauer hat jedenfalls alle potenziellen Reifenspuren kaputtgefahren«, fügte Dutzen hinzu.

»Das wird Friemelarbeit, noch Spuren eines anderen Fahrzeugs zu finden, wenn welche da waren.«

»Wer wohnt auf dem Hof vorne an der Straße?«, wollte Island wissen und zeigte auf das Haus am Ende des Feldwegs.

»Ein älteres Bauernehepaar. Sie sind für zwei Wochen verreist. Ihre Felder bewirtschaftet der Landwirt auf Hohenstein.«

»Hinweise auf die Identität des Toten?«

»Noch keine.«

»Und wer lebt auf Hof Hohenstein?«

»Eine Großfamilie mit einer Horde Kinder.«

»Dann wollen wir mal«, seufzte Island.

Sie ließ sich vom Fotografen der Beweistechnik ein Polaroidbild vom Gesicht des Toten geben. Gemeinsam mit Franzen, die froh zu sein schien, endlich von der Leiche wegzukommen, stieg sie den Hügel zu den Häusern hinauf. Sie platzten mitten in eine Geburtstagsfeier, die ungeachtet des Polizeieinsatzes im Garten hinter dem großen Wohnhaus stattfand. Ein langer, mit einem Strauß Astern geschmückter Tisch stand unter Apfelbäumen. Kinder liefen herum und versuchten, das Geburtstagsgeschenk, ein schwarz-weiß geflecktes Kaninchen, wieder einzufangen. Die Erwachsenen schüttelten die Köpfe, als Island das Foto herumzeigte.

Ein kleines Mädchen kam angerannt, und ehe seine Mutter es daran hindern konnte, hatte es einen Blick darauf geworfen.

»Die Kinder«, schrie die Frau und zog mit einer Hand ihre Tochter zur Seite. »Lassen Sie gefälligst die Kinder da heraus!« Doch die Kleine riss sich los.

»Den kenne ich«, sagte das Mädchen und nickte ernst. »Das ist der Papa von Lotta und Tom.«

35

Lotta und Tom Larssen wohnten im Heikendorfer Weg 53 in Laboe. Als Island zusammen mit Franzen vor dem Bungalow hielt, brannte in dem kleinen Fenster neben der Eingangstür Licht. Sie trafen drei Mitglieder der Familie Larssen zu Hause an: die zehnjährige Lotta, ihren fünfzehnjährigen Bruder Tom und ihre Mutter Marie Larssen, achtunddreißig Jahre alt.

»Frau Larssen, können wir Sie bitte allein sprechen?«

Mit einer energischen Geste schickte Marie Larssen die Kinder ins Wohnzimmer und zog die Tür zu. Auf dem Gesicht der großen, dunkelhaarigen Frau lag angespannte Nervosität.

»Kennen Sie die Person auf diesem Foto?«, fragte Island und hielt ihr das Polaroid hin.

Marie Larssen warf einen Blick darauf und nickte.

»Das ist mein Mann. Ist er tot?«

Sie sah ängstlich von Island zu Franzen, die beide abwartend schwiegen. Island legte sich ein »Es-tut-uns-sehr-leid-es-Ihnen-auf-diesem-Wege-mitteilen-zu-müssen« zurecht, als die Frau plötzlich wie eine Furie losschimpfte: »Das musste ja so kommen! Das war ja völlig vorhersehbar!«

»Wie meinen Sie das?«

»Wie ich es gesagt habe!«

»Ihr Mann ist, wie es aussieht, keines natürlichen Todes gestorben«, begann Franzen schüchtern.

»Und was heißt das?«, fragte Marie Larssen mit wütender Stimme, in der unüberhörbar ein bayrischer Akzent lag.

»Das heißt, dass wir die Umstände, unter denen Ihr Mann gestorben ist, klären müssen«, sagte Olga Island ruhig. »Dazu haben wir Fragen an Sie. Die erste wäre: Wann haben Sie Ihren Mann das letzte Mal gesehen?«

Marie Larssen sah sie entsetzt an.

»Herrgott. Heute ist Freitag, ich glaube am Montag. Abends, als ich von einem Diavortrag in der Lesehalle heimkam. Da trafen wir uns vor der Badezimmertür. Aber das war reiner Zufall. Normalerweise sehen wir uns kaum ...«

»Lebten Sie getrennt?«

»Ja und nein.«

»Was meinen Sie damit?«

»Haben Sie mal mit einem Genie zusammengewohnt?«, fragte die Frau angriffslustig. »Tun Sie es nicht, es ist eine Katastrophe! Mein Mann und ich hatten uns nicht mehr viel zu sagen. Er lebte in seiner eigenen Welt. Wir waren ihm zu laut und zu nervig. Deshalb hat er die meiste Zeit in seinem Schuppen unten am Hafen verbracht, in seinem Laboratorium. Manchmal kam er spät in der Nacht nach Hause und schlief auf dem Sofa im Wohnzimmer, meistens blieb er aber nachts weg. Er war zu genial für uns. Deshalb hat er gesoffen ohne Rücksicht auf Verluste.«

Island nickte. Genie hin oder her. Es war eine mehr oder weniger durchschnittliche Ehekrisengeschichte, die sie so oder so ähnlich in ihrer Laufbahn schon viele Hundert Mal gehört hatte.

»Womit bestreiten Sie Ihren Lebensunterhalt?«

»Ich arbeite.«

»Wo?«

»In der Bäckerei unten am Probsteier Platz, vierzig Stunden die Woche als Verkäuferin.«

»Und ihr Mann?«

Marie Larssen seufzte. »Lars ist Chemiker. Oder besser gesagt, er war es mal. Er hat ein paar Erfindungen gemacht. Patente, wissen Sie? Davon konnten wir früher einmal gut leben. Aber in den letzten Jahren nicht mehr. Ein Teil der Patente ist abgelaufen, und mein Mann war zu kaputt, um sich um eine Verlängerung zu kümmern.«

»Hatte er Feinde?«

»Davon weiß ich nichts. Er hatte aber auch keine Freunde mehr.«

»Sie sind wesentlich jünger als Ihr Mann«, bemerkte Island.

»Dreißig Jahre«, sagte Marie Larssen, zog ein Taschentuch aus der Hosentasche und schnäuzte sich. »Das war alles ein großer Fehler. Ich war dreiundzwanzig und arbeitete als Krankenschwester an der Uniklinik in München, als ich Lars kennenlernte. Er hatte sich bei einem seiner Experimente die Haut an den Beinen verätzt und lag für ein paar Wochen auf meiner Station. Noch am Tag seiner Entlassung hat er begonnen, mich anzurufen. Ließ nicht locker. Das hat mich damals beeindruckt. Den Rest kann man sich denken. Es war komplett falsch, mit ihm hierher zu ziehen. Er wollte unbedingt zurück an die See, weil er hier die besten Jahre seines Lebens verbracht hatte. Aber ich habe mich hier nie richtig eingelebt.«

»Was ist das für ein Labor, unten am Hafen?«, wollte Island wissen.

»Lassen Sie uns hingehen. Ich habe keinen Schlüssel, aber Lars hat seinen immer an derselben Stelle versteckt: in einem Loch hinter der Regenrinne.«

Es war achtzehn Uhr dreißig, als sie das kastenförmige, graue Gebäude hinter dem Kontor des Hafenmeisters erreichten. Von der Mole vor dem Seglerhafen legte gerade ein Hafendampfer ab. An Deck war kein Mensch zu sehen. Bald würde die Fährverbindung wegen des Winterfahrplans eingestellt werden. Noch aber fuhren die Fährschiffe der kommunalen Verkehrsbetriebe mehrmals am Tag die Strecke über Friedrichsort bis zum Hauptbahnhof Kiel und zurück.

Fröstelnd zog Island die Schultern zusammen. Wie vertraut ihr dieser Anblick war, wie vertraut das Tuckern der Schiffsmaschinen, der Geruch von Öl und Schiffsdiesel, das Schmatzen der Wellen, die an den Spundwänden leckten. Viele Jahre hatte sie hier draußen verbracht: kurze, heiße Strandsommer, in denen Salz, Sand und Sonne die Haut wie Feuer brennen ließen, und lange, feuchtkalte Winter, in denen tote Schwäne auf den Sandbänken am Rande der Förde lagen, unter der grauen Farbe des Himmels, die wie die Kälte durch Mark und Bein zu dringen schien.

Marie Larssen führte sie zum Eingang des Schuppens. Die beiden Polizistinnen bemerkten sofort, dass die Tür nur angelehnt war. Henna Franzen bat Frau Larssen zurückzutreten. Sie zog ihre Dienstwaffe und entsicherte sie. Olga Island drückte die Tür auf und spähte vorsichtig hinein. Es roch nach Bier und nach undefinierbaren Chemikalien.

Offenbar war niemand im Schuppen. Island betrat den großen Raum mit der hohen Decke, Franzen folgte ihr. Vor den Fenstern, von denen aus man die Masten der im Hafen dümpelnden Jachten sah, stand eine schwere Werkbank aus Holz. Darauf herrschte ein Chaos aus zerbrochenen Flaschen, umgestürzten Bunsenbrennern und Abfall. Ein Metallregal war aus der Wand gerissen und auf den Kühlschrank gefallen, der in einer Abseite stand. Bücher, Papiere und Bierflaschen lagen auf dem Boden verstreut, dazwischen Bettzeug und ein umgekippter Stuhl.

»Sieht nach Kampf aus«, bemerkte Franzen.

Island nickte.

»Rufen Sie die Spurensicherung.«

Eine halbe Stunde später war Hans-Hagen Hansen mit zwei Kollegen des Kommissariats der Beweissicherung und Kriminaltechnik vor Ort. Die übrigen trafen ein, nachdem sie die Arbeiten an der Hagener Au vorläufig abgeschlossen hatten. Die Kriminaltechniker waren sich rasch einig, dass es sich bei dem Schuppen um den Tatort handeln könnte, denn man fand unter dem Bett eine sogenannte Garotte, ein Strangulationswerkzeug, das aus einem Draht bestand, an dem zwei Messinggriffe befestigt waren.

»Habe ich noch nie gesehen, so was«, sagte Franzen.

»Man wirft die Drahtschlinge um den Hals und zieht sie von hinten zu, bis das Opfer tot ist«, erläuterte Island. »Wurde im Zweiten Weltkrieg von Nahkampfeinheiten benutzt.«

»Passt das irgendwie auch zu dem Toten in der Schwentine?«

»Es passt immerhin zu den Spuren am Hals von Lars Larssen.«

»Er wurde also erdrosselt?«

»Wir werden es bald wissen.«

Hansen winkte die beiden Kommissarinnen heran.

»Das könnte Sie interessieren«, sagte er und zog mit behandschuhter Hand eine braune, abgenutzte Wachstuchjacke aus einer Plastiktüte hervor.

»Die hing hinter der Tür. In der Jackentasche habe ich dies hier gefunden.«

Es war ein lederner Schüsselanhänger in Form eines Fisches, an dem ein einzelner, großer Schlüssel hing.

»Passt ins Schloss der Schuppentür. Fingerabdrücke sind auch dran«, sagte Hansen. »Von mindestens zwei Personen.«

»Was ist das für eine Sache mit dem Schlüssel?«, fragte Henna Franzen. Zusammen mit Island stand sie neben der Regenrinne. Gerade hatten sich die beiden davon überzeugt, dass der schmale Hohlraum dahinter leer war.

»Marie Larssen behauptet, keinen Schlüssel gehabt zu haben«, sagte Island. »Wie könnte es sich also abgespielt haben?«

Franzen überlegte. »Lars Larssen kommt her, holt den Schlüssel aus dem Versteck und schließt auf. Er steckt den Schlüssel in die Jackentasche. Drinnen zieht er die Jacke aus und hängt sie hinter die Tür.«

»So weit, so klar.«

»Der Mörder hat von dem Versteck gewusst. Er ist längst im Schuppen und wartet auf Larssen«, kombinierte Franzen. »Und zwar nachdem er den Schlüssel durch das Fenster wieder an seinen Platz gelegt hat. Sehen Sie mal, hier ist Kitt aus den Fensterritzen gefallen.« Sie deutete auf den Boden, auf dem helle Streifen getrockneter Klebemasse lagen. »Lars Larssen ist wahrscheinlich völlig ahnungslos, als er hinterrücks überfallen wird.«

»Klingt nachvollziehbar«, murmelte Island. Sie beobachtete nachdenklich einen Schwarm Möwen, der hinter einem einlaufenden Kutter herflog. Die spitzen Schreie der Tiere klangen durch die kühle, windstille Luft. Wenn der Erfinder Lars Larssen hier ermordet wurde, dachte sie, was hätte da näher gelegen, als seine Leiche ins Hafenbecken zu werfen, wenn der Mörder wollte, dass der Tote im Wasser gefunden wird? Der Täter hätte den Körper nur zehn Meter über den Beton ziehen müssen, um ihn dann ins Wasser fallen zu lassen. Genau das war nicht geschehen. Warum? Warum hatte sich der Täter die Mühe gemacht und die Leiche bis zur Hagener Au transportiert, zumal an eine so unzugängliche Stelle?

Sie zog ihr Handy hervor und wählte die Nummer von Marie Larssen, die mittlerweile zu ihren Kindern nach Hause gegangen war.

»Hat Ihr Mann jemals etwas mit der Werft Pekuni und Praas zu tun gehabt?«

»Nicht, dass ich wüsste.«

»Was waren das für Patente, die ihm Geld eingebracht haben?«

Marie Larssen schwieg, bevor sie antwortete. »Lars war diplomierter Chemiker, aber in erster Linie war er Bastler und Tüftler. Er hat mal so was wie eine Lavalampe erfunden. Damals in den Siebzigerjahren waren diese Dinger ja angesagt. Solche Lampen, die leuchten, blubbern und dabei die Farbe verändern. Sie schimmern erst rot, dann grün, dann wieder rot. Backbord und Steuerbord, sozusagen, Lampen für Hafenkaschemmen. Seitdem nannte Lars sich Erfinder. Ansonsten hat er sich mit künstlichen Geweben beschäftigt, Planen mit Spezialbeschichtung, Klebefolien, Klebstoffe, so ein Zeug war das.«

Island bedankte sich und wollte Bruns' Nummer wählen, um ihm Bericht zu erstatten, da flammte plötzlich gleißendes Flutlicht auf und verwandelte den Schuppen mitsamt den umgebenden Lagerhäusern in eine unnatürlich wirkende Kulisse. Ein Kamerateam rannte auf die Eingangstür zu, und im selben Moment brachte sich eine kleine, drahtige Person mit Föhnfrisur in Stellung und begann einen Text zu sprechen. Ehe Island reagieren konnte, kam die Reporterin auf sie zu, drückte ihr das Mikrofon unter die Nase und fragte:

»Drei Tote in einer Woche, wer ist das nächste Opfer?«

»Kein Kommentar«, sagte Island und schob Henna Franzen, die immer noch neben ihr stand und sich vor Schreck nicht rührte, auf die Schuppentür zu.

»Sind Sie, die Sie gerade neu sind bei der Mordkommission Kiel, mit diesen Serienmorden nicht eindeutig überfordert?«, fragte die Journalistin.

Island war sprachlos. Gleichzeitig wurde sie wütend. Das war eine Unverschämtheit! Dass sie gerade erst nach Kiel gekommen war, konnte diese dämliche Person nur von einem einzigen Menschen wissen. Und mit dem hatte diese Frau heute Morgen »Flavoured Coffee« getrunken und einen Strandspaziergang gemacht. Lorenz war ein Idiot. Wenn sie ihn in die Finger bekäme, würde sie ihn lynchen. Eine Garotte wäre da genau das passende Instrument. Dieser Gedanke dauerte etwa drei Sekunden, dann hatte Island sich wieder im Griff.

»Nein«, sagte sie und lächelte, so breit sie konnte, in die Kamera. »Mein Spezialwissen ist hier unbedingt erforderlich. Aber *Ihre* Berichterstattung sollte besser werden: Weg von der reißerischen Panikmache, die Sie verbreiten, hin zu sachlicher Information, auf die die Öffentlichkeit ein Anrecht hat!«

Sie hatten den Eingang zum Schuppen erreicht. Island zog Franzen hinein und schlug die Tür zu.

Draußen hielt der Beleuchter des Kamerateams einen Scheinwerfer unter die Dachrinne, ein Kameramann presste sein Objektiv an die Fensterscheibe.

»Zukleben!«, rief Island. »Warum ist das noch nicht passiert?«

»Die waren auch schon am Fundort der Leiche«, sagte eine junge Kriminaltechnikerin außer Atem, nachdem sie mit vereinten Kräften den Raum endlich gegen unerwünschte Einsichtnahme gesichert hatten. »Sie haben die Bewohner von Hohenstein noch mal richtig wildgemacht, weil sie mit hundert Sachen auf den Hof gekachelt sind und ein Zwergkaninchen überfahren haben.«

»Verfluchte Scheiße«, sagte Island.

Plötzlich packte der Hornissenschwarm draußen seine Sachen und verschwand, so schnell, wie er gekommen war, die Hafenstraße entlang. Island rief bei der Polizeistation in Laboe an und bat die Kollegen, einen Streifenwagen vor dem Haus der Larssens zu postieren. Danach telefonierte sie mit Marie Larssen und riet ihr, nicht an die Haustür zu gehen, wenn es klingelte, es sei denn, sie wolle ins Fernsehen.

Island dachte auch daran, Lorenz anzurufen. Aber es war klar, dass sie ihn wutentbrannt anschreien würde, und sie entschied, dass das warten musste. Im Moment hatte sie ohnehin anderes zu tun. Gerade hatte ein Kollege von der Spurensicherung den Abdruck einer Hand an einem der Messinggriffe der Garotte entdeckt, und dieser Fund versetzte alle Anwesenden augenblicklich in einen euphorischen Zustand. Island beriet sich mit Franzen über die Spurenlage. Der Täter war anscheinend unvorsichtiger vorgegangen als beim ersten Mal. War es ihm inzwischen egal, ob er Hinweise auf seine Identität hinterließ? Oder hatte ihm diesmal die Zeit gefehlt, die Spuren zu verwischen?

Island sah sich noch einmal die Papiere an, die auf dem Fußboden verstreut lagen. Es waren Formeln und Buchstaben darauf, außerdem erkannte sie Skizzen von Versuchsanordnungen, Diagramme und Auswertungen von Experimenten, konnte damit aber nichts anfangen. Sie gab Anweisung, alle Leitz-Ordner und Mappen zur Auswertung ins LKA zu bringen und fuhr kurze Zeit später zusammen mit Henna Franzen in die Kieler Bezirkskriminalinspektion zurück.

36

Gleich nach dem Eintreffen in der Blumenstraße stellte der Erste Hauptkommissar Thoralf Bruns der unter seiner Leitung arbeitenden Hauptkommissarin Olga Island in seinem Büro ein paar unangenehme Fragen. Sie antwortete wahrheitsgemäß und nahm die Verantwortung für das missratene Interview auf sich, das in der Zwischenzeit bereits mehrfach gesendet worden war.

»Was Sie gesagt haben, war ja nicht schlecht«, sagte Bruns daraufhin zu ihrem Erstaunen. »Aber wie konnte die Presse so schnell vor Ort sein?«

Island merkte, wie ihr das Blut ins Gesicht schoss. Sie steckte in einer peinlichen Situation, in der Ausflüchte nichts halfen. Sie entschied sich, die Wahrheit zu sagen, und berichtete, dass ihr Freund Lorenz zufällig mit der Reporterin des Privatsenders im selben Hotel wohnte, mit ihr gefrühstückt und einen Spaziergang unternommen habe.

»Mein Freund ist mit den Realitäten der Medienwelt nicht so ganz vertraut. Ich habe heute Nachmittag mit ihm in der Seeburg zusammen gegessen. Jemand muss mir gefolgt sein, als ich von dort zum Leichenfundort gerufen wurde.«

»Zufällig im selben Hotel? Verstehe. Was macht er denn beruflich, Ihr Lorenz?«

Island räusperte sich.

»Er hat Kunst studiert. Jetzt ist er Lehrer an der Volkshochschule in Berlin-Mitte.«

»Haben Sie denn nicht bemerkt, dass Ihnen jemand hinterhergefahren ist?«

»Nein«, sagte sie. »Ich hatte keine Ahnung.«

»Dann wollen wir hoffen, dass so etwas nicht noch einmal vorkommt.«

»Ja«, seufzte Island, »das hoffe ich auch.«

Es verfolgt mich vor allem noch jemand anderes, dachte sie, aber er ist nicht so harmlos wie die Presse. Wenn diese Mordfälle in Kiel gelöst sind, werde ich mich darum kümmern. Dann werde ich ein paar Kollegen in Berlin anrufen und mich mit ihnen beratschlagen. Jetzt geht das gerade nicht.

Es war später Freitagabend, aber kein Mitarbeiter der Mordkommission verschwendete einen Gedanken auf das bevorstehende Wochenende, denn niemand von ihnen würde die folgenden Tage freihaben. Das Treffen der Ermittlungsgruppe fand in dem ziemlich schlecht gelüfteten Besprechungsraum statt. Horst-Steffen Wilhelm, der Leiter der Polizeidirektion Schleswig-Holstein Mitte, war da, ebenso Harald Lund, der Staatsanwalt. Jan Dutzen und Thoralf Bruns tranken Cola light, Henna Franzen kaute verstohlen Kaugummi, Falk Taulow massierte sich den Nacken. Nur Karen Nissen war zu ihren Kindern nach Hause gefahren, weil ihr Mann in die Nachtschicht musste.

Zwei extern hinzugezogene Mitarbeiter der Kripo nahmen die eingehenden Telefongespräche entgegen, denn seit der Sendung des Beitrags der Dame mit der Föhnfrisur fühlten sich nicht nur die Einwohner von Laboe bedroht und wollten ihre Beobachtungen loswerden. Aus allen Stadtteilen riefen Bürger an und meldeten Dinge, die ihnen verdächtig vorkamen. Am Schilkseer Strand hatte zum Beispiel jemand am Abend ein wanderndes Feuer gesehen. Wie sich herausstellte, handelte es sich dabei aber nur um eine feucht-fröhliche Grillparty, bei der ein Gast den Grill ein paar Meter über den Strand in den Windschatten eines Strandkorbs getragen hatte. In der Schwimmhalle am Lessingplatz war eine singende Geistererscheinung gemeldet worden, die im Gang bei den Solariumskabinen ihr Unwesen getrieben haben sollte. Nachforschungen ergaben, dass es wahrscheinlich nur eine der weiß gekleideten Badeaufsichten gewesen war, die sich, nachdem sie Kabinen und Bänke gereinigt hatte, selbst ein Sonnenbad gegönnt und dabei mit leiser, untalentierter Stimme ein Feierabendliedchen angestimmt hatte. Ein Mann behauptete am Telefon, einen einzelnen abgetrennten Kopf in einem Regionalzug nach Hamburg gesehen zu haben. Als er sagte, es sei auf der Damentoilette gewesen, musste er lachen und legte auf. Er durfte sich, nachdem sein Anruf zu ihm zurückverfolgt worden war, auf eine Vorladung in die Bezirkskriminalinspektion freuen.

Darüber hinaus wurden weitere überregionale Medien auf die Mordfälle von Kiel aufmerksam und verlangten mit permanenten Anrufen nach detaillierteren Informationen.

Alle im Besprechungszimmer schienen nervös und gereizt. Hans-Hagen Hansen, der blass und abgekämpft aussah und nur für einen knappen Bericht zur Verfügung stand, um anschließend ins Labor zu eilen, berichtete, dass die bisherigen Funde im Schuppen des Erfinders Lars Larssen nicht ausreichten, um zu klären, wie der Mann zu Tode gekommen sein könnte. Natürlich gab es jede Menge Hinweise auf einen Kampf, bei dem auch die Garotte eingesetzt worden war. Der Abdruck auf den Messinggriffen des Strangulationswerkzeuges und ein weiterer sichergestellter Fingerabdruck am Schlüssel des Opfers waren rekonstruiert worden, aber in keiner Datei erfasst. Ob Larssen bei dem Angriff gestorben war, konnte letztlich nur die Obduktion seiner Leiche belegen.

Marie Larssen, die Frau des getöteten Erfinders, hatte für den vermuteten Tatabend ein Alibi. Ein paar Damen aus Laboe und Umgebung waren bei ihr gewesen, um eine Dessousparty zu feiern. Die Party hatte von neunzehn bis vierundzwanzig Uhr gedauert, und eine Freundin hatte anschließend bei Marie Larssen übernachtet.
»Wozu brauchte die denn Dessous, wenn sie mit ihrem Mann schon längst auseinander war?«, fragte Jan Dutzen mit emporgezogenen Augenbrauen.
Er bekam keine Antwort aus der Runde, aber einige der Männer grinsten.

Darüber hinaus gab es immer noch keine einzige Spur, die den Tod des Nachtclubbetreibers van Loun mit dem Ableben des Werftarbeiters Jasper Klatt in Zusammenhang brachte. Auch hatte bisher niemand eine Verbindung zwischen van Loun und dem Tüftler Lars Larssen herstellen können.
»Was ist, wenn die Todesfälle nichts miteinander zu tun haben?«, fragte Island. »Van Loun wurde vielleicht gar nicht ermordet. Wenn man sich die Ergebnisse seiner Obduktion ansieht, dann könnte er auch einfach betrunken über Bord gegangen sein. So was kommt schließlich vor.«

»Auch bei einem Bordellbesitzer mit Spielschulden, der kurz zuvor angeschossen wurde?«

Dutzen schüttelte den Kopf.

»Es könnte zumindest sein, oder?«, meinte Island und versuchte sich durch den kritischen Blick des Direktionsleiters Wilhelm nicht beirren zu lassen.

»Ich halte das für abwegig«, meinte Bruns. »Wir sollten uns auf das persönliche Umfeld konzentrieren.«

»Und noch einmal nach Gemeinsamkeiten zwischen Klatt, van Loun und Larssen suchen«, beharrte Dutzen. »Vielleicht verkehrten Klatt und Larssen ja doch gelegentlich in dem Club in Neumünster.«

»Auszuschließen ist es nicht«, stimmte Island zu. »Aber bisher gibt es keine Hinweise darauf.«

»Es gibt aber auch keine Beweise, dass es nicht so war«, entgegnete Dutzen.

»Und was nützt uns das jetzt?«, fragte Henna Franzen verwirrt.

Horst-Steffen Wilhelm räusperte sich, um etwas Gewichtiges zu sagen, aber Bruns kam ihm zuvor.

»Die Moorberg ist übrigens übern Berg und kann morgen befragt werden.«

»Warum nicht sofort?«, wollte Island wissen.

»Es ist fast Mitternacht. Ihre Kondition in Ehren, Frau Kollegin, aber es muss ein Arzt dabei sein, wenn wir mit ihr sprechen.«

»Und gibt es keinen Notarzt im Krankenhaus? Keine Nachtwache?«

»Gibt es schon, aber nicht für Verhörtermine.«

Polizeichef Wilhelm machte eine beschwichtigende Handbewegung.

»Ich denke, es reicht, wenn wir uns morgen früh um Frau Moorberg kümmern«, sagte er jovial.

»Okay«, sagte Island resigniert.

»Was ist eigentlich mit Ove Neuner?«, schaltete sich der Staatsanwalt ein. »Haben wir Hinweise aus der Bevölkerung?«

»Nichts, bisher«, verkündete Dutzen.

»Vielleicht steht er auf Wannenbäder mit älteren Herren«, meinte Island. »Ich werde das Gefühl nicht los, dass wir bei Pieter Praas am Westensee noch einmal nach dem Rechten schauen sollten. Denn es war jemand in seinem Haus, als ich dort war. Und die Person wollte nicht gesehen werden.«

»Meinen Sie, Neuner ist bei Praas?«

»Können Sie das ausschließen?«

»Reicht doch, wenn wir das morgen checken«, sagte Dutzen.

»Klar, Neuner soll sich sicher fühlen, wenn er dort ist und badet.« Island biss sich auf die Zunge, aber es war heraus.

»Sind alle Berliner solche Zyniker wie Sie?« Dutzens Augen blitzten.

»Aba janz dicke«, murmelte Island. Niemand lachte.

Gegen zwei Uhr schickte Bruns die meisten seiner Mitarbeiter für ein paar Stunden nach Hause. Beamte vom K11 übernahmen die Routineangelegenheiten, starteten Suchanfragen in Datenbanken, nahmen Telefonate entgegen. Der Streifendienst wurde im ganzen Stadtgebiet verstärkt, die Bevölkerung über das Radio zur Besonnenheit aufgerufen.

Kurz nach halb drei verließ auch Olga Island ihr Büro und fuhr zu Lorenz ins Hotel. Er hatte seine Tür nicht abgeschlossen, und als sie eintrat, sah sie, dass die Nachttischlampe noch brannte. Lorenz hatte sich die Decke über die Ohren gezogen und schlief. Sie lauschte auf seine regelmäßigen Atemzüge, brachte es aber nicht übers Herz, ihn zu wecken, und legte sich neben ihn ins Bett. Er rückte brummend zur Seite, schlang seine Arme um ihre Taille, zog sie fest an sich und schmatzte im Schlaf. Olga lag noch eine Zeit lang wach. Sie grübelte darüber nach, warum Lorenz sie so selbstverständlich in die Arme nahm, wo er doch eigentlich schlief, und ob er sie nicht vielleicht mit einer anderen Person oder mit einem Stoffteddybären verwechselte. Sie fand keine befriedigende Antwort auf diese Frage. Ebenso wenig fiel ihr ein, wohin Ove Neuner sich geflüchtet haben mochte. Bald begannen sich Realität und Fiktion in ihrem Kopf zu vermischen, und dann war auch sie eingeschlafen.

37

Um halb sechs ertönte der Weckruf des Handys. Island befreite sich aus Lorenz' Armen und stand auf, während er sich umdrehte und weiterschnarchte. Ihr war schwindlig vor Müdigkeit, und sie vermied es, in den Spiegel zu sehen. Am liebsten hätte sie sofort einen Kaffee getrunken, so wie damals in New York, als sie für eine zweiwöchige Fortbildung in einem Hotel in Downtown Manhattan gewohnt hatte. Im Badezimmer ihres kleinen muffigen Zimmers hatte es einen Heißwasserbereiter gegeben. Jeden Tag hatte die Putzfrau einen neuen Styroporbecher mit einer braunen Tablette löslichen Kaffees auf dem Waschbecken hinterlassen, dazu fettfreie Pulvermilch und Süßstoff.

Island stellte sich unter die Dusche, schloss die Augen und ließ warmes Wasser über ihren Kopf strömen. Deshalb merkte sie nicht, dass jemand hereinkam. Erst als Lorenz ihre Brüste berührte, bemerkte sie, dass er aufgestanden und in die Duschkabine geschlüpft war. Er sah so verschlafen und gleichzeitig so verwegen aus, dass sie lachen musste.

»Hey, ich bin nicht hergekommen, um einsam im Bett zu verfaulen«, sagte er, und in den Minuten, die nun folgten, vergaß sie Kiel, die Wasserleichen, Piotr und ihre Müdigkeit.

Hinterher erzählte sie ihm von New York und den Styroporbechern mit dem löslichen Kaffee. Er verzog das Gesicht und sagte: »Ich habe eine bessere Idee.«

Er rief den Zimmerservice und bestellte zweimal Englisches Frühstück mit extra viel französischem Milchkaffee.

Noch bevor der Kaffee kam, hatte die Realität sie wieder eingeholt.

»Diese Bergziege, mit der du gestern so schön geplaudert hast, hat mir jede Menge Ärger eingehandelt.«

Er lag auf dem Bett und räkelte sich.

»Peace«, sagte er. »Lass uns erst frühstücken.«

Sie zog sich an und schnallte ihr Pistolenhalfter mit der neuen Dienstwaffe um.

»Musst du damit rumlaufen?« fragte er.

»Das erzähle ich dir, wenn ich Zeit habe.«

»Und wann hast du Zeit?«

»Pass auf«, sagte sie und beugte sich über ihn. »Du hast gestern echt was verbockt.«

Er machte einen Kussmund, sah sie aber schuldbewusst an.

»Du hast eine winzige Chance, das wiedergutzumachen.«

»Und die wäre?«

»Du steigst in den nächsten Zug und fährst nach Hamburg. Dort befindet sich die Bundesstelle für Seeunfalluntersuchung. Du lässt dir alle Akten der letzten Jahre zeigen, die mit Seenotfällen auf Nord- und Ostsee zu tun haben.«

Lorenz setzte sich im Bett auf und starrte sie mit offenem Mund an.

»Achte besonders darauf, ob es einen Fall gab, bei dem Probleme mit den Rettungsgerätschaften auftraten und bei dem Menschen ums Leben gekommen sind. Ich habe den Verdacht, dass unsere derzeitigen Mordfälle mit einem Unfall auf See zu tun haben, aber mein neuer Chef findet das total abwegig.«

»Aber heute ist Samstag«, sagte Lorenz. »Glaubst du, die warten auf mich? Bei einem Bundesamt? Am Wochenende?«

»Mist, daran habe ich nicht gedacht!«

Island merkte, dass ihre feuchte Kopfhaut zu prickeln anfing. Hamburg, dachte sie fieberhaft, wen kenne ich in Hamburg? Der Gedanke kam blitzartig. Sie schaute in das Telefonverzeichnis ihres Handys und atmete auf. Sie hatte Normans Nummer noch gespeichert. Sie sah auf die Uhr, es war erst halb sieben. Trotzdem betätigte sie die »Wählen«-Taste.

Sie hatte ihn in New York kennengelernt, bei einer Veranstaltung über »Law and Order«, auf der sie sich auf Staatskosten mit den Prinzipien des New Yorker Bürgermeisters vertraut machen durfte. In der Berliner Ordnungsbehörde hatte man sich dafür interessiert und eine Delegation hinübergeschickt. Sie hatten Vorträge gehört und waren mit dem Bus durch die Bronx, durch Harlem und Brownsville kutschiert worden. Es war sehr heiß gewesen im Juni in New York, und an einem Tag waren sie zusammen nach Long Island rausgefahren und hatten gebadet, FKK, genauso, wie es im Staat New York auf jeden Fall verboten war. Dazu hatten sie, am Strand sitzend, Bier aus Dosen getrunken, was in der Öffentlichkeit auch verboten war. Es war eine kurze, aber heftige Sommerliebe gewesen zwischen einer einfachen Oberkommissarin und einem aufstrebenden Juristen beim Berliner Innensenator. Wie lange war das her? Sieben Jahre? Oder Jahrzehnte? Inzwischen war Norman die Karriereleiter nach oben gefallen, hatte Berlin längst verlassen und war Staatsanwalt in Hamburg. Wahrscheinlich nicht mehr lange, in Brüssel verdiente man schließlich besser.

Er meldete sich verschlafen, im Hintergrund hörte sie Kindergeschrei.

»Hab ich dich geweckt?«

Er lachte.

Und erzählte von seinen Zwillingen.

Dann hörte er ihr zu.

»Olga, das ist eine heikle Sache. Aber ich versuch's. Amtshilfe nach Schleswig-Holstein leisten wir gerne. Nur sind Bundesbehörden eben Bundesbehörden.«

Island machte eine obszöne Geste und schwieg.

Lorenz sah sie verwundert an.

»Was treibst du eigentlich in Kiel?«, fragte Norman.

»Mein Akku ist fast leer«, sagte Island.

»Okay«, meinte Norman. »Kommst du selbst vorbei?«

»Zu viel zu tun! Ich schicke einen Kollegen. Lorenz Pahl.«

»Gut. Ich rufe gleich zurück.«

Island lächelte. Wahrscheinlich war es *die* Gelegenheit für den Staatsanwalt, dem Kindergeschrei zu entkommen. Schatz, ich habe etwas Wichtiges zu erledigen, kannst du mal eben die Windeln wechseln?

In diesem Moment klopfte der Zimmerservice und brachte das bestellte Frühstück. Während Lorenz sich über Toast, Rührei und Würstchen hermachte, trank Olga zwei Schalen Milchkaffee. Ihr Herz klopfte schmerzhaft und schnell. Ich müsste mich gesünder ernähren, dachte sie, aber nicht jetzt.

Der Anruf aus Hamburg kam um viertel vor sieben.

»Ich habe meinen Golfpartner erreicht. Du kannst jemanden schicken. Der Archivar ist sowieso am Wochenende da und räumt auf. Er sucht euch die Sachen raus. Schließlich ist ja Gefahr im Verzug, oder?«

»Ja«, sagte Island. »So ist es.«

38

Sie brachte Lorenz zum Bahnhof und fuhr von dort auf kürzestem Weg in ihre Dienststelle.
Auf ihrem Schreibtisch lag der vorläufige Obduktionsbericht über die Untersuchung der Leiche Lars Larssens.

Sie setzte sich und überflog die Seiten. Lars Larssen war nicht durch Strangulation gestorben, wie die Drosselmarke an seinem Hals vermuten ließ. Er war auch nicht in der Hagener Au ertrunken. Er war dort erstickt, wo man ihn gefunden hatte, auf der Sandbank im Wasser. In der Beuge seines rechten Armes hatten die Rechtsmediziner eine frische Einstichstelle entdeckt. Was genau ihm injiziert worden war, wurde noch untersucht.

Island kaute auf ihrem linken Daumennagel herum. Das also war die Methode, mit der der Mörder mit großer

Wahrscheinlichkeit vorgegangen war: Er hatte seinem Opfer ein Mittel gespritzt, um dessen Willen auszuschalten. So ähnlich konnte es auch bei Jasper Klatt gewesen sein. Nur hatten sich nach der langen Liegezeit im Wasser bei dem jungen Mann keine Einstichstellen mehr finden lassen, und in seinem Blut hatte man keine Substanzen nachweisen können.

Sie wählte die Nummer der Rechtsmedizin und erreichte Professor Charlotte Schröder schließlich zu Hause am Frühstückstisch.

»Was wurde Larssen gespritzt?«, wollte Island wissen.

»Sehr wahrscheinlich ein Muskelrelaxans«, antwortete die Professorin. »Infrage kommt Racuronium oder Vecuronium, das analysieren wir noch. Sind beides Mittel, die bei Narkosen eingesetzt werden.«

»Können Sie mir das genauer erklären?«

Island hörte, wie Charlotte Schröder in einer Tasse rührte.

»Bei einer Narkose zur Durchführung eines chirurgischen Eingriffes gibt man im Allgemeinen ein Schlafmittel, ein Schmerzmittel und ein Mittel zur vollständigen Entspannung der Muskeln. Das ist notwendig, um so eine Operation überhaupt möglich zu machen. Das Relaxans lässt die Muskeln erschlaffen, führt aber gleichzeitig auch zur Lähmung der Atemmuskulatur. Deshalb werden Patienten unter solch einer Narkose künstlich beatmet. Geschieht das nicht, kommt es zum Atemstillstand. Das Nervensystem bleibt dabei ansonsten weitgehend funktionsfähig. Da man ihm weder Schlaf- noch Schmerzmittel gespritzt hat, dürfte der Mann auf der Sandbank bei vollem Bewusstsein erstickt sein.«

»Die Strangulation war nicht letal?«

»Nein.«

Die Ärztin biss laut hörbar in ein Brötchen und kaute ungeniert.

»Also war es eine Art qualvoller Bestrafung«, murmelte Island mehr zu sich selbst.

»Es ist Ihre Aufgabe, die Tat zu deuten«, entgegnete Schröder. »Ein Experiment war es wohl nicht. Der Mörder wusste, was er tat. Vielleicht hat er sich an der Hilflosigkeit seines Opfers berauscht. Aber ich bin keine Kriminalpsychologin.«

»Könnte es bei Jasper Klatt so ähnlich abgelaufen sein wie bei Larssen?«

»Das wäre möglich, aber wir konnten es nicht nachweisen.«

»Und bei dem Toten von der Seegartenbrücke, bei van Loun?«

»Da war es anders. Der hatte zwei Komma zwei Promille Alkohol im Blut und nicht gerade wenig Kokain. Steht alles im Gutachten.«

»Alkoholisiert war Lars Larssen doch auch...«

»Ja. Eins Komma fünf Promille. Aber er ist eben nicht ertrunken, was bei van Loun ganz klar der Fall war.«

»Van Loun hatte Ostseewasser in der Lunge?«

»Ja, eindeutig Salzwasser.«

»Sie können das von Süßwasser unterscheiden?«

»Ganz sicher. Ich erkläre es Ihnen gerne bei Gelegenheit.«

Die Gerichtsmedizinerin ließ glucksend etwas durch ihre Kehle rinnen. Wie Island sie einschätzte, war es Kräutertee.

»Wo kann sich der Täter das Narkosemittel beschafft haben?«, fragte Island.

»Im OP eines Krankenhauses zum Beispiel. Anästhesisten haben täglich damit zu tun, aber auch Anästhesieschwestern. Ansonsten führen es Apotheken, die Krankenhäuser beliefern. Die Apotheken wiederum bekommen es von ihren Großhändlern, die es von den Pharmafirmen beziehen.«

»Käme auch ein Laie da heran?«

»Das ist nie ausgeschlossen«, antwortete Charlotte Schröder.

»Und könnte das jeder spritzen?«

»Wenn jemand intravenös injizieren kann, schon.«

Island bedankte sich, schlug die Aktenmappe zu und sortierte die Kugelschreiber in der Plastikschale auf ihrem Schreibtisch. Sie dachte darüber nach, was das eben Gehörte für die Aufklärung der Mordfälle bedeutete und was es über die Person oder die Personen aussagte, die sie suchten.

Genau diese Fragen standen auch im Mittelpunkt des morgendlichen Treffens der Mordkommission, das um acht Uhr im Besprechungszimmer stattfand. Ein Fenster stand auf Kipp, und kühle, klare Herbstluft strömte herein. Draußen auf der Straße, über deren Kopfsteinpflaster während der Woche laut hörbar die Autos fuhren, war es still. Jemand hatte der Dieffenbachie auf dem Fensterbrett Wasser gegeben, und ihre Blätter, die am Vortag noch schlaff und blässlich herunterhingen, hatten sich während der Nacht wieder aufgerichtet.

»Nach was für einem Täter suchen wir?«, fragte Bruns. Er war blass und unrasiert, blinzelte aber entschlossen in die Runde.

»Nach einer Person, die Zugang zu Narkotika hat und die in der Lage ist, mit einer Spritze eine Vene zu finden und das Zeugs da reinzudonnern«, meinte Dutzen.

»Marietta Schmidt«, sagte Island. »Was hat die noch mal gearbeitet, bevor sie auf der Werft anfing?«

»Hatte sie nicht von einem Krankenhaus geredet, in dem sie ihre Ausbildung gemacht hat?«, fragte Franzen. »Wo man über die Chefs herzog und lästerte oder so ähnlich, was sie sich bei der Werft nicht mehr getraut hat, weil Klatt sie sonst verpetzt hätte. War das nicht an der Uniklinik gewesen?«

»Ist ja unerhört, nicht nett über seinen Chef zu sprechen«, sagte Dutzen spöttisch.

»Finde ich auch«, beeilte sich Franzen zu sagen und fügte hinzu: »Also nehmen wir uns Marietta Schmidt noch mal vor?«

»Zumindest sollten wir der Sache nachgehen«, entgegnete Bruns ungerührt.

»Dann ist da noch Marie Larssen. Sie hat doch in München als Krankenschwester gearbeitet, bevor sie zum Kinderkriegen nach Norddeutschland kam«, meinte Dutzen.

»Sie hat zumindest für die Tatzeit, als Lars Larssen zu Tode kam, ein Alibi«, sagte Island.

»Ilse Neuner, die Mutter von Ove, war früher Apothekenhelferin«, sinnierte Franzen. Wieder einmal zeigten sich rote Flecken auf ihren Wangen.

»Kann eine Apothekenhelferin Spritzen setzen?«, fragte Dutzen lakonisch.

»Immerhin pflegt sie ihren Mann und spritzt ihm regelmäßig Antithrombosemittel«, kam Island ihrer Kollegin zur Hilfe.

»Thrombosemittel spritzt man meines Wissens ins Fett der Bauchdecke«, entgegnete Dutzen. »Wenn ich das Gutachten der Rechtsmedizin aber richtig verstehe, muss man ein Narkosemittel in eine Vene verabreichen. Ob Frau Neuner auch diese Kunst beherrscht?«

»Wir dürften die Klärung dieser Tatsache wohl kaum außer Acht lassen«, konterte Island.

Es entstand eine kurze Pause, in der Franzen betreten zu Boden blickte.

Schließlich erklärte Thoralf Bruns die Teamsitzung für beendet, und alle gingen wieder an ihre Arbeit. Taulow und Dutzen wurden nach Preetz geschickt, um Ilse Neuner und Marietta Schmidt erneut zu befragen. Nissen und Franzen bekamen den Auftrag, nach Felde zu fahren, um sich mit Pieter Praas zu unterhalten und dabei möglichst unauffällig herauszufinden, ob der flüchtige Ove Neuner sich bei ihm aufgehalten haben könnte oder noch aufhielt. Sofern sie den geringsten Hinweis darauf fänden, sollten sie sofort weitere Einsatzkräfte anfordern, um Neuner festzunehmen.

Island würde Mona Moorberg im Krankenhaus besuchen. Es bestand immerhin die Möglichkeit, dass sie sich nach allem, was sie mit Neuner erlebt hatte, nun kooperativer verhalten würde als bisher.

Island sah auf die Uhr, als sie die Treppen hinunterstieg. Es war fast neun Uhr, und ihr Magen knurrte vernehmlich. Jetzt hätte sie gern eines der englischen Würstchen und ein paar Stücke Toastbrot vertilgt, hatte aber natürlich nicht daran gedacht, sich etwas vom Frühstück mitzunehmen. Ob Lorenz in Hamburg irgendetwas herausfinden würde, das die Ermittlungen weiterbrachte? Sie sah auf das Display ihres Handys. Keine Nachrichten.

Sie überquerte die Straße, auf der samstägliche Ruhe herrschte, und ging zum Parkplatz hinüber. Wenn man morgens früh dran war, hatte man Chancen, einen Platz für sein Auto zu finden. Meistens waren aber auch die kleinen, wilden Grünstreifen unter den Pappeln hoffnungslos vollgeparkt. Am Wochenende war die Lage entspannter. Hinten am Bauzaun standen die Privatwagen von Jan Dutzen und Henna Franzen, denn beide waren mit Dienstwagen unterwegs. Als Island ihren Leihwagen erreichte, sah sie, dass etwas nicht stimmte. Sie ging in die Hocke und starrte auf den Hinterreifen an der Fahrerseite. Er hatte keine Luft mehr. Sie fuhr mit den Fingern über das Gummi und fühlte den schmalen, scharfen Schnitt, der seitlich klaffte. Auch auf der anderen Seite waren die Reifen zerstochen. Mit klopfendem Herzen richtete sie sich auf und sah sich um. Sie wusste nicht, woher die Blicke kamen, aber sie spürte, dass sie beobachtet wurde.

Die Sonne spiegelte sich in den Fensterscheiben des Bürogebäudes der Polizeidirektion Kiel-Mitte, eines hässlichen, grauen Klotzes zu ihrer Rechten. Das burgähnliche Gebäude, in dem das Kriminalkommissariat 1 untergebracht war, lag still im Gegenlicht. Der in Stein gehauene Ritter, der den Feldsteinsockel zierte, hielt steif und streng sein Schwert erhoben. Aber ein Mensch war nirgends zu sehen. In den Pappeln rauschte der Wind.

»Da hat sich vielleicht jemand über das Interview aufgeregt, das Sie gegeben haben«, sagte Bruns, als sie ihm das Vorkommnis meldete, und sah sie lange und durchdringend an.

»Kann sein«, meinte Island und versuchte so beiläufig wie überzeugt zu klingen.

»Parken Sie doch in der nächsten Zeit lieber in unserem

Innenhof. Ich sage dem Hausmeister Bescheid, dass er umdisponiert und Ihnen einen Stellplatz frei hält.«

»Das ist nett von Ihnen.«

»Bis es so weit ist, seien Sie bitte auf der Hut.«

»Sicher.«

»War ja nur ein Leihwagen.«

»Genau«, beeilte sich Island zu bestätigen. Nur ein Leihwagen, dachte sie, aber das macht die Sache nicht besser. Bruns zog die Dose mit den selbst gebackenen Keksen seiner Frau aus dem Schreibtisch und hielt sie ihr hin. Diesmal nahm sie einen, bevor sie sich zu Fuß ins Städtische Krankenhaus aufmachte.

39

Mona Moorberg lag in den weißen Laken ihres Krankenhausbettes und blickte aus dunkel umränderten Augen an die Decke. Ihr Kopf war bandagiert, eines ihrer Beine lag in einer Gipsschiene.

»Ich habe keine Krankenversicherung«, jammerte sie. »Wer bezahlt das alles?«

»Machen Sie sich darum jetzt mal keine Sorgen«, sagte Island und versuchte, nicht an ihren zerstörten Wagen zu denken.

»Aber Sie würden mir sehr helfen, wenn Sie etwas über Ove sagen könnten.«

»Was wollen Sie denn hören?«

»Wo hält er sich jetzt auf?«

»Das wüsste ich auch gern. Ich würde ihn am liebsten...« Moorberg sprach nicht weiter. Ihre geröteten Augen füllten sich mit Tränen.

»Wohin wollte er mit Ihnen fahren?«, fragte Island.

»Er war völlig durchgeknallt«, stöhnte Moorberg. »Der hatte garantiert irgendwas eingeworfen.«

»Wollte er nach Felde? An den Westensee? Zu einem Mann mit Namen Pieter Praas?«

»Nein. Er hat ständig was von einem Denkmal gefaselt. Fahr zu dem Denkmal, hat er gerufen.«

»Was hat er damit gemeint?«

»Darüber grüble ich die ganze Zeit nach. Ich war falsch abgebogen. Da drehte er durch.«

»Er wollte also gar nicht zur Bundesstraße 404?«

»Nein, ich sollte nach rechts Richtung Plön abbiegen.«

Mona Moorberg nahm ein Glas Wasser vom Nachtschrank und versuchte mit schmerzverzerrtem Gesicht, daraus zu trinken.

»Noch mal zu den Geschäften, die Ove Neuner mit Jasper Klatt betrieben hat: Worum ging es dabei?«

»Davon habe ich wirklich keine Ahnung.«

»Hatte es was mit Schiffen tun?«

»Ich weiß es einfach nicht.« Mona Moorberg lehnte sich in die Kissen zurück und fing an, hemmungslos zu schluchzen. Und so sehr sich Island in der folgenden Viertelstunde auch bemühte, sie bekam nicht mehr aus der Frau heraus. Gereizt und unzufrieden kaufte sie sich in der Cafeteria des Krankenhauses zwei belegte Brötchen und einen Kaffee im Pappbecher. Auf dem Weg zurück in die Bezirkskriminalinspektion ging sie durch den Schrevenpark und setzte sich auf eine Bank unter eine große Linde, von wo aus sie über den Teich schauen konnte. Sie aß die Brötchen und trank lauwarmen Kaffee dazu. Auf dem Teich schwammen Wildgänse. Ein Hund sprang ins Wasser. Die Gänse stoben auseinander und protestierten mit rauem, heiserem Geschrei.

Werde ich auch einmal einen Hund haben?, fragte sie

sich. Wenn ich nun schon sozusagen auf dem Land leben muss, könnte ich mir endlich einen anschaffen. Aber wer sollte auf ihn aufpassen, wenn ich arbeite? Ein Hund ist etwas, womit man sich festlegt, dachte sie, wie mit einem Kind. Wenn man einen Hund hat, kann man nicht mehr überallhin in den Urlaub fahren, man hat Hundehaare in der Wohnung, und wenig wohlmeinende Leute sagen einem, dass man nach Tier riecht. Ich hätte trotzdem gerne einen, dachte sie und zerknüllte den Pappbecher.

Zurück an ihrem Arbeitsplatz schlug sie die Karte von Schleswig-Holstein auf, die Franzen ihr besorgt hatte, und breitete sie auf dem Schreibtisch aus. Sie betrachtete die kleinen grünen Zeichen, die anzeigten, wo sich Sehenswürdigkeiten befanden. Im Landkreis Plön gab es zahlreiche solcher Punkte. Und bestimmt waren auf der Karte längst nicht alle Orte, Gebäude oder Kunstwerke, die man mit dem Begriff »Denkmal« bezeichnen würde, eingezeichnet. Dennoch musste irgendwo ein besonderer Ort sein, zu dem Ove Neuner, aus welchem Grund auch immer, mit seiner Geisel hatte fahren wollen.

Island rief Neuners Mutter an, die immer noch durch den Wind war. Ilse Neuner war nicht in der Lage, zu der Frage, was ihr Sohn mit »Denkmal« gemeint haben könnte, etwas Brauchbares zu sagen. Nervös kaute Island auf dem Klickmechanismus des Kugelschreibers herum. Sollte sie eine Eutiner Hundertschaft anfordern, um alle infrage kommenden Denkmäler in der Umgebung von Preetz abklappern zu lassen? Es müsste ihr etwas anderes einfallen, doch ihr Hirn fühlte sich an wie ein Sieb. Den ganzen Vormittag über wartete sie auf den Anruf aus Hamburg. Um halb zwei klingelte endlich ihr Handy. Lorenz war dran. Seine Stimme klang nasal.

»Hast du Schnupfen?«

»Was glaubst du, was für staubige Akten ich in den letzten Stunden durchgesehen habe!«

»Und? Was herausgefunden?«

»Es waren ätzend viele Ordner. Schließlich hast du mir ja nicht gesagt, in welchem Jahr ich suchen soll. Und bei der Bundesstelle für Seeunfalluntersuchung gibt es Unterlagen über ungefähr fünfhundert gemeldete Schiffsunfälle pro Jahr.«

»So viele?«

»Allein im letzten Jahr gab es einhundertsechzehn schwere Unfälle, mit neun Toten in der Berufs- und acht Toten in der Sportschifffahrt. Ähnlich sind die Zahlen in den früheren Jahren, seit die BSU für die Untersuchungen zuständig ist. Im Jahr 2002 gab es allerdings eine ungewöhnliche Häufung von Todeszahlen, und zwar bei den Freizeitskippern.«

Sie hörte, wie er Seiten umschlug.

»Das lag an einem tragischen Ereignis. Eine sehr traurige Geschichte.«

Er hustete.

»Nun erzähl schon!«

Lorenz räusperte sich.

»Die Hauptursache von Todesfällen bei Sportbootfahrern ist übrigens häufig das gestörte Verhältnis von Skippern zum Tragen von Schwimmwesten. Sie schippern lieber ohne durch die Gegend. Sie fühlen sich an Bord ihrer Schiffe sicher und kommen nicht auf die Idee, dass ihnen etwas passieren könnte. Ein oder zwei Freizeitkapitäne gehen jedes Jahr beim Pinkeln über Bord. Es gibt da wohl einen Reflex, sich beim Wasserlassen zu entspannen. Dann ist da plötzlich eine Welle und schwups...«

»Komm bitte zur Sache!«

»Das mit dem Reflex wusste ich nicht. Du etwa?«

»Nein. Ich interessiere mich außerhalb dieses Falles auch nicht besonders für die Seefahrerei.«

»Ich kannte mal einen Kurator, der hat alle Künstler, die er ausstellen wollte, vorher auf seine Jacht eingeladen, die vor Lindwerder am Wannsee lag. Das waren schöne Besäufnisse. Gesegelt wurde meistens nicht, aber ...«

»Lorenz, bitte!«

»Also: 2002 gab es einen SSU, einen sehr schweren Seeunfall, auf der Ostsee. Da ist eine Gruppe von Schulkindern mit einem gecharterten holländischen Plattbodenschiff auf die Flensburger Förde rausgefahren. Zehn Kinder im Alter zwischen elf und dreizehn Jahren und zwei Lehrkräfte. Sie waren zusammen mit weiteren Kindern in einem Landschulheim bei Kappeln an der Schlei auf Klassenfahrt. Die eine Gruppe durfte an dem Segelkurs teilnehmen. Die Kinder und ihre Begleiter wollten nach Svendborg in Dänemark segeln und eine Nacht auf dem Schiff verbringen. Am Morgen des 2. September 2002 gingen die vier Mädchen und sechs Jungen mit ihren beiden Betreuern in Gelting an Bord. Nur zwei der Kinder und eine Lehrerin überlebten.«

»Neun Tote?«

»Wahrscheinlich zehn. Der Skipper, dem das Schiff gehörte, gilt als verschollen.«

»Was ist passiert?«

»Anhand der Spuren am Wrack des Schiffes und anhand der Zeugenaussagen der Überlebenden hat man den Ablauf des Unglücks folgendermaßen rekonstruiert: Bis zum Abend des 2. September war das Wetter bestens, sonnig und mit leichtem Wind aus Südost. Der Skipper zeigte seiner jungen Mannschaft das Boot, gab eine Einführung in die Takelung und ließ einfache Segelmanöver durchführen. Alle waren mit Begeisterung dabei. Gegen

Abend flaute der Wind ab, und man beschloss, vor der Insel Kegnæs zu ankern, das Essen vorzubereiten und den weiteren Wetterverlauf abzuwarten. Für die kommenden Nachtstunden waren Flaute und das Aufkommen von Seenebel vorausgesagt. Drei Mädchen wurden zum Kochen abgestellt. Es sollte Nudeln mit Tomatensoße geben. Während zwei der Mädchen Salat schnipselten, schälte das dritte Zwiebeln für die Soße. Beim Anbraten der Zwiebeln entzündete sich das Fett im Topf. Es gab eine Stichflamme, und die Kombüseneinrichtung geriet in Brand. Schnell griff das Feuer auf die Kajüte über, und der Skipper gab Anweisungen, das Schiff zu verlassen.«

Lorenz' Stimme klang heiser.

»Sie hatten keine Schwimmwesten?« Island lauschte atemlos.

»Doch. Der alte Kahn war mit dem Nötigsten ausgestattet. Er hatte sogar, was für diese Gewässer gar nicht vorgeschrieben ist, zwei Rettungsinseln an Bord. Die wurden zu Wasser gelassen. Aber dann ging nach Aussage der Lehrerin und der beiden überlebenden Mädchen einiges schief. Es waren keine Rettungsinseln im herkömmlichen Sinn, sondern Rettungsflöße. Man kann sich das vielleicht vorstellen wie dicke Luftmatratzen mit sich selbst aufblasenden Kammern. Das erste Floß blies sich nicht vollständig auf. Nur eine Kammer füllte sich automatisch mit Luft. Das zweite Floß öffnete sich problemlos, doch die Schiffbrüchigen trauten dieser schwimmenden Luftmatratze nicht. Da sich das Feuer weiter ausgebreitet hatte, blieb ihnen aber nichts anderes übrig, als das Schiff zu verlassen. Die meisten der Kinder bestiegen das zweite, intakt erscheinende Floß zusammen mit dem Lehrer. Die Lehrerin rettete sich mit zwei der Mädchen auf die defekte erste Insel. Wegen der Windstille gab es kaum Seegang. Gleichzeitig zog dichter Nebel auf und erschwerte die Sicht. Der Skipper blieb auf seinem Schiff, die Inseln trieben auseinander. Nach den Untersuchungen der BSU wurde kein Notsignal ausgesendet, weil sich das Seefunkgerät in der brennenden Kajüte befand. Abgefeuerte Notraketen zündeten nicht oder waren im Nebel kaum zu sehen. Vor der Fahrt hatten alle Beteiligten ihre Handys abgegeben, angeblich, um das Flair früherer Zeiten zu erleben.«

»Scheiße«, sagte Island. »Warum haben die Schwimmwesten nichts geholfen?«

»Das Wasser im Kleinen Belt war in dem Jahr schon reichlich abgekühlt. Die Wassertemperatur betrug nur noch zehn bis elf Grad. Da hat man keine allzu lange Überlebenszeit. Und die Rettungsflöße haben sich aufgelöst.«

»Aufgelöst?«

»Man hat eine der Inseln später gefunden. Sie hatte sich in einem Fischernetz verfangen. Die Untersuchung ergab, dass der Kunststoff anfing, sich zu zersetzen, sobald er mit Seewasser in Berührung gekommen war.«

»Zu zersetzen?«, fragte Island immer noch verständnislos.

»Es handelte sich nicht um seetaugliche Inseln, sondern um Rettungsflöße, die man in der Sportschifffahrt auf Seen und Flüssen verwendet.«

»In Süßwasser!«

»Ja, genau. Verdammte Flöße und uralt. Gebaut um 1970.«

»Auf einer Werft in Kiel.«

»Woher weißt du das?«

»Pekuni und Praas!«

»Ja.«

»Wie heißt die Lehrerin, die überlebt hat?«

Lorenz schwieg ein paar Sekunden, dann sagte er:

»Das sind personenbezogene Daten, die darf man nicht so einfach den Akten entnehmen. Der Archivar hat gesagt, ich kann Kopien aus der Akte bekommen, auch den ausführlichen Untersuchungsbericht, aber die Namen muss er vorher schwärzen.«

»Lorenz, sag mir die Namen! Um die Akte kümmern wir uns am Montag. Das regelt der Staatsanwalt.«

»Der vermisste Skipper hieß Frans de Jong, der Lehrer, der mit den Kindern ertrunken ist, Joachim Frank. Er war dreißig Jahre alt. Die Lehrerin, die man völlig unterkühlt zusammen mit zwei Mädchen barg und die in einer Klinik in Odense auf Fünen tagelang im Koma lag, hieß Meret Minzmann. Sie war Referendarin am Ostsee-Gymnasium in Kiel-Wellsee und achtundzwanzig Jahre alt, wohnhaft in Klausdorf. Genaue Adresse steht da nicht. Die getöteten Kinder hießen ...«

Lorenz nannte acht Namen, die sie sich notierte.

Sie knetete nervös die Augenbrauen. Da war er wieder, der vertraute Kopfschmerz. Sie konnte ihn jetzt nicht gebrauchen. Zum Teufel damit.

»Meinst du, das ist es, wonach du gesucht hast?«, fragte Lorenz.

»Ich denke, ja. Hat man irgendjemanden haftbar gemacht?«

»Nein. Der Skipper war für sein Schiff und die Sicherheit an Bord verantwortlich. Weil er sehr wahrscheinlich ums Leben kam, wurde kein Prozess eröffnet.«

»Keine Reederei? Kein Schiffseigner wurde dafür belangt?«

»Nein, das Schiff gehörte dem Skipper. Einen anderen

Schuldigen konnte die BSU nicht ausmachen. Behördlicherseits wurde noch mal in allen Medien darauf hingewiesen, dass man nur ordnungsgemäße Rettungsgeräte verwenden soll.«

»Weiß man, woher de Jong die Inseln hatte?«

»Das war wohl schwierig festzustellen. Ein Freund von ihm hat ausgesagt, de Jong habe verschiedene Dinge für sein Schiff seit einigen Jahren immer recht günstig erworben. Wahrscheinlich über das Internet.«

Beide schwiegen.

»Ich habe noch was entdeckt«, sagte Lorenz nach einer Weile.

»Was denn?«

»Hamburg ist auch keine schlechte Stadt.«

»Wofür?«

»Zum Wohnen. Für die Liebe und für die Kunst.«

»Darüber reden wir noch mal, Darling«, sagte sie.

»Nenn mich nicht Darling«, sagte Lorenz und schnäuzte sich.

Island ging hinüber zu Bruns' Büro und klopfte. Dutzen saß am Computer seines Chefs und murmelte ein knappes »Hallo«.

»Wo ist der Boss?«, fragte sie.

»Essen«, sagte Dutzen und schrieb weiter, ohne aufzusehen.

»Und wo isst er?«

»Wo er ist? Oder wo er isst?«

»Ich wüsste beides gern«, sagte Island.

»Unten in der Dönerbude, nehme ich an. Ich hoffe, er verzichtet auf Knoblauchsauce, ich muss hier noch eine Weile hocken.«

»Können Sie mir bitte alle verfügbaren Daten über

diese Frau besorgen?«, bat Island und reichte Dutzen einen Zettel mit dem Namen der Lehrerin. »Sie wohnte 2002 in Klausdorf.«

»Klausdorf-Schwentine oder Klausdorf-Altenholz?«

»Keine Ahnung.«

Dutzen nickte.

»Und ich brauche alle Angaben über die Eltern dieser Kinder, die 2002 bei einem Schiffsunglück vor Gelting zu Tode kamen.«

»Weiß der Chef darüber Bescheid?«, fragte Jan Dutzen.

»Nein«, sagte Island. »Tun Sie es bitte trotzdem für mich?«

Sie rang sich ein Lächeln ab, das jedoch nicht erwidert wurde, und warf die Tür hinter sich zu.

Im Dönerladen an der Ecke zur Legienstraße war bis auf den jungen Verkäufer hinter der Theke niemand zu sehen. Island fluchte leise, weil sie gehofft hatte, den Ersten Hauptkommissar hier anzutreffen, aber dann ging sie trotzdem hinein und bestellte sich eine türkische Pizza mit Salat zum Mitnehmen. Als sie wieder draußen war, stellte sie sicher, dass sie auf der leeren Straße nicht belauscht wurde, und rief Bruns an. In knappen Worten informierte sie ihn über den Stand ihrer Ermittlungen.

»Sie haben Ihren Freund nach Hamburg geschickt? Den, der uns schon die Privatfernsehleute auf die Pelle gehetzt hat?« Er sprach sehr leise, weil er anscheinend in Gesellschaft irgendwo beim Essen saß, aber seine Stimme klang fassungslos.

»Ja.«

»Sind das die Ermittlungsmethoden, mit denen Sie in Berlin erfolgreich waren?«

»Was soll ich darauf antworten?«, fragte sie trocken.

»Sie wollten nicht glauben, dass es etwas mit einem Schiffsunglück zu tun haben könnte. Und es gab niemanden, den ich sonst nach Hamburg hätte schicken können. Es musste aber sein.«

»Heute ist Samstag. Wie konnte Ihr Freund dort überhaupt was ausrichten?«

»Connections«, sagte Island.

»Verstehe«, sagte Bruns.

Sie lehnte sich mit dem Rücken an eine Backsteinmauer und grinste. Manchmal half es, sich größer zu machen, als man war.

»Dann trommeln Sie die Leute zusammen«, sagte Bruns. »In einer Viertelstunde will ich alle zur Besprechung sehen.«

40

Um halb drei saßen sie am Tisch im Besprechungszimmer: Dutzen, Nissen, Taulow, Franzen, Island und Bruns. Die Dieffenbachie auf der Fensterbank wurde von der Sonne, die durch die ungeputzten Scheiben fiel, beschienen, und Island hatte diesmal das Gefühl, dass die Pflanze dem Gespräch der Menschen im Raum gleichmütig zuhörte.

Gerade war Island an der Reihe, ihre Ergebnisse vorzutragen, da wurde Bruns zum Telefon gerufen. Als er zurückkehrte, war die Haut seines Gesichtes gerötet.

»Der Fall van Loun hat eine interessante Wendung genommen«, sagte er. »Ein Mann hat sich bei der Kripo Neumünster gemeldet und behauptet, van Loun am Montag, dem 5. September, in dessen Bar im Streit durch einen Schuss verletzt zu haben. Der Mann, der aus Rumänien stammt und als Lkw-Fahrer arbeitet, wurde zwei Stunden lang vernommen. Er ist der Vater des Au-Pair-Mädchens, das bei van Loun arbeitet.«

»Er wusste nicht, in was für einem Haushalt seine Tochter untergekommen ist, stimmt's?«, fragte Franzen und rutschte auf ihrem Stuhl hin und her.

»Richtig. So versucht er es darzustellen. Wer es nachlesen will: Hier ist seine wörtliche Aussage in deutscher Übersetzung.« Bruns blätterte in einem mehrseitigen Fax. Dann zitierte er:

»Ich war mit einem Kühltransporter voller Nordseekrabben, die in Marokko geschält worden waren, auf dem Weg von Algeciras in Spanien nach Kopenhagen. In Neumünster machte ich eine Pause und fuhr bei meiner Tochter vorbei, die ich, seit sie in Deutschland eine Stelle als Au-pair-Mädchen angetreten hat, nicht mehr gesehen hatte. Ich habe feststellen müssen, in was für einem Reichtum ihre Gasteltern lebten, und fragte meine Tochter nach dem Beruf des Gastvaters. Unter Tränen erzählte sie mir von ihrer Vermutung, dass der Mann im Rotlichtmilieu tätig sei. Ich fuhr daraufhin zu seinem Lokal und habe den Mann zur Rede gestellt. Dabei bin ich ausgerastet. Wir haben uns geprügelt. Er hat mir die Nase blutig geschlagen, und ich habe meine Pistole gezogen. Ein Schuss löste sich und traf ihn am Hals. Er war aber nur leicht verletzt, beschimpfte mich und sagte, ich solle verschwinden. Ich habe meine Fahrt mit dem Lkw fortgesetzt mit der Absicht, auf dem Rückweg von Dänemark meine Tochter sofort abzuholen und nach Hause mitzunehmen. Als ich zurückkam, hat sich meine Tochter aber geweigert, mit mir zurück nach Rumänien zu fahren. Van Loun sei tot, und mit der Gastmutter und dem Kind habe sie sich immer gut verstanden. Sie wollte die

Gastmutter in ihrer jämmerlichen Situation nicht alleinlassen. Ich habe geflucht und ihr ins Gesicht geschlagen. Daraufhin wollte sie erst recht nicht mit. Ich habe sie dann in dem Haus am Einfelder See zurückgelassen. Sie ist schließlich erwachsen.«

»Was ist das denn für eine Geschichte?«

»Unglaubwürdig bis zum Gehtnichtmehr.«

»Hat der Mann für die Nacht vom 5. auf den 6. September, also für die Nacht, in der van Loun verschwand, ein Alibi?«, fragte Jan Dutzen.

»Ja«, sagte Bruns. »Er hat von sechs Uhr abends bis drei Uhr morgens an der dänischen Grenze festgesessen, weil irgendetwas mit seinen Frachtpapieren nicht stimmte.«

»Igitt«, schüttelte sich Karen Nissen. »Ich esse nie wieder Nordseekrabben, die man in Afrika gepult hat.«

»Die werden doch *alle* in Marokko geschält oder in Polen«, sagte Henna Franzen. »Die soll man sowieso nicht essen, weil die Nordsee schon leergefischt ist.«

»Kommen wir zurück zur Sache«, sagte Bruns, und Dutzen zuckte mit den Schultern. »Alibi ist Alibi. Der dänische Zoll ist wohl glaubwürdig. Da hat der Rumäne ja saumäßig Schwein gehabt.«

»Was ist mit den Videoaufzeichnungen der Fährgesellschaft?«, wollte Island wissen.

»Wir haben die Bänder inzwischen und untersuchen sie«, sagte Taulow. »Auch die Treppenaufgänge und die Außendecks der Fähre wurden überwacht. Wenn wir Glück haben, dann haben die Kameras van Loun ja mal vor die Linse gekriegt. Vielleicht bekommen wir heraus, ob er an Bord Begleitung hatte oder sich mit jemandem getroffen hat. Das ist immer noch unklar.«

»Das wäre ja der Hammer«, sagte Franzen begeistert, während die Übrigen zweifelnd dreinschauten.

»Wir trennen den Fall van Loun von den übrigen Fällen ab«, bestimmte Bruns. »Falk Taulow übernimmt die Leitung der Soko Seegarten.«

Der Angesprochene nickte.

»Und wie heißt die andere Sonderkommission?«, wollte Franzen wissen.

»Süßwasser«, sagte Island schnell.

»Könnten Sie das erläutern?«

Sie berichtete von ihren Erkenntnissen über die Verwendung von hochseeuntauglichen Binnengewässerflößen auf der Ostsee. Die Kollegen zeigten erstaunte und skeptische Mienen.

Bruns' Handy klingelte. Er nahm das Gespräch entgegen, und auf seiner Stirn erschienen ernste Falten.

»Gerade hat der Gutsbesitzer von Temming sich auf dem Polizeirevier in Preetz gemeldet. Bei einem Spaziergang über seine Ländereien hat er festgestellt, dass das Siegel an der Tür der Angelhütte aufgebrochen worden ist.« Er blickte in die Runde. »Wer fährt hin?«

»Einen Moment«, sagte Island. »Mona Moorberg hat etwas von einem Denkmal gesagt. Gibt es ein Denkmal auf dem Gutsgelände?«

Bruns wiegte den Kopf. »Das ganze Gut ist ja ziemlich pittoresk, die Scheunen stammen aus dem achtzehnten Jahrhundert, das Wohngebäude unterliegt dem Denkmalschutz, das Torhaus ...«

»Nein«, sagte Island. »Da muss noch was anderes sein.«

Sie schloss die Augen. Damals im Frühling, die Radtouren mit ihrer Tante. Vor einem Vierteljahrhundert. Der holprige Wanderweg an der Schwentine entlang, zwischen den dicken Stämmen der Buchen. Kurz bevor man den Gutshof erreichte, eine Lindenallee, ein kleines Rondell unter Bäumen, ein grauer Stein mit verwitterten Buchstaben, von Efeu überwachsen. »So manche Zähre habe ich geweint um meinen lieben Gatten…« Der Gedenkstein Linde von Temmings für ihren um viele Jahre älteren Ehemann. Ein kleines Denkmal mitten im Wald. Ein Ort für Verliebte, aber wohl kaum ein Ziel oder ein Versteck für einen Flüchtigen.

»Worüber meditieren Sie, Frau Kollegin?«, fragte Dutzen ironisch.

Sie schüttelte den Kopf.

»Nur so ein Gedanke«, murmelte sie.

»Möchten Sie Ihre Eindrücke nicht bei einem Besuch vor Ort vertiefen?«

Hilfe suchend sah sie Franzen an, die nickte.

»Gern«, sagte Island. »Wir fahren hin. Wenn Sie weiter nach der Lehrerin fahnden. Es ist wirklich verdammt dringend!«

41

Nach einer Dreiviertelstunde waren Island und Franzen bei der Angelhütte angekommen. Der Gutsherr stand ungeduldig im brusthohen Schilf neben der Hütte und wartete auf sie. Schon nach dem ersten Augenschein war klar, dass nicht nur das Siegel an der Tür aufgebrochen war. Jemand hatte sich in der Hütte häuslich niedergelassen. Auf dem Sofa lag eine verwühlte Pferdedecke, in den Regalen befanden sich ein Vorrat an Äpfeln, eine Schale Brombeeren und eine leere Schnapsflasche.

»Bitte bleiben Sie wachsam«, sagte Island. »Vielleicht kommt der Einbrecher zurück. Haben Sie sonst etwas beobachtet?«

Herr von Temming schüttelte den Kopf, stieg auf seinen Traktor und fuhr davon.

»Ich muss mir noch was ansehen«, sagte Island, als Franzen sich anschickte, zurück zum Wagen zu gehen. Nach fünf Minuten Fußmarsch erreichten sie die Brücke, die über die Schwentine zum Gutshof führte. Kurz vor dem Torhaus verlief linker Hand ein baumbestandener Weg am Flussufer entlang. Die Lindenallee sah noch genauso aus, wie Island sie in Erinnerung hatte. Sie führte direkt auf den Gedenkstein zu. Die beiden Polizistinnen erreichten den hohen, schmalen Marmorstein, der von einem schmiedeeisernen Zaun umsäumt war. Friedlich und geheimnisvoll lag der Stein im milden Dämmerlicht unter den ausladenden Ästen der Linden.

»Was ist das?«, fragte Franzen.

»Ein Denkmal«, sagte Island und blickte sich um. Hinter dem Stein erstreckte sich ein ovaler Platz bis zu einer Geländestufe, hinter der der Waldboden steil anstieg. An dieser Stelle gab es ebenfalls ein geschmiedetes Gitter, hinter dem ins Kraut geschossener Sauerampfer wuchs. Island sah sofort, dass die Pflanzen an einigen Stellen heruntergetrampelt waren. Hinter dem Gitter war ein Gemäuer zu sehen, ein Rundbogen, der in das Erdreich hineingetrieben war. Die Backsteine, die ihn stützten, waren feucht und bröselig.

»Sieht aus wie eine Grotte«, bemerkte Franzen.

»Der Geheimgang zum Kloster Preetz«, sagte Island.

»Was?« fragte Franzen.

»Es gibt eine Sage, nach der es zwischen dem Gut Rastorf und dem Kloster Preetz einen geheimen Gang gegeben haben soll. Hier soll der Eingang gewesen sein, obwohl Preetz ja eigentlich in der entgegengesetzten Richtung liegt.«

»Woher wissen Sie das?«

»Aus meiner Jugend«, sagte Island und zwinkerte.

»Sind Sie gar nicht aus Berlin?«, fragte die junge Kommissarin erstaunt.

»Die meisten Berliner sind irgendwann zugewandert«, erwiderte Island und machte sich daran, die Feldsteinstufen, die seitlich des Gitters die Anhöhe hinaufführten, emporzusteigen.

Der Boden war mit dichtem Gras bedeckt, das unter ihren Sohlen federte. Doch als sie mit dem Hacken aufstampfte, klang es hohl. Langsam ging sie weiter. Nach etwa zwanzig Metern sah sie einen flachen Schutthaufen aus Ziegelsteinen und verwittertem Holz. Als sie vorsichtig darum herumging, entdeckte sie zu ihren Füßen, halb unter Blättern versteckt, eine große, runde Holzplatte, eine Art Deckel, wie bei einem alten Brunnen. Die Platte war angehoben und wieder abgelegt worden, denn man sah an den Rändern die Grasnarbe hervortreten. Ohne den Blick abzuwenden, trat Island langsam zurück. Franzen, die hinter ihr die steilen Stufen emporgestiegen war, stieß hart gegen ihre Schulter.

»Was ist?«, wollte Franzen wissen.

»Gehen Sie runter und rufen Sie Bruns an«, flüsterte Island. »Jemand ist hier. Wir brauchen Verstärkung. Und seien Sie leise dabei.«

Folgsam kletterte Franzen die Treppe hinunter und verschwand hinter dem Gedenkstein. Island sah sich nach einer Deckung um, aber hier oben auf der dammartigen Erhebung gab es keinen Schutz.

Nach wenigen Minuten kam Franzen zurück, gab ein Zeichen, dass sie den Auftrag ausgeführt hatte, und machte sich wieder an den Aufstieg. Fast hatte sie die Hügelkuppe wieder erreicht, da sah Island ihn. Er hockte neben dem Denkmal, hinter den Stamm einer Linde gekauert, die, seit Jahren nicht gestutzt, um ihren Stamm herum ein ausladendes Blätterkleid trug. Er hockte ganz still und beobachtete sie. Island erstarrte.

»Neuner«, sagte sie laut. »Geben Sie auf. Sie sind zwar ein Arschloch. Aber Sie sind nicht der Mörder, den wir suchen.«

»Nein?«, fragte er, stand auf und trat aus dem Buschwerk hervor.

In der Faust hielt er ihre Pistole.

Er hob die Hand und zielte auf Franzen.

»In Deckung!«, schrie Island. Mit einer automatischen Bewegung griff Franzen nach ihrer Waffe. Noch bevor sie sie gezogen hatte, feuerte Ove Neuner einen Schuss ab. Das Projektil schlug in das Mauerwerk des Rundbogens unter ihnen. Ziegelsteine lösten sich und fielen mit dumpfem Ton zu Boden. Island sprang auf ihre Kollegin zu, warf sich auf sie und riss sie nieder. Ihre beiden Körper rutschten den Hang hinunter und landeten im Sauerampfer hinter dem Gitter. In ihrem Rücken befand sich der zugemauerte Eingang der Grotte, und noch immer hatten sie keinen Schutz. Ove Neuner stand da und blickte wie verwundert auf die Waffe in seiner Hand. Die Finger, mit denen er den Griff umklammert hielt, leuchteten weiß wie sein Gesicht.

»Werfen Sie die Pistole weg!«, brüllte Island.

Die Sekunden, die dann folgten waren lang, sehr lang. Die Stille zwischen den Bäumen war so massiv, dass Island glaubte, so müsse sich der Wahnsinn anhören, so überdeutlich still, dass es in allen Nervenfasern schmerzte.

Mit langsamen Schritten ging Neuner über den Platz und kam auf das Gitter zu, hinter dem sie lagen.

»Stehen bleiben, Waffe weg, wir bedrohen Sie nicht«,

hörte Island sich sagen, aber sie war sich nicht sicher, ob die Worte wirklich über ihre Lippen kamen.

Seine Stimme war die eines Kindes, und sie kam wie aus weiter Ferne.

»Schießen tut weh«, sagte er.

Dann ließ er die Pistole fallen.

Bis zum Eintreffen der Streife aus Raisdorf dauerte es noch zwölf Minuten. Henna Franzen saß mit dem Rücken gegen einen Baum gelehnt und starrte vor sich hin. Ove Neuner hockte in Handschellen gefesselt am Boden und schluchzte.

»Warum verstecken Sie sich hier?«, fragte Island.

»Ich habe Angst.«

»Vor wem?«

»Der, der Jasper ermordet hat, wird auch mich bestrafen.«

»Warum?«

»Ich weiß es nicht.«

»Wegen den Dingen, die Sie im Internet verkaufen?«

»Was soll daran denn schlecht sein?«, schniefte Neuner. »Wir haben die Sachen nicht geklaut. Jasper hat sie so bekommen, bei seiner Arbeit. Ein Typ da hat gesagt, er kann sie mitnehmen. Der wollte gar nicht wissen, was Jasper damit macht. Hat denen Geld gespart, dass wir die Sachen entsorgt haben. Und sonst wird doch auch jede Menge Schrott verkauft im Netz. Da sind wir ja nicht die Einzigen.«

»Wer hat Sie bedroht?«

»Es hat mich ständig jemand angerufen auf meinem Handy, aber nichts gesagt. Das macht einen verrückt. Ich hab das Scheißhandy in den Fluss geworfen, vor ein paar Tagen schon.«

»Was ich nicht verstehe«, sagte Island. »Warum haben Sie die Sachen hier draußen versteckt, bei einem Gutsherrn, der Jasper doch schon wegen der Angelhütte auf dem Kieker hatte?«

Neuner zuckte die Achseln.

»Jasper hatte mal was mit der Tochter gehabt, mit der schönen Britt von Temming. Sie ging für eine kurze Zeit auf unsere Schule, bevor sie wegen schlechter Noten oder schlechtem Umgang oder beidem auf eine Privatschule kam. Als wir mal zu viel getrunken hatten, hat Jasper sich damit gebrüstet, dass das älteste ihrer adligen Kinder von ihm sei. Ob das stimmt, weiß ich nicht. Irgendwie hatte Jasper immer noch einen Draht zu Britt, und sie hatte nichts dagegen, dass wir hier ein paar Sachen abgestellt haben. Sie hat dafür gesorgt, dass ihr Alter nichts davon mitbekommt.«

»Wie das?«

»Sie bewirtschaftet den Wald, der Alte kümmert sich um die Felder und die Puten, klare Aufteilung, damit sie sich gar nicht erst in die Quere kommen.«

Island strich sich die Haare aus dem Gesicht, die feucht waren von kaltem Schweiß. Jasper Klatt und Britt von Temming. Wie hätte sie die Möglichkeit so einer Verbindung sehen können? Hätte sie eine Zigarette dabei gehabt, dann hätte sie sie jetzt gern geraucht.

Als die Kollegen endlich da waren, begannen sie mit der Durchsuchung des Hohlraumes hinter der Grotte. Der Raum war viel größer als vermutet. Er war vollgestopft mit Segelbedarf jedweder Art: Seile, Segel, Winschen, Schäkel, Wassertanks, Chemietoiletten, Erste-Hilfe-Koffer, außerdem jede Menge Kisten, Kartons und anderes Verpackungsmaterial. Auf einem Stuhl unterhalb der runden Einstiegsluke stand ein Plastikbehälter mit Pappkärtchen: die Adressenkartei der Kunden. Dieses Erdloch war das Lager, nach dem sie die ganze Zeit gesucht hatten.

Islands Handy klingelte.

Es war Bruns.

»Wir haben Informationen über Meret Minzmann, diese Lehrerin. Nach dem Unfall hat sie ihr Referendariat abgebrochen und war längere Zeit arbeitslos. Im Moment ist sie bei der Kieler Beschäftigungsgesellschaft am Seefischmarkt tätig. Als Küchenhilfe. Sie wohnt im Masurenring 125 in Dietrichsdorf.«

»Danke«, sagte Island. »Ich hab die Adresse schon.«

»Wie das?«

»Wir haben Klatts Kundenkartei.«

»Ist eine Minzmann dabei?«

»Ja.«

»Was hat sie gekauft?«

»Neben allen möglichen Sachen, die man zum Segeln braucht, auch zwei Rettungsinseln.«

»Was will sie denn damit?«

»Ich fahre in den Masurenring und finde es heraus.«

»Dutzen kann das machen«, meinte Bruns.

»Bin schon in der Nähe«, entgegnete Island.

»Nehmen Sie Franzen mit?«

»Nein. Frau Franzen hat einen Schock und wird ärztlich behandelt. Ich fahre mit ihrem Wagen, weil bei meinem ja die Reifen zerstochen sind.«

»Dutzen sollte aber dabei sein. Ich schicke ihn sofort los.«

42

Nach einer Viertelstunde hatte Island das Hochhausviertel in Kiel-Dietrichsdorf erreicht. Dem Klingelbrett konnte Island entnehmen, dass die Wohnung von Meret Minzmann im fünften Stock lag. Sie sah auf die Uhr. Wo blieb Dutzen? Steckte er im Stau auf dem Ostring fest? Sie wartete noch ein paar Minuten, dann klingelte sie bei allen Namen in der zweiten Etage.

»Werbung!«

Wie sie gehofft hatte, wurde ohne Zögern oder Nachfragen mehrfach der Summer betätigt. Das Haus hatte einen Fahrstuhl, aber sie nahm die Treppe. Im fünften Stock führte eine zerkratzte Glastür auf einen Laubengang hinaus. Island zählte sechs Türen, bis sie vor dem Klingelschild mit der Aufschrift »Minzmann« stand. Von hier oben, am Ende des zugigen Ganges, hatte man einen weiten Blick über hunderte Einfamilienhäuser und die matt schimmernde Förde bis zum Kieler Westufer hinüber. Aber sie hatte keine Augen für die Schönheit der Umgebung. Sie entsicherte ihre Waffe und drückte die Klingel.

Nichts geschah.

Sie klopfte.

Stille. Möwen kreischten über den Dächern.

Neben der Wohnungstür befand sich ein kleines, mit Folie verklebtes Fenster, das augenscheinlich zu einem Badezimmer gehörte. Dieses Fenster stand auf Kipp. Island fasste in den Spalt und fingerte nach dem Griff. Er ließ sich ohne Probleme drehen. Sie öffnete das Fenster und kletterte hinein. Drinnen roch es nach Putzmittel und etwas anderem, das sie nicht benennen konnte. Sie lauschte. Bis auf das Ticken einer Wanduhr aus dem Inneren der Wohnung war nichts zu hören. Die Pistole in der schwitzigen Hand, betrat sie den engen Flur und spähte in die Küche. Niemand da.

Vom Flur ging eine weitere Tür ab. Der süßlich-herbe Geruch war jetzt sehr stark. Sie machte einen Schritt auf die Tür zu und brauchte einige Sekunden, um die Situation im Raum zu erfassen. Denn was sie sah, war zu unwirklich, als dass sie gleich wusste, worum es sich handelte. Das etwa dreißig Quadratmeter große Zimmer hatte ein breites, nach Westen liegendes Fenster. Die tiefstehende Abendsonne schien direkt hinein und fiel auf eine orangerote Masse von unfassbaren Ausmaßen. Nur seitlich an der Wand lugte ein umgestürztes Bücherregal daraus hervor.

Island kniff die Augen zusammen. Im Zimmer steckte, alle Ecken und Winkel und den ganzen Raum zwischen Tür und Fenster ausfüllend, eine Rettungsinsel. Die Außenwülste waren aufgeblasen und zu wabbligen Gebirgen gefaltet. Jemand schien dort geschlafen zu haben, denn es lag Bettzeug darin, ungewaschene Kleidung, Reste eines Frühstücks, leere Pizzakartons, eine Fernbedienung, die Tastatur eines Computers, Hanteln verschiedener Größe und durcheinandergeworfene Zeitungen. Das ist das seltsamste Zimmer, das ich je gesehen habe, dachte Island.

Sie ging zurück in die Küche. Hier war alles völlig normal. Eine kleine, saubere Küche mit Schränken und Gasherd, offenbar noch das Originalmobiliar aus den Sechzigerjahren.

Eine Frau lebte im fünften Stock eines Hauses in einem Gummiboot. Wo war sie? Was tat sie gerade? Was hatte sie vor?

Plötzlich riss die vertraute Melodie ihres Handyklingeltones sie aus ihren Gedanken. Sicher war es Dutzen, der ihr mitteilen wollte, dass er im Stau steckte oder aus anderen Gründen aufgehalten wurde. Sie war so überrascht, dass es nicht seine Stimme war, die da schrill in ihr Ohr drang, dass sie im erstem Moment gar nicht verstand, was gesagt wurde.

»Ich mach dich fertig, Olga Island«, erklang es heiser. »Ich bin schon ganz nah dran.«

»Wer spricht da?«, fragte sie atemlos. »Wer sind Sie denn?«

Doch es knackte nur, leise und weit entfernt. Island setzte sich auf den Rand der Rettungsinsel und schnappte nach Luft. War das Piotr? Sie hatten seine Stimme zahllose Male aufgezeichnet, denn es war immer wieder gelungen, Telefonate mit Leuten aus seinem Umkreis mitzuschneiden. Oft hatte er mit verstellter Stimme gesprochen. Piotr beherrschte unzählige Akzente und Dialekte, wenn er wollte, sprach er sogar perfektes Hochdeutsch, denn er hatte ein paar Jahre auf deutschen Internaten verbracht. War das eben also seine Stimme gewesen?

Energisch schüttelte sie den Kopf. Dann begann sie fieberhaft mit der Durchsuchung der Wohnung. Sie musste irgendetwas finden, das sie hier weiterbrachte. Die ehemalige Lehrerin Meret Minzmann tat absonderliche Dinge. Man sollte sie davon abhalten.

Unter dem aluminiumbeschichteten Boden der Insel wurde Island schließlich fündig. Zeitungsartikel. Fotos. Landkarten. Namenslisten. Adressen. Ein ganzes Archiv. Meret Minzmann hatte akribisch alles gesammelt: über das Unglück vor Gelting, über die Trauer der Angehörigen, über den nicht stattgefundenen Seegerichtsprozess, der nur noch eine Randnotiz in den Zeitungen gewesen war, nachdem die Schlagzeilen über den Tod der Kinder im Blätterwald verrauscht waren.

Der Eigner des Unglücksschiffes war für verschollen erklärt, das ausgebrannte Wrack geborgen und nach Abschluss der Untersuchungen verschrottet worden. Kein Schuldiger, kein Prozess. Fotos von den Kindern, Gruppenbild vor der Abreise ins Landschulheim, junge Gesichter, lachend, dazwischen eine junge blonde Frau. Die Lehrerin. Ein schlaksiger, kurzhaariger Mann, winkend. Der Lehrer. Fotos der Trauerfeier. Weinende Eltern, Kränze, eine Zeremonie am Strand, Blumensträuße schwimmen aufs Meer hinaus.

Ein Schreiben, mehrfach kopiert: die Kündigung der Referendarin Meret Minzmann wegen dauerhafter Erkrankung. Ein Gutachten des Amtsarztes, welches ihr schwere Depressionen infolge posttraumatischer Belastungsstörungen bescheinigte. Ein Schreiben des Schulamtes: »Das Referendariat muss leider beendet werden. Eine Weiterbeschäftigung im Schuldienst ist aus gesundheitlichen Gründen ausgeschlossen. Wir wünschen Frau Minzmann Erfolg auf ihrem weiteren Lebensweg«.

Arztrechnungen, Sozialhilfebescheid, ein Praktikum in der Altenpflege, ein Putzjob in einer Apotheke, ein Aushilfsjob am Falckensteiner Strand, Arbeitsvertrag mit der Kieler Beschäftigungsgesellschaft über eine Tätigkeit als Küchenhilfe am Seefischmarkt. Eine Liste mit Namen: Günther Mommsen, Jasper Klatt, Lars Larssen, Pieter Praas. Akribische Aufzeichnungen über Wohnorte dieser Männer, über ihre tageszeitlichen Aktivitäten, Lieblingsspeisen, Gewohnheiten. Schnappschüsse aus einer Digitalkamera: Lars Larssen vor seinem Schuppen in Laboe, Jasper Klatt, essend an einem Tisch in der KIBA-Kantine, Mommsen im Rollstuhl vor den Fischerhütten im

Hafen von Helgoland, Pieter Praas am Werfttor in Wellingdorf, wie er gerade in sein Auto steigt. Larssen und Klatt waren tot, Mommsen lag als schwerer Pflegefall in einer Hamburger Klinik. Was aber war mit Pieter Praas?

Als ihr Handy sie erneut aufschreckte, war Dutzen dran.
»Ich stehe vor dem Haus am Masurenring. Wo bleiben Sie?«
»Kommen Sie endlich rauf, Mann, fünfter Stock, letzte Wohnung am Außengang.«
»Sie sind allein da drin? Sind Sie bekloppt?«
»Schnauze halten und Beeilung!«
Island starrte auf die Liste der Namen in ihrer Hand. Sie wusste, was zu tun war. Jemand musste sofort raus an den Westensee. Entschlossen wählte sie die Nummer von Pieter Praas.
»Ja?«, meldete er sich.
»Herr Praas, sind Sie zu Hause?«
»Wo sonst?«
»Sind Sie allein?«
»Nachdem Ihre schwachsinnigen Kolleginnen hier waren und dämliche Fragen gestellt haben, ist der Fall für mich erledigt. Ob ich ansonsten allein bin, geht Sie gar nichts an.«
»Herr Praas, dies ist eine Anweisung der Polizei! Bleiben Sie, wo Sie sind. Schließen Sie Türen und Fenster, und lassen Sie niemanden herein!«, schrie Island ins Telefon. »Sie sind in Lebensgefahr. Wir kommen so schnell wir können.«
Pieter Praas legte auf, ohne ein Wort zu erwidern.
Es klopfte an die Wohnungstür.

»Was ist das, verdammt?«, fragte Jan Dutzen, als er das Wohnzimmer sah.

»Die Lösung«, sagte Island. »Der Schlüssel für dat Janze.«

»Mann«, sagte Dutzen und sah sie genervt an. »Was soll das Getue? Hören Sie auf, die Berlinerin zu spielen. Sie sind doch auch nur von hier.«

Da entschied sie, dass sie allein fahren würde.

43

Sie raste den Ostring entlang. An jeder Ampel, die auf Rot stand, hatte sie das bohrende Gefühl, einen irrsinnigen Fehler zu machen, gleichzeitig kam es ihr so vor, als sei alles nur ein absurder, böser Traum. Ein Alleingang war kompletter Schwachsinn. Sie musste die Kollegen verständigen. Aber wie lange würde sie brauchen, Bruns das alles zu erklären? Pieter Praas stand auf der Todesliste einer psychisch labilen Langzeitarbeitslosen. Würde das ausreichen, einen Großeinsatz zu starten, der dem potenziellen Mordopfer Praas sowieso kaum mehr als ein müdes Lächeln entlocken würde? Hatte sie denn mehr als einen dünnbrüstigen Verdacht, dass Meret Minzmann gerade auf dem Weg zu ihm war, um ihren Racheplan auszuführen? Vielleicht war Minzmann nur weggegangen, um sich eine Pizza zu holen, und sie würde in wenigen Minuten in ihre gummierte Wohnlandschaft zurückkehren für einen gemütlichen Fernsehabend.

Als sie endlich die Autobahn nach Rendsburg erreicht und auf hundertachtzig Stundenkilometer beschleunigt hatte, wurden ihre Gedanken klarer. Sie rief in der Bezirkskriminalinspektion an.

»*Was* machen Sie gerade?« Karen Nissens Stimme klang ungläubig. »Weiß der Chef davon? Wo ist Dutzen?«

»Schicken Sie mir Verstärkung. Ich kläre das später mit Bruns.«

Island schaffte die Strecke bis zum Ortsrand von Felde in wenigen Minuten. Es dämmerte, während sie mit viel zu hoher Geschwindigkeit die schmale Straße entlang auf den See zuraste. Sie hoffte und vertraute darauf, dass niemand aus einem der Ferienhausgrundstücke auf den Weg einbiegen würde. Sie erreichte das weiß gestrichene Holztor, bremste und parkte den Wagen so, dass er vom Haus aus nicht zu sehen war. Sie wählte Praas' Telefonnummer. Nichts geschah. Sie wählte noch einmal und ließ es lange klingeln. Nichts. Sie schaltete das Handy auf stillen Alarm, griff nach der Taschenlampe im Handschuhfach und stieg aus.

Im Schutz der Dämmerung ging sie auf das Tor zu. Das Haus mit dem hohen Reetdachgiebel lag still vor der schwarzen Fläche des Westensees. Nur hinter einem Fenster im Erdgeschoss sah sie ein schwaches, bläuliches Flimmern. Gerade wollte sie sich auf den obersten Balken des Gatters schwingen, um hinüberzuklettern, da bemerkte sie, dass das Vorhängeschloss lose an seiner Kette herabhing und das Tor nur angelehnt war. Island betrat das Grundstück, tauchte in den Schatten der Hecke und lief daran entlang in einem Bogen auf das Wohnhaus zu. Ihr Herz schlug schnell, trotzdem blieb sie ruhig. Sie spürte, dass das Adrenalin, das ihren Körper durchflutete, ihre Sinne bis aufs Äußerste schärfte. Was sie insgeheim fürchtete, war, dass Pieter Praas, aufgeschreckt durch ihren Anruf, mit seinem Gewehr im Anschlag im Garten stehen und auf sie zielen könnte.

Der Muschelkies knirschte unter ihren Sohlen, als sie sich in gebückter Haltung bis zur Haustür schlich. Sie ließ den Strahl der Taschenlampe über die Steinstufen wandern. Kein Zweifel: Die Haustür stand offen. Sie spähte durch das Fenster, aus dem bläuliches Licht drang. Auf einem Schreibtisch stand ein Bildschirm. Von ihm fiel mattes Licht auf ein paar Fotografien, die über einem niedrigen Regal hingen. Links neben dem Schreibtisch lag ein umgestürzter Stuhl. Die Zimmertür stand offen, aber der Raum dahinter war finster.

Für einen kurzen Moment dachte sie daran, zum Tor zurückzugehen und darauf zu warten, dass ihre Kollegen auftauchten. Doch sie wurde das Gefühl nicht los, dass die Lage der Dinge keinen Aufschub duldete.

Sie ging zur Rückseite des Hauses. Dort waren alle Fenster im Erdgeschoss dunkel. Nur oben, in einem der Gaubenfenster, sah sie einen hellen Schein, der auf die Gartenmöbel auf der Terrasse fiel. Sie trat zurück und reckte den Hals. Auf dem Fensterbrett stand ein kleines, leuchtendes Objekt. Es sah aus wie ein helles Nachtlicht für Kinder.

Sie ging zurück zum Eingang, knipste die Taschenlampe an, atmete durch und betrat die Diele. Es roch nach abgestandenem Zigarillomuff und Kaminsott. Von der Diele aus führte ein breiter Flur zu den Zimmern, die zu ebener Erde lagen. Island lauschte, es war totenstill. Sie ging den Gang entlang und öffnete vorsichtig die Türen. Hinter der ersten befand sich eine Art Arbeitszimmer, in dem der Bildschirm eines Laptops glomm. Sie suchte den Lichtschalter der Deckenlampe. Nichts geschah, als sie ihn drückte. Auch in dem kleinen Schlafzimmer hinter der nächsten Tür gab es kein Licht. Anscheinend hatte jemand die Sicherung herausgedreht. Sie tappte weiter. Hinter einer Holztür lag die Küche, graue Einbauschränke reichten bis unter die Deckenbalken. Durch eine Glastür gelangte sie in einen großen Raum mit einer breiten Fensterfront. Das Wohnzimmer hatte einen gemauerten Kamin und Geweihe an den Wänden, darunter standen Vitrinen mit Schiffsmodellen. Alles war aufgeräumt, wie unberührt. Die Treppe zum Dachgeschoss knarrte, als sie sie hinaufstieg. Sie betrat einen Flurraum mit schräger Decke, von dem mehrere Türen abgingen.

Türen, dachte sie, Türen sind mein Albtraum. Ich werde mir ein Einzimmerapartment suchen, damit ich ohne Türen leben kann. Sie schob die Tür zu einem der beiden Badezimmer auf. Der Lichtkegel ihrer Taschenlampe glitt über eine runde Badewanne, die von Marmormosaiken eingefasst war. Das andere Bad hatte zwei Waschbecken, eine Dusche und eine Saunakabine. Nebenan war ein Gästezimmer mit einem frisch bezogenen Bett. Durch einen Spalt unter der vierten Tür fiel ein Lichtstrahl. Vorsichtig schob sie sie auf. Noch ein Schlafzimmer. Island sah eine verspiegelte Schrankwand und ein King-size-Doppelbett. Zwei Federdecken waren aufgeschüttelt und zurückgeschlagen. Auf einem Nachtschränkchen lag ein Stapel Bücher, auf dem anderen befanden sich mehrere Packungen Schlaftabletten und mit rosa Plüsch bezogene Handschellen.

Sie trat ans Fenster. Auf dem Fensterbrett leuchtete eine kleine Lampe in Form eines Segelschiffes. Island untersuchte es und fand die Batterie an der Unterseite des Rumpfes.

Plötzlich war da ein Geräusch. Ein Knacken. Es schien aus dem Schrank zu kommen. Mit der Pistole im Anschlag schlich sie auf die Spiegelwand zu und zog die Schiebetür auf. Auf der einen Seite waren Fächer mit gebügelten Hemden, sauber zusammengelegten Pullovern, Socken, Handtüchern, Bettwäsche. Sie schob die Spiegeltür zur anderen Seite. Jacken, Anzüge, Wintermäntel, Schlafanzüge. Sie stutzte. Auf dem geblümten Papier, mit dem der Boden des Schrankes ausgelegt war, lag etwas. Es waren Finger. Die Finger gehörten zu einer kleinen, braunen Hand mit rot lackierten Nägeln. Island schob die Kleider zur Seite. Zwischen bunten Kartons und Hutschachteln lag ein Körper. Sie kniete sich nieder und leuchtete in die vor Schreck geweiteten Augen einer Frau. Die Frau war gefesselt. Ihr Mund war mit einem Klebestreifen verschlossen.

Island packte sie und zog sie hervor. Sie war klein und wog höchstens vierzig Kilo. Vorsichtig legte sie sie aufs Bett und befreite sie von Knebel und Fesseln. Die Frau krümmte sich zur Seite und versteckte ihr Gesicht in einem der Kopfkissen.

»Was ist passiert?«, fragte Island.

Sie bekam keine Antwort.

»Können Sie mich verstehen? Do you understand me?«

Die Frau schüttelte den Kopf, dann begann sie lautlos zu weinen.

»Wo ist Pieter Praas?«

Als die Frau den Namen hörte, senkten sich ihre Schulterblätter, und sie begann lauter zu schluchzen.

»Brauchen Sie einen Arzt?«

Island schob das kleine Plastikschiff zur Seite und öffnete einen Fensterflügel. Die kalte Luft, die hereinströmte, roch herbstlich, nach Wald, absterbenden Blättern und Holzfeuer. Am anderen Ufer des Sees, über den Wäldern in Richtung Kiel, stand ein heller Wolkenstreifen am dunklen Abendhimmel.

Die Lichter der Stadt, dachte Island, sie reichen bis weit auf das Land hinaus.

Unterhalb der Terrasse lag ein Steg, an dem eine Jacht dümpelte. Der metallene Mastbaum reflektierte den schwachen Schein des Himmels. Doch da war noch etwas anderes. Ein flackerndes Licht. Sie kniff die Augen zusammen. Plötzlich war sie sich sicher, dass es ein Feuer war, das sich langsam über den Steg bewegte.

Sie wandte sich wieder der Frau zu.

»Was ist passiert? Bitte sagen Sie es mir. Ich helfe Ihnen!«

Die Fremde drehte sich um und begann wimmernd Wörter auszustoßen.

»Böse Mensch, Pieter tot machen.« Es folgte ein Wortschwall in einer Sprache, die Island nicht verstand.

Das einzige, was die Frau auf Deutsch herausbrachte, war die wiederholte Beteuerung: »Pieter guter Mann, bald Heirat.«

»Können Sie hier alleine bleiben?«, fragte Island.

Die Frau presste die Lippen zusammen und nickte.

Island rief in der Zentrale an und orderte einen Krankenwagen, dann lief sie die Treppe hinunter.

Sie stolperte den grasbewachsenen Pfad entlang, der von der Terrasse zum Ufer hinabführte. Das flackernde Licht war stärker geworden, aber es schien sich in derselben Geschwindigkeit von ihr zu entfernen, wie sie sich dem See näherte. Als sie den Bootssteg erreichte, war es schon eine ganze Strecke aufs Wasser hinausgewandert. Irgendetwas war da draußen und trieb langsam vom Ufer weg.

Island fuhr sich mit der Hand über die Augen. Die orangerote Signalfarbe ließ keine anderen Schlüsse zu. Es war eine Rettungsinsel. Im Schein der Fackeln, die daran befestigt waren, sah sie ein längliches, dunkles Paket, das unförmig über den Gummiwulst hing. Mit keuchendem Atem rannte sie über den Steg und sah sich fieberhaft nach einer Möglichkeit um, aufs Wasser hinauszugelangen. Das Segelboot war für eine Verfolgung ungeeignet, denn es hatte weder Motor noch Paddel an Bord, und über dem Westensee herrschte vollkommene Windstille. Aber auch eine Brise hätte nichts genützt, denn sie war noch nie gesegelt.

Sie begann sich die Kleider vom Leib zu reißen. In Unterhose und Hemd glitt sie vom Steg hinab. Der Schmerz, den das kalte Wasser verursachte, war überwältigend. Die Haut zog sich am ganzen Körper zusammen, und sie befürchtete für einen Moment, ihr Herz würde aussetzen. Alles um sie herum war tiefschwarz, und sie hatte das Gefühl, von unsichtbaren Kräften nach unten gezogen zu werden. Sie machte hektische Schwimmbewegungen und versuchte sich verkrampft auf ihre Atmung zu konzentrieren. Sie dachte an das Prinzenbad in Kreuzberg, in dem sie während der Sommermonate ihre Bahnen gezogen hatte, an den Geruch des Chlorwassers im großen, unbeheizten Becken, an den muskulösen türkischen Bademeister, der ihr zulächelte, wenn sie nach dem Schwimmen erschöpft auf der Terrasse des Cafés saß, um bei Pommes Frites und Cola ihre Zeitung zu lesen. Und während sie noch darüber nachdachte, wie absurd ihre Gedanken gerade in diesem Augenblick waren, näherte sie sich langsam der brennenden Rettungsinsel draußen auf dem See.

44

Die Frau saß auf der Holzbank unter den Eisenstreben des Pavillons und sah auf das Wasser. Von so einem Ort hatte sie immer geträumt. Joachim hatte oft davon gesprochen, einmal ein Haus mit einem großen Garten zu kaufen.

»Wir geben Gartenpartys, bis uns alle Nachbarn hassen. Ich baue ein Gewächshaus für kanadische Riesentomaten. Und auf unserem Pool werden die Kinder im Winter Schlittschuhlaufen.«

»Welche Kinder?«

»Unsere, welche sonst?«

»An wie viele denkst Du denn so?«

»Mindestens fünf.«

»Du spinnst total!«

»Oder sechs oder sieben. Das Kollegium wird ausflippen vor lauter Mutterschutz und Elternzeit.«

»Du bleibst zu Hause bei den Blagen!«

»Warum nicht?«

Joachims Stimme klang ihr immer noch in den Ohren. Aber ihre Gedanken verschwammen, wenn sie versuchte, sich an all seine Worte zu erinnern. Sie starrte auf das dunkle Wasser, auf dem das Floß langsam dahintrieb.

»Resistent gegen Funkenflug« war auf die Innenseite des Wulstes gedruckt. Das kautschukbeschichtete Kunstfasergewebe, das ein Mann namens Lars Larssen im Jahre 1969 aus Komponenten der Weltraumforschung entwickelt und für eine kleine Kieler Werft hatte patentieren lassen, war hitze- und kältebeständig und hatte nur einen winzigen Makel. Damals hatte sie es lesen können, als die Morgendämmerung gekommen war, hundert Mal hatte sie es gelesen, wieder und wieder, das kleine Schild mit dem Logo der Firma Pekuni und Praas. »Maximal acht Personen«, hatte darauf gestanden. »Nicht seewasserresistent. Nur für Binnengewässer zugelassen. Pekuni und Praas, Kiel.«

Die Buchstaben waren das Einzige gewesen, was sie anstarren konnte, als der Tag angebrochen war und sie bis zum Hals im Wasser sitzend dahingetrieben waren. Sie und die Mädchen.

Es war wichtig, dass er Licht hatte. Er sollte sehen können, bis er unterging, er sollte lesen. Auch er sollte sich einmal an Buchstaben klammern: an die seines eigenen Namens. Nun durfte er erfahren, wie es war, auf dunklem Wasser ausgesetzt, den Elementen ausgeliefert zu sein. Atmen, Lauschen, Atmen und wissen, dass es zu Ende geht. Die Angst kennenlernen, die da ist, wenn einem klar wird, dass niemand kommt, um zu helfen.

Es war ihre Arbeit gewesen, als sie keine Arbeit mehr hatte. Sie hatte Material gesammelt, ihn wie die anderen beobachtet, die Puzzleteile zusammengetragen, die ihr noch gefehlt hatten. Pieter Praas würde ihr Meisterstück werden. Sie hatte den Wagen auf der Einfahrt zum unbewohnten Nachbargrundstück geparkt, den Fünfzehn-Kilo-Behälter durch das Schilf geschleift. Die Druckluftvorrichtung hatte noch einwandfrei funktioniert, die Gummiringe hatten sich in Sekunden entfaltet. Der Mann hatte wirklich Glück, dass es noch so gut lief mit diesem alten Schrottding, denn bislang lag er warm und trocken auf seinem schönen, holsteinischen Badesee. Er hatte mit einer Flinte auf sie geschossen, aber die Kugeln waren ins Leere gegangen. Sie hatte ihm eine Schlinge um den Körper geworfen und das Seil stramm gezogen. Die Asiatin, die bei ihm gewesen war, war zu schwach und zu hysterisch gewesen, um ihr in die Quere zu kommen. Sie hatte die Injektion nicht gleich in die Vene setzen können, weil er sich hin und her geworfen und gezittert hatte.

Bald würden die Fackeln heruntergebrannt sein. Erst dann würde das Gewebe Blasen werfen und aufplatzen und die Qualitätsarbeit absaufen lassen. Sie wartete mit einer gewissen Spannung darauf, denn sie wollte wissen, ob sein Tod irgendwelche Gefühle in ihr auslösen, den dumpfen, hilflosen Schmerz betäuben würde, den sie seit Jahren in sich trug. Die beiden Männer, die sie getötet hatte, waren röchelnd gestorben, doch ihr Tod hatte nichts bewirkt. Deshalb musste sie weitermachen. Die Stimmen sagten es ihr immer und immer wieder: »Tu es! Tu es für uns!«

Da kam jemand die Treppe vom Haus hinunter. Ein Strahl aus einer Taschenlampe glitt über den Steg und das Boot, das dort vertäut lag. Das Licht verschwand, und etwas klatschte auf die Wasseroberfläche. Sie kniff die Augen zusammen und starrte über den See. Jemand versuchte ihren Plan zu durchkreuzen. Sie stand auf und lehnte sich über die eiserne Brüstung. In ihrer Hand lag der Kolben des Gewehrs. Das Holz war glatt und kühl.

»Das ist ja eine Frau!«, hatte Pieter Praas gesagt, als sie schon über ihm gekniet hatte. »Die Polizei warnte mich vor einer Frau!«

Da hatte sie ihm die Nadel in den Hals gerammt und die narkotisierende Flüssigkeit in die Schlagader gepresst.

Nun strich sie ruhig über den Lauf des Gewehres, das nach Waffenöl roch und schwer in ihrer Hand lag. Sie würde nicht zulassen, dass irgendjemand ihren Plan zunichtemachte. Noch hatte sie Zeit. Die Büchse war geladen und entsichert. Sie spuckte aus, beobachtete die Flammen auf dem See und wartete.

45

Mit langsamen, kräftigen Schwimmzügen versuchte Island voranzukommen. Lange, raue Algenfäden wanden sich um ihre Unterschenkel. Sie schlug mit den Beinen und sackte dabei weiter ab. Erst nach kräftigem Strampeln gelang es ihr, freizukommen. Sie drehte sich um und blickte zurück, während sie auf dem Rücken liegend weiter voranschwamm. Oben auf dem Hang lag schemenhaft das Haus zwischen den Bäumen. Die kleine Lampe auf dem Sims des Schlafzimmerfensters war der einzige Orientierungspunkt.

Als sie die Insel erreichte, spürte sie auf ihrem Gesicht die Wärme, die von den Fackeln ausging. Über den Rand der Tragschläuche ragten nackte Füße und bleiche, behaarte Unterschenkel. Sie suchte nach etwas, an dem sie sich nach oben ziehen konnte, aber die umlaufende Handleine war brüchig und riss, als sie sich daran festklammerte. Sie schwamm um die Insel herum und entdeckte eine Einstiegsleiter. Ihre Finger waren taub vor Kälte, doch sie krallte sich fest und versuchte, sich hochzuziehen.

Das Schwimmen im eiskalten Wasser hatte viel Kraft gekostet. Sie hing an den Aluminiumstangen und rang nach Atem. Die Luft roch nach verbranntem Wachs und verschmortem Gummi. Sie zählte bis zehn und wuchtete sich empor. Eine Fackel glitt aus dem Klebeband, mit dem sie auf dem Schwimmkörper befestigt war, und fiel ins Innere der Insel. Island warf sich über die Gummiwulst und schlug mit bloßen Händen auf das Feuer ein, bis es verlosch. Der Anblick des gefesselten Mannes jagte ihr einen Schauer über den Rücken. Pieter Praas lag auf dem Bauch, mit dem Gesicht nach unten. Es war nicht klar, ob er noch lebte. Reflexartig führte sie alle notwendigen Handgriffe aus, um ihn auf den Rücken zu drehen. Im Schein des Feuers konnte sie sehen, dass seine Lider geschlossen waren. Sie hielt ihr Ohr an seinen geöffneten Mund, spürte aber keinen Atemhauch. Ihre Finger suchten die Halsschlagader. Langsam und unregelmäßig ging ein kaum spürbarer Puls.

Verzweifelt sah sie sich um. Neben dem Einstieg befand sich eine Plastikhalterung, in dem ein verrostetes Messer steckte. Es diente im Notfall dazu, die Reißfangleine abzuschneiden, die man zum Öffnen und Aufblasen des Schwimmkörpers brauchte, nachdem man die Insel ins Wasser geworfen hatte. Island zog das Messer heraus und durchtrennte die Fesseln an Händen, Füßen und Kniegelenken. Praas' Gesicht war fahl, die Lippen waren blau.

Island verschloss den Mund des Mannes, nahm seine Nase zwischen ihre Lippen und blies Luft hinein. Nach einem weiteren kräftigen Atemstoß begann sie mit der Herzdruckmassage.

Nach einer Weile wurde ihr schwindlig. Sie richtete sich auf und sah weit entfernt das Flackern von Blaulicht hinter dem Haus. Sie riss eine der Fackeln aus ihrer Verankerung und schwenkte sie hin und her. Es dauerte eine Ewigkeit, bis sie wandernde Lichtkegel den Hang herabkommen sah. Währenddessen hatte sie mit bloßen Händen, von denen sich verbrannte Haut löste, begonnen, die Insel in Richtung Ufer in Bewegung zu bringen.

»Hierher!«, schrie sie aus Leibeskräften und paddelte mit hektischen Bewegungen voran.

Vorne auf dem Bootssteg stand jemand.

Noch einmal schrie Island, so laut sie konnte:

»Hier sind wir! Draußen auf dem Wasser!«

Da fiel ein Schuss.

Das Projektil durchschlug den äußeren Gummiring der Insel. Augenblicklich begann die Luft zischend zu entweichen. Es dauerte ein paar Sekunden, bis sie bemerkte, dass auch Pieter Praas getroffen worden war. Blut floss aus einem Loch in seinem rechten Knie und bildete eine dunkle Lache auf dem Boden. Es vermischte sich mit dem Wasser, das durch einen Riss blitzschnell ins Innere der Insel eindrang. Mit einem röchelnden Geräusch entwich die Luft, die Island in Praas' Brustkorb hineingeatmet hatte, aus seiner Lunge. Wieder begann sie mit der Beatmung, dann band sie mit den Fetzen der Handleine, die außenbords herabhing, sein verletztes Bein am Oberschenkel ab. Die Leine war porös, doch sie hielt, und die Blutung wurde schwächer.

Vom Bootssteg her erscholl Geschrei. Im Schein der Taschenlampen an Land sah Island, dass zwei Polizisten die Gestalt auf dem Steg niederwarfen. Mit der letzten Kraft, die noch in ihren Armen steckte, paddelte Island auf das Ufer zu.

Als sie vor Kälte und Erschöpfung zitternd und ohne einen Gedanken fassen zu können auf den Holzplanken des Bootsteges saß, legte sich eine kräftige Hand auf ihre Schulter.

»Es ist vorbei«, sagte Jan Dutzen. »Sie können sich wieder anziehen.«

In grellem Flutlicht lag Pieter Praas auf einer Trage und wurde vom Rettungsarzt versorgt. Island zog die Aluminiumfolie, die ihr ein Sanitäter umgelegt hatte, fester um die Schultern und strich sich die nassen Haare aus dem Gesicht.

»Wo sind meine Sachen?«, fragte sie.

»Ach, das waren Ihre Klamotten?« Jan Dutzen hockte

sich neben sie. Sie konnte sein Gesicht nicht erkennen, aber sie war sich sicher, dass er wieder einmal eine Grimasse zog.

»Die Spusis haben alles, was hier rumlag, mitgenommen«, sagte er.

»Ist das Ihr Ernst?«

»Die Minzmann hat darauf gelegen, als wir sie überwältigten.«

»Na toll. Was mache ich jetzt?«

»Übrigens sexy, Ihr Hemd«, sagte Dutzen.

»Wo ist die Frau? Ich will mit ihr sprechen.« Island merkte, dass sie wütend wurde.

»Da drüben.« Dutzen machte eine Kopfbewegung zu einem blätterbewachsenen Unterstand hin.

»Leihen Sie mir was zum Anziehen?«, fragte sie mürrisch.

»Alles, was Sie wollen!«

»Ihre Jacke würde mir reichen.«

Dutzen zog seine Cordjacke aus und gab sie ihr.

»Ich heiße übrigens Jan.«

»Olga«, sagte Island und ärgerte sich schon im nächsten Moment darüber, dass sie sich seiner dreisten Art nicht hatte entziehen können. Sie stand auf, wickelte sich aus der Folie und streifte die Jacke über. Sie war mehrere Nummern zu groß und roch nach Männerschweiß, aber sie enthielt die Wärme eines menschlichen Körpers, die ihr in diesem Moment guttat. Ein wirrer Gedanke ging ihr im Kopf herum, ein plötzlicher Verdacht, dem sie sofort nachgehen, den sie sofort aussprechen musste.

»Hast Du mich mal angerufen? Privat, meine ich?«

Der Blick aus seinen blauen Augen war fest und ohne das geringste Erstaunen.

»Sollte ich?«

»Ich wüsste eigentlich nicht, warum«, sagte Island und betrachtete ihn unverwandt.

»Dann lass dir Zeit mit dieser Frage, Frau Kollegin. Wie es aussieht, laufen wir einander ja nicht weg.«

Sie wickelte die Folie um ihre Hüfte und ging barfuß zum Pavillon, in dem eine schmale Gestalt mit Handschellen an das Geländer gekettet dasaß und vor sich hin summte. Die blonden Haare hingen wirr um ihren Kopf, aus der Nase tropfte Blut.

»Wir haben uns schon einmal getroffen«, sagte Island. »An Ihrem Arbeitsplatz, in der Kantine am Seefischmarkt. Sie haben meiner Kollegin geholfen, als sie einen Zuckerschock hatte. Warum wollten Sie Pieter Praas töten?«

Meret Minzmann lächelte.

»Sie haben doch schon alles herausgefunden.«

»Ich möchte es gern von Ihnen hören, damit ich weiß, ob ich es richtig verstanden habe.«

»Er hat meine Schüler auf dem Gewissen und Joachim, den Mann, mit dem ich mein Leben verbringen wollte. Der ehrenwerte Werftbesitzer hat nicht nur jahrelang völligen Mist produzieren lassen. Er hat ihn bis heute aufgehoben und ihn Jasper Klatt überlassen, sodass der ganze alte Schrott weiterhin verkauft und verwendet werden konnte. Jeder kann sich im Internet diesen Mist besorgen, der auf die Müllhalde gehört. ›Kann man ja noch gebrauchen, ist ja zu schade, um es wegzuschmeißen, damals im Krieg haben wir ja auch keine neuen Sachen gehabt, da waren wir froh über alles.‹ Das hat er zu mir gesagt, als ich ihn zur Rede stellte.«

Die Frau biss sich auf die Oberlippe.

»Was war mit Jasper Klatt? Warum musste er sterben?«

»Ich habe monatelang alle Angebote an Rettungsmitteln gecheckt. Schließlich habe ich bestellt, größere Mengen von allem möglichen Dreckszeug. Und nicht bezahlt. Wenn sie ihr Geld eintreiben wollen, erfährt man ganz schnell, mit wem man es zu tun hat. Ove Klatt, dass ich nicht lache. Als der Brief des Inkassounternehmens ins Haus flatterte, hatte ich die beiden wirklichen Namen der Schrottverkäufer: Ove Neuner und Jasper Klatt. Der eine war weit weg in München. Aber der andere saß warm und behaglich in Kiel. Der war zuerst dran. Der andere sollte sich ruhig vor Angst ins Hemd machen, wenn er davon erfuhr, was mit seinem Geschäftspartner passiert war.

Ich habe herausbekommen, wo dieser feine Jasper Klatt arbeitet. Das war nicht schwer. Die Werft ist stolz auf ihre Arbeiter und hat sie alle mit Foto auf ihrer Website abgebildet.«

Meret Minzmann lachte leise.

»Dann spionierte ich seine Gewohnheiten aus. Als ich den Job in der Kantine bekam, war ich fast am Ziel. Der Typ kam jeden Tag zum Essen und hatte auch Appetit auf anderes. Da lag es nahe, sich zu verabreden. Ich habe ihm Lachshäppchen mitgebracht und Rotwein, und dann hat er an gar nichts mehr gedacht, außer ans Vögeln. Wollte sogar Fesselspiele. Die hat er dann bekommen.«

»Und Lars Larssen?«

»Der hat die Scheiße doch damals erfunden. Einen Kunststoff für Rettungsinseln, der Seewasser nicht standhält, Rettungsflöße für Binnenseeschipper, das ist kriminell. Aber an den alten Larssen kam ich mit einfachen Mitteln nicht heran, da war nichts mit schöne Augen machen oder Verführung. Dazu war der schon zu fertig und zu kaputt. Der Alkohol hätte ihn sowieso erledigt. Aber ich wollte nicht zulassen, dass er sich langsam und gemütlich zu Tode saufen konnte. Ich habe ihn stranguliert, weggespritzt und in die Hagener Au geworfen, an der Stelle, die Joachim so geliebt hat. An unserem romantischen Ort, auf unserer Sandbank. Ich wollte mich von der Erinnerung daran befreien, wie glücklich wir dort gewesen waren. Ich habe es für Joachim getan. Er hätte dasselbe für mich gemacht.«

Meret Minzmann schüttelte sich und schwieg. Erst nach einer ganzen Weile sah sie Island an und sagte mit leiser, mädchenhafte Stimme: »Sie haben Pieter Praas gerettet. Warum denn?«

»Weil ich Polizistin bin, und weil man Menschen nun mal nicht einfach sterben lässt«, hörte Island sich sagen, aber ihre Worte kamen ihr hohl vor.

»Warum ist dann niemand gekommen und hat Joachim und die Kinder gerettet?«

Island wusste nicht, was sie darauf antworten sollte. Sie stand wortlos da und fuhr mit den nackten Zehen im Halbkreis über den Holzboden, bis ihr diese hilflose Geste auffiel und sie den Fuß zurückzog. Zwei Streifenbeamte kamen zum Pavillon, um mitzuteilen, dass der Wagen für die Fahrt nach Kiel bereitstand.

»Abführen«, sagte Island, und sie hasste ihre raue, tonlose Stimme.

46

Am Sonntag um acht Uhr saßen alle Mitarbeiter der Mordkommission Kiel im Besprechungszimmer in der Blumenstraße und ließen die Stunden der vergangenen Nacht Revue passieren. Auf dem großen Tisch standen eine offene Keksdose und eine Kanne Kaffee, aber bis auf

Harald Lund, dem zufrieden aussehenden Staatsanwalt, und Henna Franzen schenkte sich niemand eine Tasse ein. Henna Franzen war nach dem Vorfall auf Gut Rastorf ein paar Stunden zur Beobachtung im Krankenhaus gewesen und hatte den Rest der Nacht zu Hause in ihrem Bett verbracht. Sie schien ärgerlich darüber, dass sie bei Minzmanns Festnahme nicht dabei gewesen war. Wegen des Schusstraumas würde sie in den kommenden Wochen Begleitung und Beratung vom Polizeipsychologischen Dienst des Landeskriminalamtes bekommen, was alle in der Gruppe für sinnvoll und richtig hielten. Zumindest äußerlich wirkte sie aber frisch und ausgeschlafen und konnte für diesen Tag Aufgaben übernehmen, für die andere zu müde waren.

Die ehemalige Lehrerin Meret Minzmann war noch in der Nacht dem Untersuchungsrichter vorgeführt und in Untersuchungshaft genommen worden. Pieter Praas war per Rettungshubschrauber in die Universitätsklinik nach Kiel geflogen worden. Er hatte viel Blut verloren, war jedoch laut Aussage des Chefarztes der Intensivstation außer Lebensgefahr. Seine Lebensgefährtin, eine chinesische Physikstudentin, die legal in Deutschland lebte und unter Pieter Praas' Adresse gemeldet war, hatte nach einer stundenlangen Befragung durch die Kripobeamten den Rest der Nacht an Praas' Bett im Krankenhaus verbracht und seine mit Kanülen gespickte Hand gehalten.

In seiner Garage auf dem Grundstück am Westensee wurde jede Menge weiterer Rettungsschrott gefunden. Wie es aussah, hatte Minzmann recht: Praas war ein Sammler von alten, abgelegten Dingen. Er hatte von der Werft alles abtransportiert, was gerade noch in seinen Landrover passte. Vom Westensee aus hatten Klatt und

Neuner das, was sie brauchen konnten, nach und nach abgeholt und in ihr Versteck auf dem Gutshof gebracht. Aus der Kundenkartei, die Jasper Klatt akribisch geführt hatte, ging hervor, dass der Seniorchef der Werft den jungen Männern die Sachen nicht ohne Gegenleistung überlassen hatte. Für alles, was sie verkaufen konnten, hatte er Provision kassiert.

Ove Neuner legte noch in der Nacht ein ausführliches Geständnis ab. Bis zum Beginn des Prozesses wegen Nötigung, Geiselnahme und Schusswaffengebrauch durfte er sich bei seinen Eltern in Preetz aufhalten.

Die Auswertung der Videobänder der Überwachungskameras auf den Decks der Stena Scandinavica lieferte ein überraschendes Ergebnis. Auf einem der Bänder war ein Mann zu erkennen, der bei strömendem Regen eine Treppe zum Sonnendeck hinauftorkelte. Dort rüttelte er am geschlossenen Fenster des Ausschanks eines Kiosks mit der Aufschrift »Sundeck-Bar«. Als er dort augenscheinlich nichts ausrichten konnte, schwankte er über die nassen Planken bis zu einer Gruppe von Sitzbänken nahe der Reling. Deutlich sichtbar, weil von einer Deckslaterne beleuchtet, kletterte der Mann, der einen weißen Schal oder einen Verband um den Hals trug, auf die Balustrade am Heck und öffnete seinen Hosenschlitz. Dabei schlingerte er, rutschte ab und stürzte kopfüber über die Reling. Wie das Videoband dokumentierte, betrat bis zum Morgengrauen kein weiterer Mensch das Deck, nur ein paar Möwen ließen sich für eine Weile auf den Bänken der Sitzgruppe nieder und trotzten dem Wetter.

Island hatte um Mitternacht im Keller der Bezirkskriminalinspektion eine Viertelstunde lang geduscht und sich anschließend die frische Kleidung angezogen, die Lorenz ihr aus ihrer Pension geholt hatte. Er hatte Olga in den Arm genommen und bedauert, nicht mit ihr zusammen duschen zu können. Sie hatte ihn auf den nächsten Tag vertröstet. Er hatte vorgeschlagen, endlich einmal gemeinsam an den Strand zu fahren, wenn man nun schon mal zusammen am Meer war. Island hatte sich gegen ein Uhr nachts eine Pizza an ihren Schreibtisch bestellt und angefangen, den wichtigsten Papierkram zu erledigen, der nach einem solchen Einsatz nötig war. Das Anfertigen von Vermerken, Berichten und Protokollen würde noch Tage dauern und die Mitarbeiter der Mordkommission sowie mehrere Schreibkräfte beschäftigen.

Die Meldungen an die Presse waren verfasst, Bruns hatte zusammen mit Staatsanwalt Lund und Hinrich Müller, dem Pressesprecher, dem Norddeutschen Rundfunk bereits um sechs Uhr fünfzehn am Morgen ein Interview gegeben.

Die Anspannung der letzten Woche wich einer wohltuenden Erschöpfung. Jeder war froh über halbwegs planbare und zivile Arbeitszeiten.

Nach der Besprechung an diesem frühen Sonntagmorgen nahm Bruns Island zur Seite.

»Ich habe jetzt übrigens einen Parkplatz im Innenhof für Sie reserviert. Beabsichtigen Sie, sich einen neuen Wagen zuzulegen?«

»Ja, sobald ich dazu komme.«

»Der hat dann wohl ein Kieler Kennzeichen?«

Sie zog die Stirn kraus.

»Wer weiß?«

»Der Hausmeister hat danach gefragt«, entgegnete Bruns. »Er bringt ein entsprechendes Schild an.«

»Wollen Sie denn, dass ich bleibe?«, fragte Island und

betrachtete dabei die Dieffenbachie, die schon wieder so aussah, als müsse sie gegossen werden.

»Aus unserer Sicht spricht nichts dagegen«, antwortete Bruns, und seine buschigen Augenbrauen zuckten.

»Na, dann ...«, sagte sie leise.

»Lassen Sie es mich so sagen«, fügte Bruns hinzu, nachdem eine etwas unangenehme Pause entstanden war. »Ich würde mich freuen, weiter mit Ihnen zusammenzuarbeiten.«

»Danke«, erwiderte Island und spürte plötzlich, wie müde sie war.

»Haben Sie schon eine Vorstellung davon, wo Sie wohnen wollen?«, erkundigte sich Bruns.

»Die Suche beginnt am Wochenende«, antwortete Island, und es kam ihr so vor, als hätte sie diesen Satz schon einmal zu Bruns gesagt.

»Heute ist übrigens Sonntag«, sagte der Erste Hauptkommissar und lächelte.

»Tatsächlich?«, meinte Island und lächelte zurück.

Gegen neun Uhr war sie so müde, dass die Buchstaben vor ihren Augen zu tanzen begannen. Als sie die Treppe hinabstieg, um zu ihrem Auto zu gehen, stieß sie fast mit Henna Franzen zusammen, die über den Gang eilte.

»Bin auf dem Weg zur Staatsanwaltschaft im Gericht am Schützenwall, damit die ein paar von unseren Unterlagen gleich am Montagmorgen haben«, sagte Franzen. »Können Sie mich vielleicht ein Stück mitnehmen? Zurück gehe ich zu Fuß durch die Parks. Ist so schöne Herbstluft!«

»Klar, ich warte unten auf dem Parkplatz«, sagte Island.

»Hole nur noch meine Mappe und bin gleich da«, meinte Franzen und verschwand in Richtung Registratur.

Island ging über die Straße und sah sich nach ihrem Leihwagen um. Er stand ganz hinten unter einer etwas windschiefen Pappel, die man sicher bald fällen würde. Dann wäre dort Platz für ein weiteres Auto, sinnierte sie. Sie war Lorenz wirklich dankbar, dass er sich nach der Rückkehr aus Hamburg sofort um neue Reifen für den Leihwagen gekümmert hatte. Anschließend hatte er mit dem Wagen eine gemütliche Tour an die Schlei gemacht und in einem Landgasthof zu Abend gegessen. Und wie abgesprochen, hatte er das Auto noch in der Nacht wieder auf dem großen Parkplatz vor der Bezirkskriminalinspektion abgestellt.

Eine leichte Brise fuhr in die Kronen der Bäume und ließ die Blätter der Pappeln rauschen. Der wolkenlose, blaue Himmel versprach einen warmen Herbsttag. Island dachte daran, auf dem Weg in ihre Pension noch irgendwo zu frühstücken, um danach, wie sie hoffte, ein paar Stunden ungestört schlafen zu können.

Neben ihrem Wagen stand ein hellblauer, alter VW-Bus, der mit bunten Blumen bemalt war, deren Farbe schon abplatzte. Wem der wohl gehört, grübelte sie, öffnete die Fahrertür ihres Autos und gähnte. Da geschah etwas, womit sie nicht gerechnet hatte. Sie hörte schnelle Schritte direkt auf sich zukommen. Aber es war nicht etwa Henna Franzen, die hinter dem Bus hervorsprang. Es war eine kleine, drahtige Person, die sich, ohne zu zögern, auf Island warf und sich in ihren Haaren verkrallte. Geistesgegenwärtig zog Island ihre Oberarme rückwärts und rammte der Person die Ellenbogen in den Leib.

Vor ihr stand eine junge Frau, die Büschel ausgerissener Haare in ihren verkrampften Händen hielt und die einen verwahrlosten und verstörten Eindruck machte. Mit angeekeltem Gesicht versuchte die Fremde die Haare abzuschütteln, griff hinter sich an ihren Hosenbund, zog eine Pistole hervor und richtete sie auf Olga Island. Der wurde speiübel. Vor ihren Augen flimmerten Sterne. Sie zog die Schultern zusammen und versuchte, sich seitlich am Wagen entlangzuschieben, um hinter dem Heck in Deckung zu gehen. Aber so weit kam sie nicht mehr. Aus der Waffe löste sich ein Schuss. Sein Klang, der kaum von den Häusern widerhallte, brachte eine schreckliche Erinnerung zurück, doch ihre überspannten Nerven ließen keinen klaren Gedanken mehr zu.

»Halt!«, schrie sie. »Was soll das?«
Die Waffe blitzte in der Sonne.
»Erkennst du mich nicht?«, fragte die Frau und verzog ihr schmales Gesicht zu einer wütenden Fratze.

Island starrte sie an. Die Fremde trug verwaschene Jeans, die um ihre dürren Beine schlackerten, und eine Trainingsjacke mit weißen Streifen. Die Kleidung war fleckig und zerknautscht, als hätte sie darin geschlafen. Ungekämmte, wasserstoffblondierte Haare fielen ihr ins Gesicht. Sie verströmte einen Geruch von Urin und kaltem Zigarettenrauch. Die Erkenntnis kam plötzlich und trieb Island das Blut aus den Schläfen.

»Zarah?«, fragte sie matt. »Sind Sie Zarah, die Freundin von Mischa?«

»Du hast es erfasst, du Missgeburt«, schrie die Frau. »Du hast meinen Freund erschossen! Hast du geglaubt, du kannst einfach so weggehen und dein bequemes Bullenleben weiterleben?«

Island schloss die Augen und versuchte zu atmen. Mit den Händen stützte sie sich am Kofferraum des Wagens ab. Kalter Schweiß rann ihre Achselhöhlen hinab.

»Mischa«, brachte Island mühsam hervor, »hat auf

mich gezielt. Er sollte mich töten, und er hätte es getan. Da habe ich abgedrückt. Es war Notwehr. Ich wünschte, ich hätte es nicht getan. Ich wünschte, ich wäre nie in diesen Hinterhalt geraten. Ich wünschte, ich wäre nie Polizistin geworden ...«

»Du lügst«, brüllte Zarah und drückte den Pistolenlauf schmerzhaft in Islands Brust. »Du hast ihn umgebracht, weil du mit Piotr, dem Schwein, unter einer Decke steckst! Und dann willst du feige Sau in diesem Kaff hier untertauchen. Aber das kannst du dir abschminken. Ich hab dich gefunden, und jetzt mach ich dich fertig.« Ihre geröteten Augen flackerten wirr.

»Waren Sie das, die mich seit Tagen anruft?«, wollte Island wissen. »Haben Sie mir den Drohbrief geschickt und meine Reifen aufgeschlitzt?«

»Ich habe dich angerufen, von Mischas Handy aus, wie du ja sicher rausgefunden hast. Sogar vom Theater aus habe ich dich angerufen. Ich hatte einen Job, alles lief super. Theatertreffen am Potsdamer Platz. Russisches Theater, ukrainisches Theater, Theater aus Kirgisien und Turkmenien. Ich habe die Toiletten geputzt. Mischa war tot, ich habe geweint, aber ich habe die stinkenden Toiletten geputzt. Den anderen war das scheißegal, wie es mir geht. Jetzt bin ich hier, und jetzt ist Schluss mit leeren Drohungen. Jetzt bist du dran.«

Island gab ihrer rechten Hand den Befehl, nach der Dienstwaffe zu greifen, die geladen, aber gesichert im Halfter steckte, doch sie wusste, dass sie es nicht schaffen würde, die Pistole auf Zarah zu richten.

»Wie haben Sie mich gefunden, Zarah?«

»Ich habe deine Nachbarn gefragt. Die quatschen ja wie Wasserfälle, wenn man sagt, dass man auch beim Theater arbeitet. Deine Blumen sind übrigens alle vertrocknet, die haben die völlig vergessen bei ihrer ganzen Schauspielerei.«

Das Metall der Pistole schmerzte an Islands Rippenknochen. Sie konnte nichts tun, als mit geradem Rücken dazustehen und in Zarahs käsiges Gesicht zu starren.

»Erzählen Sie mir von Mischa«, sagte Island. Ihr war klar, dass das nur ein schwacher Versuch war, Zeit zu gewinnen.

»Er war alles, was ich hatte«, schrie Zarah und heulte ungehemmt. »Ich habe ihn so geliebt. Jetzt bin ich allein auf dieser beschissenen Welt.«

»Nein!«, erklang plötzlich eine feste Stimme hinter den parkenden Autos. »Das bist du nicht!«

Ein roter Haarschopf tauchte neben dem VW-Bus auf.

Mit tränenüberströmtem Gesicht fuhr Zarah herum und starrte die Person an, die da breitbeinig und ohne jeden Schutz mitten auf dem Parkplatz stand, den Kopf nach vorn gereckt, die Hände wütend in die Hüfte gestemmt.

»Was ist mit *mir*?«, fragte Henna Franzen, die außer sich war vor Zorn. »Was ist mit *mir* und mit dem Rest deiner Familie? Glaubst du, es ist uns scheißegal, wie es dir geht?«

Zarah Franzen stieß einen gellenden Schrei aus. Sie zog die Hand nach oben und hielt sich die Pistole an die Stirn. Ihre fleckigen, zerstochenen Unterarme zitterten.

»Was soll das dämliche Gequatsche, Schwester?«, schrie sie. »Gerade du alte Bullensau hast ja nie Zeit für mich!«

Das war der Moment, in dem Island der Angreiferin in die Kniekehlen trat. Sie entriss ihr die Pistole und schleuderte sie über den Platz. Dann packte sie die Frau und drückte sie nach unten. Zarah Franzen blieb mit dem Gesicht im Sand liegen. Island ließ sie wieder los.

»Ist das Ihr Besuch aus Berlin?«, fragte sie ihre Kollegin, während sie sich die schmerzenden Handgelenke massierte.

»Ja«, sagte Henna Franzen und schlug die Augen nieder. »Meine Schwester.«

Island nickte. »Seit wann wissen Sie, dass ich Zarahs Freund getötet habe?«

»Es ist mir jetzt erst klar geworden«, antwortete Henna Franzen. »Ich hatte keine Ahnung, dass man Sie deswegen versetzt hat. Ich dachte, Sie hätten einfach genug von Berlin. Bruns hat uns erzählt, Sie hätten Asthma oder so und wollten deshalb nach Kiel. Von Mischas Tod habe ich erst an diesem Wochenende von Zarah erfahren. Sie stand Freitagnacht plötzlich vor meiner Tür, völlig fertig und auf Drogen. Sie hat erzählt, dass Mischa tot ist, aber ich ging davon aus, dass die Drogenleute ihn umgelegt haben. Der Typ steckte viel zu tief drin im Sumpf. Polizist wie ich und korrupt bis zum Anschlag. Heroin und Kokain ohne Ende, meine Schwester angefixt, Stoff besorgt und bei ihr abkassiert. Das war so eine miese Ratte. Ich hätte ihn gern selbst erledigt.« Sie schlug mit der Faust in ihre offene Hand.

»Es war Notwehr«, wiederholte Island mechanisch. Sie kniete neben der am Boden liegenden Zarah auf dem staubigen Platz und knetete ihre Hände. »Ich habe ihn getötet, weil er sonst mich getötet hätte. Ich habe nicht darüber nachdenken können, was passiert, sondern einfach abgedrückt. Weil ich weiterleben wollte.«

Henna Franzen hockte sich neben sie und hustete. Olga Island konnte ihren Atem spüren, der kühl und frisch nach Pfefferminzbonbon roch.

»Ich weiß, dass Sie eine gute Polizistin sind.«

»Genau das bin ich nicht«, gab Island zurück und

schloss die Augen. »Ich werde aufhören mit diesem Job. Ich bin ein Wrack.«

»Das denken Sie jetzt, aber das stimmt nicht«, entgegnete Henna Franzen.

Island sah die junge Kommissarin verzweifelt an.

»Wie sollten wir beide nach dem, was geschehen ist, noch weiter zusammenarbeiten?«, fragte sie bitter.

Henna Franzen griff nach Islands Arm und hielt ihn fest.

»Bitte bleiben Sie hier! Ich will noch so viel von Ihnen lernen. Wir können doch die Welt nicht den Idioten überlassen. Wie müssen doch was tun. Gehen Sie nicht nach Berlin zurück! Sie sind dort nicht mehr sicher. Deshalb sind Sie doch hier und laufen herum wie ein begossener Pudel. Aber wenn Sie zurückkehren, werden Ihnen die Drogenbosse das Leben zur Hölle machen.«

»Das Leben ist schon jetzt die Hölle«, murmelte Island.

»Gucken Sie meine Schwester an!«, stieß die junge Kommissarin hervor und sah dabei reifer und entschlossener aus als je zuvor. »Sie muss so eine verfluchte Entziehungskur machen. Aber ich werde alles tun, um ihr zu helfen. Als Erstes muss sie aus dieser verdammten Hauptstadt weg. Weg von den alten Drogenfreunden, weg von dem Stoff. *Sie* wird durch die Hölle gehen.« Sie packte eine Handvoll Kiesel und schleuderte sie über den Platz.

»Hölle, Hölle, Hölle«, sang Zarah lallend und spuckte Sand und Rotz.

47

Die folgende Nacht verbrachte Olga bei Lorenz im Hotel Astor. Sie ließen sich das Abendessen, Spaghetti Carbonara und Tomatensalat, aufs Zimmer bringen, dazu tranken sie eine Flasche Rotwein und sahen, auf dem Bett liegend, den Tatort am Sonntagabend. Lange bevor der Film zu Ende war, war Olga eingeschlafen.

Am nächsten Morgen fuhren sie über die Holtenauer Hochbrücke in Richtung Strand. Es war so neblig, dass man von der Brücke aus die Schiffe auf dem Nord-Ostsee-Kanal nur schemenhaft erkennen konnte. Lorenz hatte beschlossen, am Abend nach Berlin zurückzufahren, weil in seinem Atelier viel Post und Arbeit auf ihn warteten. Olga würde erst am Nachmittag in die Bezirkskriminalinspektion gehen, um die notwendigen weiteren Schreibarbeiten zu erledigen. Sie hatten noch ein paar Stunden Zeit.

Sie fuhren nach Falckenstein und parkten hinter der ehemaligen Festung Friedrichsort in der Nähe des Leuchtturms. Hand in Hand gingen sie auf dem Deich entlang bis zum Strandcafé Deichperle und dann hinunter ans Wasser.

Auf den wilden Dünenflächen hinter dem Deich wuchsen Heckenrosen, die orangerote Früchte trugen.

Am Spülsaum lagen Muschelschalen, Federn und angeschwemmte Ohrenquallen. Mit leichtem Schaudern beobachteten sie eine Möwe, die einen Krebs gefangen hatte, ihm mit kräftigen Schnabelhieben Beine und Scheren abhackte und den übrigen Körper an Ort und Stelle verschlang. Von See her tauchten immer wieder Schiffe aus dem Nebel auf und näherten sich der Friedrichsorter Enge, der Einfahrt zum Kieler Hafen. Ihre Aufbauten ragten in den grauen Himmel. Je näher die Schiffe kamen, desto riesiger wirkten sie. Es waren mächtige Rümpfe, hoch mit Containern beladen, die sich am grün-weiß gestreiften Leuchtturm vorbeischoben, unterwegs über die Weltmeere. Ihr nächstes Ziel: die Kanaleinfahrt des Nord-Ostsee-Kanals. Island konnte den Schiffsdiesel riechen, der in Schwaden über den Strand zog.

Von wegen reine, klare Seeluft, dachte sie.

Auf einigen Schiffen waren an Deck runde, helle Tonnen befestigt: Rettungsinseln. Auf anderen Pötten gab es grellorange Rettungskapseln, die hoch über dem Rumpf in schwindelerregender Schräglage befestigt waren, bereit, jederzeit bei Gefahr ins Wasser zu rutschen, um Menschenleben zu bewahren.

Das Meer ist ein Ungeheuer, dachte Island, eine grausame Bestie. An windstillen Tagen wie diesem blinzelt es träge, aber wie ist es, wenn sich der Wind über seinen Weiten austobt? Was transportieren die Riesen der Meere? Was tun die Männer und Frauen auf ihren Brücken? Trinken sie? Sind sie müde und auch mal krank? Woher kommen, wohin gehen sie?

»Du bist zu philosophisch«, sagte Lorenz, als sie ihm von ihren Gedanken erzählte.

In diesem Moment klingelte ihr Handy.

Im Hintergrund hörte sie Stimmengemurmel, dann einen Gongschlag, den sie sofort erkannte: der Signalton im Besucherraum des Untersuchungsgefängnisses Moabit, der das Ende einer Besuchszeit anzeigte.

Es war Piotr.

»Olga Island«, sagte er mit seiner unangenehmen Stimme. »Wie ich höre, hast du mich und Berlin verlassen.«

»Was geht das dich an, du Dreckskerl?«

»Ich bin vorläufig drin. Haben sie dich darüber nicht informiert?«

Sie schwieg.

Er lachte sein raues Lachen.

»Dann ist ja alles bestens!«

»Scheiße«, sagte Island und trat gegen eine leere Bierflasche, die in hohem Bogen über den Sand flog. Sie versenkte die Hände tief in den Taschen ihrer Lederjacke, zog die Schultern zusammen und blickte über das bleifarbene Wasser, das den Himmel spiegelte.

Lorenz machte ein Foto.

Danksagung

Dieses Buch ist ein Produkt der Phantasie. Die Schauplätze gab es, gibt es oder könnte es geben. Ähnlichkeiten oder Namensgleichheiten von Figuren des Romans mit lebenden, toten oder fiktiven Personen sind nicht beabsichtigt und daher zufällig.

Für vielfältige Unterstützung und Hilfe nicht nur am Manuskript danke ich Tim Schwabedissen, Mary Jirsak, Helle Madsen, Marion Hartwig, Ulrike Gramann, Annette Mayr und Birka Ehlers. Darüber hinaus danke ich Beate Jänicke für das Autorenfoto und Hans-Joachim Schmidt von der Pressestelle der Bezirkskriminalinspektion Kiel für geduldige fachliche Beratung, außerdem den »Mörderischen Schwestern« Berlin, den Mitgliedern des Autorenforums Steglitz sowie Herrn Dr. Ulrich Janetzki vom Literarischen Colloquium Berlin für Motivierung, Fortbildung und gute Zeiten. Besonders danke ich meiner Lektorin Dr. Annika Krummacher, die mich durch freundliches Zureden dazu brachte, dieses Buch überhaupt zu beginnen, und deren Kunst ich bewundere.

Volker Klüpfel, Michael Kobr
Seegrund
Kluftingers dritter Fall. 352 Seiten. Piper Taschenbuch

Am Alatsee bei Füssen macht der Allgäuer Kommissar Kluftinger eine schreckliche Entdeckung – am Ufer liegt ein Taucher in einer riesigen roten Lache. Was zunächst aussieht wie Blut, entpuppt sich als eine seltene organische Substanz aus dem Bergsee. Kluftinger, der diesmal bei den Ermittlungen sehr zu seinem Missfallen weibliche Unterstützung erhält, tappt lange im Dunklen. Der Schlüssel zur Lösung des Falles muss tief auf dem Grund des sagenumwobenen Sees liegen …
Kluftingers dritter Fall von dem erfolgreichen Allgäuer Autoren-Duo Volker Klüpfel und Michael Kobr.

»Kommissar Kluftinger hat in seinen Kniebundhosen das Zeug zum Columbo von Altusried!«
Die Welt

Heinrich Steinfest
Cheng
Sein erster Fall. 272 Seiten Piper Taschenbuch

Markus Cheng ist Privatdetektiv in Wien. Seine Geschäfte gehen schlecht, und zudem wird auch noch sein letzter Klient mit einem Loch im Kopf aufgefunden. In diesem Loch steckt ein Zettel mit einer rätselhaften Botschaft: »Forget St. Kilda«. Und ob Cheng nun will oder nicht – damit steckt er mitten im Schlamassel. Denn eine unbekannte Dame erweist sich als eine knallharte Mord-Maschine mit System …
Heinrich Steinfests ausgesprochen skurriler Humor und einzigartiger Schreibstil machen diesen Krimi zu etwas ganz Besonderem.

»Amüsant, wie Heinrich Steinfest die Ikonen der Gesellschaft unverschlüsselt und unverklausuliert aufs Korn nimmt.«
Falter